四国辺土

幻の草遍路と路地巡礼

上原善広

角川書店

四国辺土——幻の草遍路と路地巡礼

目次

第一章　辺土紀行　徳島――高知　11

呪われた出立／遍路とへんど／板野町の路地／行方不明／通夜堂／鮎喰川の路地／本来の遍路／素潜り漁をする老人／元極道の遍路／路地の人々／善根宿の酒乱／遍路と路地／遍路を世話した路地／ハンセン病者の遍路／キリシタンと路地

第二章　幸月事件　69

死んだとて泣く人もなし草遍路／草遍路の死／幸月と

の出会い／草遍路を世話した人／逮捕／接待する人／草遍路の生い立ち／「安定した生活を手に入れると、きまってそれを壊してしまいたくなる」／全国放送／裁判／遍路と贖罪／激高／判決／入獄／刺した手です祈る手です／出所それから

第三章　辺土紀行　高知——愛媛

闇金融王／出自は脚色だった／融和の人／女遍路／ラッキョウの路地／お祓いの川／唐言／コクビの土地蔵／警吏のなりわい／強盗亀／おとし宿／宇和島の高級善根宿／八幡浜／漢字にフリガナをつけるところから始めた／マリア観音／猫島

第四章　托鉢修行　185
第二の幸月／弟子入り志願／托鉢の種類／善根宿には泊まらない／同行二人／托鉢見学／初めての托鉢／途中で中止する／初めての門付／托鉢の現実／パフォーマンス
第五章　辺土紀行　松山――香川　221
石田波郷のこと／遊郭跡と劇場／道後温泉の馬湯／女相撲／八八ヵ寺騒動／結願／福田村事件／事件の再発

見／生存者の話Ⅰ／生存者の話Ⅱ／事件現場の反応／被害にあった路地／泥色の川

第六章　草遍路たち　271

ケンちゃん事件／我聞／歩き遍路一〇〇回のカラクリ／草遍路のナベさん／毎日巡礼ヒロユキの場合／ホームレス詩人／「野宿はつらいけど、自由だし仲間もいた」／遍路の本質／浄化

おわりに　311
参考・引用文献一覧　319
カバー・表紙・章扉写真について　324

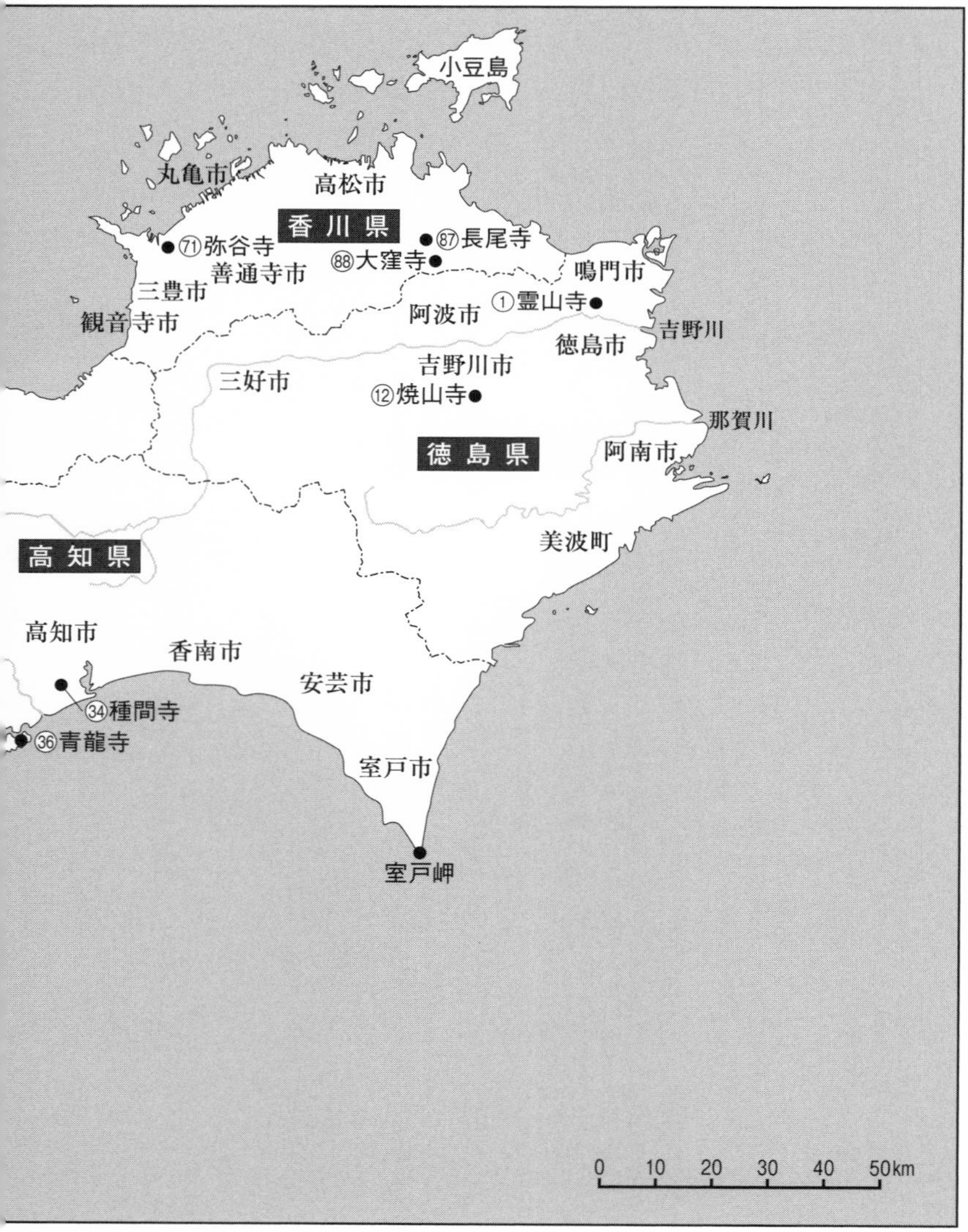
小豆島
丸亀市
高松市
香川県
⑦弥谷寺
⑧長尾寺
⑧大窪寺
善通寺市
鳴門市
三豊市
①霊山寺
観音寺市
阿波市
吉野川
徳島市
吉野川市
三好市
⑫焼山寺
那賀川
徳島県
阿南市
美波町
高知県
高知市
香南市
安芸市
㉞種間寺
㊱青龍寺
室戸市
室戸岬
0 10 20 30 40 50km

四　国

※丸数字は四国八十八ヵ所の礼所番号

第一章 辺土紀行

徳島——高知

呪われた出立

徳島のある駅に降り立ち、一番寺へ歩いていこうとしたとき、突然見知らぬ女が詰め寄ってきてこう言った。

「遍路すると不幸になりますよ。真言宗は密教だから、遍路なんてやめた方がいいですよ」

これから遍路に出る者に対して、ずいぶんな歓迎だった。

後にわかったのだが、四国遍路では時おり「遍路すると不幸になる」と説教されることがある。おそらく他宗派を邪教とする、熱心な新宗教の信者ではないかということだった。そうと知っていたら確認したのだが、このときはただ面食らって通り過ぎてしまった。

全く気にしていないと思っていたのだが、遍路を始めてしばらくは、この女の呪詛《じゅそ》を折にふれて思い出してしまい「ではあなたにとって宗教とは、人生とは何かと返せば良かったかな」などと逡巡《しゅんじゅん》してしまう羽目になる。問うたところで禅問答になり、たいした答えは得られないだろうと思っていても、それでもふと思い出してしまうのだった。

初日から呪詛を投げかけられた遍路であったが、出てしまえば気分は良かった。

徳島県の板東《ばんどう》駅近くにある霊山寺《りょうぜんじ》は、一番目の寺だけあって訪れる人も多く、物販なども盛んで、やり手のおばさんたちが一式しつらえてくれる。私はそういうのが苦手なので事前に用意していたこともあり、お参りだけして出発した。

出てすぐに板東俘虜《ふりょ》収容所跡地があり、今は公園になっている。かつて第一次世界大戦の折、青島《チンタオ》で捕虜となったドイツ人たちが一九一七年から三年間収容された場所で、ベートーベンの第九番交響曲が日本初演された場所として知られる。

　捕虜たちの待遇はとても良かったという話が残っているようだが、それから二〇年後に起こった第二次世界大戦下のアジアに作られた各収容所が、劣悪な環境になっていたのはどうしたことだろう。日本は第一次世界大戦ではほとんど戦闘がなかったためだろうか。

　この収容所がきっかけとなり、日本とドイツの交流が盛んになったが、第二次大戦で捕虜になった外国人と、友好的な交流が続いているとの話はあまり聞かない。しかし、例えばパラオなどは今でも親日であるというから、後々のことを考えると、日本における捕虜の待遇が落ちてしまったのは残念だと思った。捕虜ではないが、不法滞在の外国人を劣悪な環境で強制収容し続けている入管の問題とも、根底ではつながっているのではないか。

　ここまでは散歩みたいなものだったが、五キロも歩くと疲れて座り込んでしまう。なにしろ徒歩の旅はもう、二〇年ほどしていない。

　途中、道路に向かって開放していた無人の善根宿《ぜんこんやど》を訪ねた。

　県道沿いにあり、工務店の倉庫の一部を改装して部屋にしてある。畳敷きできれいに畳まれた布団が置いてあり、三人くらいなら泊まれそうだ。泊まる気にはなれなかったが、雨の日などは助かるだろう。

　一泊目は無理をしないで、安楽寺《あんらくじ》の宿坊に泊まることにした。

　ここは宿坊といっても、ビジネスホテルのような個室になっている。部屋は非常に狭く、かつて泊まったニューヨークのハーレムにあるＹＭＣＡの部屋に似ていると思った。しかしこちらの方がきれいで清潔だ。

住職の話によると、昭和四〇年代（一九六五〜七四）頃にあった「宿坊ブーム」のときは八八ヵ所の寺の半分が宿坊を経営していたが、今はその半分ほどになり、今も年々一、二ヵ所ずつ減っているとのことだった。

以前の宿坊は相部屋が当たり前で「泊まれたら良い」という風だったが、現在、相部屋は廃れている。相部屋主体だったユースホステルも会員数が激減しており、最盛期の四〇分の一以下になっているというから、このあたりは時代の変化だろう。

私も若い頃はよく相部屋の安宿を利用して友人をつくったが、三〇を過ぎたあたりから個室の方が良くなった。これはどうしてなのか、あまり深く考えたことがないからかいまだによくわからない。全国的に宿坊が無くなりつつあるのは少し寂しいが、安楽寺の個室の宿坊は有難かった。

遍路とへんど

私が遍路を歩こうと思ったのには、いくつか理由がある。

一九九〇年代、四国遍路は何度目かのブームを迎えていたが、信仰心の欠片《かけら》もない私は、馬鹿々々しいことだと斜に構えていた。

しかし四八という歳にもなれば、そのようなわだかまりは小さなものになっていた。歳をとって、どうも自分は恥さらしの人生を歩んでいるようだと、諦観《ていかん》するようにもなった。恥さらしとはつまり、遍路に出たと聞いた周囲の人が「やっぱり」と思うような人生のことである。遍路に出ようと思った直接のきっかけは、睡眠薬依存から脱するための運動療法だった。歩き遍路は日中かなり歩くから、睡眠薬を減らしても疲労から何とか眠れるだろうと思ったのである。

そこで四国遍路に関する本を読みあさり、遍路地図を繰り返し眺めていると、やがて四国の路地（同和地区）が、実は遍路道沿いに集中していることに気が付いた。

はじめこれは新発見だと思ったのだが、よくよく考えてみれば四国の大半、特に中央部は山ばかりで、あっても小さな村しかない。また遍路道は昔の旧道や街道を使っているのだから、その道にそって路地が点在しているのは当然で、べつに新発見というほどのことでもない。江《え》戸《ど》時代から続いている路地は、街道警備などの理由で、旧街道や旧道沿いにおかれていることが多いからだ。

しかし遍路に身をやつして路地を訪ねれば、また違った視点で路地が見えてくるのではないかと思った。寺はついでに立ち寄れば良いだけのことで、路地を巡礼するように旅すれば良いのだと思い至った。それもまた、自分らしい巡礼ではないか。

幸いなことに、四国遍路はもともと規律が緩やかで、決まりらしい決まりがほとんどない。白装束や納経などはあくまでも周囲に対して「遍路をしている意思表示」になるだけであって、どのような動機、信仰、姿かたち、順番、手段でも良いから、ようは八八ヵ寺さえ参拝さえすればすなわち遍路になる。

現在ではほとんどの遍路がバスや車で回っており、その数は年間二〇万ほどとされるが、二〇一四年の開創一二〇〇年には三〇万とも四〇万ともいわれる人々が遍路をしている。開創一二〇〇年というのは、四国遍路が開かれた年のことで、香川県善通寺《ぜんつうじ》で生まれた弘法大師《こうぼうだいし》＝空《くう》海《かい》が、四二歳の厄年であった八一五年に四国霊場を開いたのが始まりとされる。そのため二〇一四年で開創一二〇〇年になっているのだが、これはあくまでも伝説であり、実際には四国遍路がいつごろ成立したのか、正確なところはわかっていない。

空海の修行した足跡をたどって巡礼することがやがて修行の一環として盛んになり、江戸時代までに数百年をかけて八八ヵ所の寺を回る形に固まっていったようだ。はじめは主に修行僧によるものだったが、室町《むろまち》時代には庶民に広がるようになり、江戸初期の一六八七年に初の案内書『四國徧禮道指南《しこくへんろみちしるべ》』が出版され、ほぼ現在の形に確立されたという。

四国遍路には独特の、興味深い点がいくつかある。

例えば飢饉《ききん》になると、他の霊場や巡礼地では巡礼者が激減したが、四国遍路だけは増える傾向にあったそうだから、他の巡礼と四国遍路はどこか違っていたのである。

四国遍路が成立した背景には、この地が、訪ねることが難しい四国という僻地《へきち》にあることが大きく関係している。江戸時代はもちろんだが、交通の便が良くなった現代においても、不思議なことに四国はそう簡単に行けるところではない。現代においても、四国への道のりは依然として精神的な僻地感を拭《ぬぐ》いきれないでいる。

だから昭和三〇年代（一九五五〜六四）以降、交通の便が良くなって大きく変わったのは、四国までの距離感よりも、徒歩でしかできなかった四国遍路が車やバスでできるようになったことだ。それまで徒歩で二、三ヵ月かかっていた巡礼が、一〇日ほどで回れるよう劇的に変化した。そして高度経済成長をへて生活が安定してくるようになると、歩き遍路もきれいで清潔なイメージへと変化してゆく。

戦前までの四国遍路といえば、まだ歩いて回る人が多かった。当時は業病とされたハンセン病をはじめとして眼病、足の障害などの治癒を願って回る者も多かったし、口べらしのために四国遍路に出される者も多かった。遍路で生計を立てている者が多くいたのだ。

たとえば大正七年（一九一八）、二四歳の高群逸枝《たかむれいつえ》は、伊藤という老人と四国遍路をしたとき、出会った遍路たちのことをこう記している。

——同宿六人戸外の荒れを聞きながらむつまじげに、あるいは心細げに、あるいは頼りなげに、身の上話やら、遍路中の出来事やらを話合う。中にも愛知県人という、五十前後の毛濃ゆい赤ら顔の厚い唇の男が、色々とよく話される。風眼《ふうがん》で盲目になったのが動機での信心だそうな。今では御《ご》利益を戴いて立派に見えるようになっていられる。次にその同伴者で剝げて申しわけばかりになった灰色の髪の毛をかがり束ねたヒロリとした六十位のおばあさん。次にはまるで骨と皮との、眼玉の飛び出たお爺さん、生国は土佐だそうな。次が盲目の色の青い頭の毛の中に汚ない禿《はげ》を有する男の方。それと私たち二人で打ち見たと

ころみんな盲鬼か幽霊かお化《ばけ》かの寄り合いみたいだ。（略）
もう一人は十三の娘、汚れて真っ黒になった浴衣《ゆかた》の上に、縄のようによれた帯を締め、髪は、赤ちぢれて根元には累々たる瘡《かさ》が食《は》み出ている。きたない指でかきむしるとその瘡ぶたが剝げて中から青赤い濁り汁がドロリと流れ出る。その臭気は実に耐えがたい。――（高群逸枝『娘巡礼記』岩波文庫、二〇〇四年）

昭和初期まではこのような遍路のことを「へんど（辺土）」と呼び、現在も四国では「へんど」といえば「乞食《こじき》」のことを指すほど一般化している。

このような「へんど」は昭和三〇年（一九五五）頃まで多く見られたが、ほとんどは社会保障の拡充とともに姿を消している。

しかし、いくら社会保障が広まっても、「へんど」はなくならなかった。どのような制度下でも、そこから逸脱する人は出てくる。だから遍路といっても現代では様々なスタイルの人がいるのだが、大きくは二つに分けられる。

一つはいわゆる一般的な遍路のことで、車で回ったり歩いたりして回る。いわゆる現代的かつ一般的な遍路のイメージである。

そしてもう一つは、そこから逸脱した人。かつて「へんど」と呼ばれた遍路で生活している者のことだ。草遍路、乞食遍路、プロ遍路、職業遍路、生涯遍路とも呼ばれる。

長い遍路の歴史の中で、この「へんど」という言葉はやがて乞食を意味するようになったが、昭和三〇年代（一九五五～六四）くらいまでの子供たちは遍路が通り掛かるとよく石を投げたという。家で言うことを聞かない子は、親から「へんどに連れて行ってもらうぞ」と脅かされた。だから昭和三〇年代までは、遍路といえば「へんど」のことだった。

その一方で、八八ヵ所を経文唱えて回る遍路は、ときに畏敬《いけい》と畏怖の目で見られた。死者を弔い、己の業や業病にあらがいながら歩きつづける遍路は呪いの言葉を知っていると信じられ、弘法大師空海の仮の姿と崇《あが》められることもあった。

いわゆる聖と賤《せん》を同時にそなえる存在で、これは一見すると矛盾しているようだが、表があれば裏があるという意味では、べつにおかしなことではなかった。それは矛盾というよりも、むしろ聖と賤の両極をもつ「完全体」ともいえる。

とはいえ全ての草遍路の存在が、弘法大師の化身にまで昇華されているわけではない。へんどの中には罪をおかして四国へ逃げてきただけの者や、よんどころのない事情を抱えて故郷に帰れなくなった者などがいた。自殺しに来ている者や、自殺することもできずただ生きるために遍路している者もいた。

やがて四国ではきれいな格好をした遍路を「お四国」または「お遍路」などと呼んでへんどと区別し、「へんど」といえば遍路を騙《かた》る乞食の遍路のことを指すようになっていく。香川県出身の六〇代の男性が、こう語っているのを聞いたことがある。

「ぼくらの小さい頃は、遍路のことを『へんど』と言うて馬鹿にしていたね。子供らなんかは石投げたりしてた。へんど言うたら乞食のことで、今のホームレスと同じ意味だったね。だから遍路といえば汚くて怖い存在だった。寺に行くと髪や松葉杖《まつばづえ》などが収められていて、不気味でしょうがなかった」

だからこの旅では私もまた、へんどになろうと思った。

私が乞うのは米や金でなく、多くは路傍に落ちている小さく悲しい話だ。四国を旅しながら路地を回り、いろいろな人に話を乞うてまわろうと思った。遍路道沿いに落ちこぼれている話を乞いながら巡礼しよう。それが私のへんど旅になるのだと。

遍路をするといっても、八八ヵ寺を回る信仰や志などなく、草遍路でさえ支払う寺への三〇〇円の納経代さえも惜しみ、ただ遍路に身をやつして路地を訪ね、あわよくば道端に転がる裏の話をおもらいしようと企《たくら》んでいるのだから、私はもはや「お四国」だの「お遍路さん」とは言えない。「へんど」こそ、私のような下衆《げす》な巡礼者にはよく似合うように思われた。そのため私はこの旅を「四国辺土」と名づけたのである。

だから出発してすぐに、見知らぬ女から「不幸になりますよ」と呪詛されても、私にとってはそれもまたこの旅そのもの、さらには生き方そのものを暗示しているかのように思われた。いっそのこと、これも自分らしいといえば自分らしい、不吉な辺土の門出といえるかもしれないとさえ思ったのだった。

板野町の路地

途中で少し寄り道して、以前に連絡していたTさんと落ち合って、八つほどの路地（同和地

遍路中の筆者

区）を案内してもらう。

途中で寄った肉屋で、路地の食べ物である「油かす」を購入する。ハチノス（牛の胃）などいろんな内臓を揚げたものが入っている。私の知っている油かすは牛の腸をカリカリに煎り揚げたものだが、ここはさまざまな内臓を揚げてあって野趣がある。昔は菜っ葉と炊いたそうだが、Tさんはカレーに入れて食べると言う。

八五歳になるTさんのお父さんに話を聞いた。


——うちの姓はここらでは二、三軒だけなので、他所《よそ》から移ってきたと思いますが、明治一〇年（一八七七）くらいまでしか遡《さかのぼ》れんから、結局どこから移ってきたのかようわからんままです。うちは一般地区との境目にあって、三、四メートル横がもう一般地区の家です。

この辺の仕事は、昔は小作と牛の解体、草履づくりとかの雑業でした。街道警備もあったかかな。武具が残ってる家があったはずだから、それもやっていたようです。戦後は土工（土木作業者）が多くて、あとは古物商とか、今でいうリサイクル屋ですな。生活が苦しいこともあって、教育レベルは低かった。子供も仕事するから学校にもあまり通えない子が多かったです。周りの一般地区からは「エタ」と呼ばれることが多くて、あとは「ヨツ」が少しで、法律（同和対策関連法）ができてからは「同和」と呼ばれていました。三メートルも行けばそう呼ばれないのですが……。

もう今はないですが、私の小さい頃までは近くの雑木林の中に牛を落とす所（屠畜場《とちく》）をこさえてあって、それを見に行ってはよく怒られました。私が小学校二、三年生の頃だったかな、昭和四〇年（一九六五）くらいまであったんと違うかな。林の中で牛に目隠しして、ハンマーでいってたな。居合抜きみたいで、一発で気絶させる。職人技でした。割ったらすぐに捌《さば》いてみんなで分ける。一般地区では赤身とか一部のところだけしか食べないけど、私らは捨てるところないくらいまで分けて食べてました。ホルモンなどの内臓は、洗ってから生のまま分けてました。保存のために火を入れたのは最近、隣にある同和地区に食肉センターができてからやと思う。内臓は油で揚げて「炒《い》りカス」にするんですが、私の小さい頃はなかったような気がする。サイボシ（干し肉）もなかったな。捌いたらすぐに分けて、新鮮なまま食べることがほとんどだった。食べ方は焼いたり煮たりしたけど、炭火であぶって食べるのが一番おいしかった。今は当たり前にあるけど、昔はここらの地区の人しか食べてなかったからね。

昭和四〇年（一九六五）頃だったか、徳島市で勤めていたとき、同郷の人がホルモン焼きの店を開いていて、びっくりしたことがありました。当時はまだ、ホルモン専門の焼き肉屋は珍しかったから。『また寄ってよ、連れも呼んでよ』と言われたので、接待で県庁のお役人さんとか連れて行って食べさせたら喜ばれてね。二回目に私ぬきで行って注文の仕方がわからんから、呼ばれて『注文してくれ』と頼まれたりしました。ホソ（小腸）、ミノ、センマイとか教えてあげたんです。そしたら私の周囲でホルモン焼きの人気がでてね。同対（同和対策事業の就職斡旋《あっせん》）で役所に勤めることになってからも、同僚の人らが私のところによう来てね。肉屋でホルモンをよう買わんから、私に頼みに来て代理で買ってあげるんです。女の子とか、よう買えん人らがくると、私が代わりに行ってあげて「これ切ってくれ」とか注文してね。

それから定年までずっと役所勤めしてましたが、勤め始めた昭和四〇年頃までは、まだ役所でも宿直があった。二人で泊まるんですが、同和の者と一般は別の布団で寝てました。同和だけが使う布団があって、そういう決まり事がまだありました。古い先輩に聞いたら、明治時代からそう決まっていたと言ってました。今は目に見える差別は無くなりましたが、本音の部分ではまだあって、結婚のときはだいたい揉《も》めます。これは中々なくならんもんです――

この路地は遍路道から近いのだが、遍路の世話などはしていなかったという。その理由は後々、わかることになる。

行方不明

途中、遍路のための休憩所で休みをとった。

ここは簡易の掘立小屋のようになっていて、町の有志によって運営されている。四国にはこのような遍路休憩所が方々にあって、遍路を助けてくれる。

訪れた人が記していくノートがあり、私もサインと感謝の念を記した後、過去の記述を何気なく読んでいると、次のような書き込みがあった。

――四〇歳になる息子を探してここまでやってきました。以前から四国の話を熱心にしていたので、家を出てから四国を回っているのだろうと思い老体に鞭打《むちう》ってやってきましたが、いまだどこにいるのかわかりません。万が一のことがあったらと、とても心配しています。もし似た人とお会いになったらご連絡いただけますでしょうか。母親より――

その後は、息子の特徴を書き連ねてあった。

後々わかるのだが、四国ではこうした尋ね人が少なくない。方々の寺に、尋ね人のチラシが貼ってある。私も気になって続きを探していると、見つけることができた。

――以前にここに書き込んだ者ですが、残念な結果に終わりました。息子の捜索に関わってくださった方々、またお遍路の方々にも感謝いたします。皆さんのご厚意は忘れません。

お遍路の方々もどうか、心配している人がいることを忘れないでください──

そうか、駄目だったのか。

この書き込みは、他教の信者の呪詛よりボディブローのようにきいた。とくに信仰もない私だったが、自然にノートに合掌し休憩所を後にした。

通夜堂

その夜は、ある寺の通夜堂に泊まった。

四国の真言宗の寺にはだいたい通夜堂があり、泊まることを禁止している寺もあるが、遍路はそこでだいたい泊まることができる。通夜とはもともと、夜通しという意味がある。ただ屋根があるだけのところも少なくないので、通夜堂といってもいろいろだ。

その寺の通夜堂はきれいな小屋になっていて、女性でも泊まれると聞いていたので、私は旅費の節約のためにもそこに泊まる必要があった。女遍路は、地元の不良の被害に遭うこともあるので野宿は勧められないが、それでも野宿を主体にする強者《つわもの》の女性もいる。

着いた時はもはや夜になっていて、広い境内のどこに通夜堂があるのかわからない。門の横に民宿があったので泊まりたかったが、宿屋は夜に予約なしで訪ねると嫌な顔をされるので、まずは通夜堂を探すことにした。

地元の参拝者がいたので訊《たず》ねると「自分はよく知らないけど、毎晩お参りしているおばあさんがいるから、その人に訊ねてみたらいい」と言う。

しかし、もはや境内は暗闇でよくわからない。陽が落ちて間もないので目が慣れない。目をこらしてよく見ると、暗闇の中で、一人のおばあさんが歩いているのがぼんやり見えた。恐る恐るおばあさんに「あの、通夜堂はどこでしょうか」と訊ねると、おばあさんはものも言わずにすっと一点を指さした。本堂の横、倉庫のようになっている小さな小屋が、探している通夜堂であった。建設現場などで見かける簡易事務所のような小屋だ。

ドアを開けると、中は畳敷きの三畳間になっており、昼間の熱気がまだこもっていた。このままでは暑くて居られないが、網戸がないため窓を開けると蚊が入る。持参していた蚊取り線香をたいて換気しながら休むことにした。

通夜堂に荷物を置いて、近くにあったコンビニまで夕食を買いに出かけると、おばあさんはまだ境内を回っていた。

おばあさんは人気がなくなった暗闇の境内を山門から本堂、大師堂、多宝塔、供養塔などと一〇〇回お参りして回っているのだ。買い物から戻ってもまだいたから、おそらく夜八時くらいまでは回っていたのではないかと思う。そのおばあさんの姿が、日中に見た遍路休憩所にあったノートの可哀想な母親の姿、大阪の石切《いしきり》神社でお百度参りをしていた私自身の亡母の姿に重なって見えた。

久しぶりの野宿ということもあり、個室を与えられている身にもかかわらず、ウトウトとするだけでほとんど眠れなかった。空が明るくなると同時に、私は眠ることを諦《あきら》めて出発することにした。

鮎喰川の路地

徳島市中心部近く、鮎喰川《あくいがわ》に沿うようにして路地がある。

だいたい三〇〇〇戸ほどだが、団地と住宅地として広がっているので、一般地区との境は曖昧《あいまい》になっている。

諸説あるが、鮎喰という地名はもともと「低い土地」という意味の「あしくい」「あくり」「あくい」からきており、古代には「あくいの川」と呼ばれていたという。鮎《あゆ》がよく捕れたことから、後に「鮎喰」の字が当てられるようになったようだ。

一〇〇〇年ほど前、ここは「名東荘《みょうどうのしょう》」という荘園だった。

承平天慶《じょうへいてんぎょう》の乱（九三一～九四七）が起こり乱世になると、名東荘の名主たちは武装し、室町・南北朝時代には南朝方について吉野川《よしのがわ》流域を支配する細川《ほそかわ》氏と対立するようになる。

鮎喰に残されている古い板碑には、南朝年号で「正平《しょうへい》六年（一三五一）」と刻まれており、その年にあった新堂原《しんどうはら》合戦で戦死した者を祀《まつ》ったものだと考えられている。また鎌倉《かまくら》時代（一二〇〇年頃）につくられた鮎喰の八幡《はちまん》神社では、九州へ防人《さきもり》として出兵する人々が神社裏にあった池で身を清め、鬨《とき》の声をあげて出兵していったと伝えられている。

正平二五年（一三七〇）には、鮎喰の一部が南朝方の有力名主・木屋平《こやだいら》の三木《みき》家に割譲され、南朝方の武士が修験者の格好をして奈良吉野《よしの》から鮎喰地区を往復して南朝の書状を届けていたという。また応仁《おうにん》の乱（一四六七〜一四七七）の頃には一宮《いちのみや》城主の息子と鮎喰の武将の娘が恋に落ち、息子が戦死したとわかると、娘は池に身を投げ、その供養として祠《ほこら》が建てられた。祠は舟戸《ふなと》神社と呼ばれている。

天正《てんしょう》一〇年（一五八二）には、土佐《とさ》の長宗我部《ちょうそかべ》氏が阿波《あわ》攻略のため一宮氏と組んで軍勢を進め、中富川《なかとみがわ》の合戦となった。

この合戦で阿波勢は敗れ、名東城も落城する。鮎喰にある神明《しんめい》神社境内にある「歯《は》神社」は、このときの名東城落城を後世に伝えるものだが、敗戦を悔しがって歯ぎしりしたので「歯神社」と呼ばれるようになったという。

それから名東荘の人々は、阿波最大の城だった一宮城の防衛にあたることになるが、天正一三年（一五八五）、ついに豊臣《とよとみ》勢が城に迫る事態となる。その中には後に阿波の領主となる、蜂須賀《はちすか》父子もいたそうだ。

豊臣の軍勢の前に土佐勢は呆気《あっけ》なく遁走《とんそう》し、残った一宮の家臣、名東荘の者、紀州《きしゅう》から来ていた雑賀《さいか》衆とで防衛戦に臨むが、一宮城は落城。その後、阿波は蜂須賀氏によって支配されることになる。

路地として記録に出てくるのは承応《じょうおう》三年（一六五四）のことで「夫役《ぶやく》を免じ、城下の清掃を命じる」という藩の触書による。一宮城が落城してから約七〇年後のことで、その間に敗残した民がエタ身分に落とされたと考えられている。

それからは農業などのかたわら城下の清掃に従事し、刑場の竹矢来の製作や牢番《ろうばん》、刑場の使役が課せられることになる。貞享《じょうきょう》元年（一六八四）の記録では、城下の清掃について一ヵ月につき九日間の出役を命じられている。

また路地の中には名字帯刀を許された医者がいて、つい三〇年ほど前までその子孫は秘伝の膏薬《こうやく》を作っていた。路地の中にある若宮《わかみや》神社が、その伝承を今に伝えているという。

日本全国にあった路地と同じく、江戸時代にはそう貧しい村ではなかったが、近代にはいると没落してスラム化してしまうことになる。これは一つには、現在でいう半ば公務員としての仕事がなくなり、幕末期に社会不安から強化された身分制によって強く差別されるようになったことが原因ではないかと考えられている。

近代にはいると農業のかたわら鮎喰川に浮かべた筏《いかだ》に乗って材木などを運び、馬子をして各地へ荷運びなどしていたが、やがてそれらも廃れ、田圃《たんぼ》も埋め立てられた今はどことも変わりない田舎の住宅地となっている。

路地の仕事として珍しいのは、明治中期（一八九〇）頃から始められた子供の仕事、ビンヅト作りだろうか。これはビールなどを入れた瓶が割れないように麦藁《むぎわら》で作ったカバーのことで、近くに問屋があったので、路地の子供たちによって盛んに作られたようだ。ビンヅト一〇〇個で麦一升になった。これは一九五〇年頃まで作られていたそうだ。

最近までは土建業が盛んだったが、今はいろいろな仕事についており、若い人は近くのきれいなマンションや新興住宅地に移っているが、生活のしんどい若者は路地に戻ってくる。六〇年ほど前までは、女性の多くは大阪の工場にしばらく勤めて、結婚などで帰ってくるという風であったが、今は東京に出る人も少なくない。

狭い地区内には一〇以上もの神社があり、歴史的には奈良時代、南北朝の時代にまで遡れる。なぜこの地区に社が多いのかはわかっていないが、路地として成立する以前からの歴史が古く、多くの人が住んでいた証左ではないかと考えられる。

ここでは路地で世話役をしているHさんに話を聞くことができた。眼鏡をかけた知的な感じのする人である。


──私はここの出身ではなく、愛媛の南宇和《みなみうわ》の出身で、一九七二年頃から通い出して、八一年頃から住んでいます。私が同和というのを知ったのは一七歳のときでした。高知を車で走っているときに両親から聞いたのが初めてです。

徳島県下の傾向としては、西部と南部が少数点在で、あとはここと同じように三〇〇戸ほどの規模のところが多いですね。ここは県下でも初めて水平社ができたところなので、けっこう先進的な地区だったのでしょうね。

地区名はF地区と言いますが、現在の地名で正確にいうと鮎喰の一部と、近隣の町の一部が地区にあたりますから、境目は曖昧ですね。だから『どこが同和地区か』という問い合わせがきたこともありました。団地も一般の人との混住ですからね、差別したい人にはややこしいのでしょう。

地区独特の食べ物というと、炒りカスとか肉ヨウカンがあります。炒りカスは大阪の油かすみたいなのではなくて、一度ゆがいた内臓肉を切って炒《いた》めたものです。肉ヨウカンというのはすじ肉の煮こごりですね。大阪では「こうごり」と言うんですね。あとは「ひっかり」です。これは「ひきわり雑炊」と言って、ホソ（牛腸）を入れて出汁《だし》をとったものにひきわりの麦をいれて、味噌《みそ》で味付けした雑炊のことで、昔はよく食べたようです。

差別という意味では、結婚差別がまだ残っています。あと、ここは住宅地なので不動産屋が建売住宅を販売しているんですが、これが売れ残ったままになってます。同和地区だとわかると、一般の人にはなかなか売れないようで、不動産屋も知らなかったみたいですね。新築なのにもったいないですけどね——

本来の遍路

焼山寺《しょうさんじ》の難所を下ってさらにしばらく行くと「鮒《ふな》の里」という遍路宿がある。七四歳になる宿主は「遍路の生き字引のような人だ」と聞いていたので、一泊して話を聞いた。

——うちは親父が左官屋をしていて、それでワシも大工をしておった。祖母《ばあ》さんが不動明王《ふどうみょうおう》の信仰に厚くて、ちょうど遍路道沿いに家があったから、引退してからは遍路宿をと思って開いて一七年になる。いろいろな遍路が泊まっていったな。不倫の男女が四国で合流して旅してるのもおったし、七年間引きこもりだった若い男が遍路して立ち直ったこともある。芸能人や有名人も泊まっていったよ。プロ遍路は昭和五〇年代（一九七五～八四）くらいから減っておったけど、バブル後に一気に貧しい遍路が増えた。ここ八年くらいはまた減ってきていて、新型コロナが流行《はや》ってからは遍路全般が減ったけど、それが本来の遍路なんだ。まず外国人遍路がいなくなっただろ。最近では外国人の乞食遍路も出てきていたくらいだからな。それが新型コロナの流行で遍路が減った今、本来の遍路に戻ったとワシは思うとる。善根宿というのは、もともと江戸時代まではハンセン病者や密偵、泥棒を泊めるための宿だ。だからあんたも知っての通り、古い遍路道沿いには同和地区があった。これも警備の観点からなんやろな。真念道（立江寺《たつえじ》と鶴林寺《かくりんじ》の間にある古道）も同じだ。カッタイ道（ハンセン病者の遍路道）というのも、いろいろな遍路道の一つで、密偵や泥棒も使っていたような獣道のことだが、今は荒廃して残ってない。道というのは、人が通らないとすぐに荒れ果てて消えてしまうもんやから——

素潜り漁をする老人

やがて道は、高知へとつづく海岸線に出た。

ここから高知にかけては、海岸線に小さな路地がたくさん点在している。

街道と外海に面していることから、それぞれの警備のために置かれたのだろう。鈴木《すずき》孫一《まごいち》豊《とよ》若《わか》を祀っている路地もあることから、豊臣秀吉《ひでよし》との戦を逃れた最後の雑賀衆が流れてきて、路地を形作ったとも伝えられている。

かつて、私は和歌山の同じような海岸線の立地にある路地で「雑賀衆の鈴木孫一の子孫」という家族に話を聞いたことがあるので、どこか既視感をおぼえた。いわゆる落ち武者にルーツを求める伝説の類《たぐい》だが、これを代々伝える路地の人は、今でもたいへん誇りに思っている。

歩きながら小さな路地を一つ一つ回っていたが、やがて一軒のお好み焼き屋を見つけたので入ってみた。

四国の路地には、少なからずお好み焼き屋がある。それを不思議に思っていたので訊ねてみると、お好み焼きを焼きながら店のおばあさんはこう説明してくれた。

「ここら辺の人は、仕事のために大阪に行った人が多いんよ。それで作り方覚えて、郷《さと》に帰ってきて店を開くんよ」

とりあえず鉄板一枚あれば開店できるという初期投資の手軽さからだろう。漁村地帯では魚が豊富なだけに、お好み焼きのような料理が好まれるという環境もあるのかもしれない。

私は話を聞いたお礼代わりにビールも注文し、お好み焼きを食べながら杯を重ねた。すると客の一人のおじいさんが話しかけてきた。

「ニイさんは遍路さんか」

「ええ、まあそうです。お父さんは地元の方ですか」

「そうよ。朝から仕事してきたから、ここで飯くっとる。朝一〇時にはもう仕事がおわっちょる」

「仕事は漁師さんですか」

「素潜りやな。この辺りは漁業権がないけん舟が出せんからな。毎朝ではないけど、この歳になっても週に何度かは潜っとる。わしも若い時は、北は北海道から南は沖永良部《おきのえらぶ》まで行きよったもんよ」

「じゃあ、仕事が終わったら、いつもここで一杯呑《の》まれるんですね」

「そうよ。べっぴんさんでも通らんかなと思って外見てるけど、なかなかおらんな。地元やからな」

先に食べ終わったおじいさんは、「これ奢《おご》っちゃる」と言って、ほとんど飲まなかった瓶ビールを一本、私に勧めてから店を出た。私にとって初めてのお接待になった。


室戸岬《むろとざき》を越えて、高知へ向けて歩きつづけていたのだが、用事ができたので土佐くろしお鉄道に乗って一旦《いったん》、高知市に入った。二日ほどしてから、また室戸の方に鉄道で戻ったのだが、金剛杖を高知駅に忘れてきてしまったことに途中で気が付いた。

また寺で買い直しても良いのだが、予算が限られている旅だから、一〇〇〇円以上するものを買い替えるのは何とも惜しい。そこでちょうど車両に乗り合わせていた車掌に相談したところ、すぐに調べて高知駅へ連絡してくれた。次の列車の車掌が、私の金剛杖を持ってきてくれるという。つい今しがたのことで、杖を忘れた駅構内の場所も覚えていたのが良かった。

安芸《あき》駅で降りて待っていると、約束通り、次の列車の車掌が高知駅から杖を運んできてくれた。この辺りの人たちは、駅員であってもこのように大変親切なのには感激してしまった。

元極道の遍路

その日の遍路宿で、私は二人の遍路と知り合いになった。

一人は大阪でバーをしていると言ったが、私のことを根掘り葉掘り訊《き》く割には、自分のことはぼやかしてあまり言わない。

遍路同士で、なぜ遍路に来たのかを訊くことは良くないとされている。そのため遠慮していたのだが、彼が遠慮なしに聞いてきたので、私もお返しに訊ねたのだが要領を得ない。言いたくないなら、人にも訊くものではない。

もう一人は快活な茶髪の若者で「五〇キロはある」と自慢しながら巨大なザックを背負っていた。すでに宿の人とも仲良くなり、なかなかの社交ぶりを発揮していた。訊くとこれまでにもいろいろな離れ小島や僻地で季節雇いの農作業をして食っており、金が貯まったから遍路に出たということだった。

二人の遍路は意気投合したようで、遍路宿で夕飯が終わってからも町までさらに呑みに出かけていった。

私は疲れていたので遠慮して、宿に泊まっていたべつの千葉県出身の遍路のおじさんと雑談を交わしていた。

「つい先日のことなんですが、牟岐《むぎ》というところで会った二〇歳の女子大生が行方不明になってねえ、本当にびっくりしましたよ」

ビールで真っ赤になった顔で、おじさんは語りだした。

「そんなことがあったんですね。牟岐というと、海岸線にある徳島県側の町ですね」

「そうです、徳島の高知県よりにある牟岐です。そこの遍路宿で彼女と知り合いましてね、彼女は牟岐から五日間で室戸に行くと言って宿を出たんです」

「牟岐から室戸なら六〇キロくらいだから、五日間でしたら余裕があるから、大丈夫だったんじゃないんですか」

「それが若いからどうも二、三日でいけると思って無理したんでしょうな。連絡が途絶えて、母親が牟岐の民宿すべてに電話かけたもんだから、行方不明騒ぎになってね。そしたら彼女から私の携帯に電話があって『助けてください』と言うんですよ。話を聞くと、どうも足を痛めて途中で動けなくなっていたみたいなんです」

「室戸までは無人地帯ですからね」

「そうなんです。宿も一、二軒しかない」

「それで、どうしたんですか」

「私はもうだいぶ先にきていたから、とにかく『バスに乗って戻れ』と言ったんです」

「確かに、本数は少ないけどバスが走ってますからね」

「歩いていこうと思い詰めてたから、そんなことも思いつかなかったみたいでねえ。後で考えると笑い話ですが、まったく迷惑な話ですよ」

翌朝、宿で朝食をとっていると、昨夜二人で呑みに出かけた茶髪の男も朝食にやってきた。

「昨夜は町まで出かけたのですか」

最御崎寺の下り道から見た室戸市

「そうなんですけど、財布忘れてまたタクシーで戻ったり、店に行ったら閉まってたりと大変でした。結局、ここで缶ビール買って飲んでました」

「それは大変でしたね」

そうしていろいろと話していると、以前は神戸《こうべ》にいたという話になった。

「実は、元は極道をやっていて。数年前に抜けてきたんですよ」

「そうでしたか。どこの組に」

「宅見《たくみ》の系列です。抜けてからは、島とかで出稼ぎして暮らすようになって」

「しかし、よく抜けられましたね」

「まあ、自分はまだ下っ端でしたから」

「やっぱり食えないから抜けたのですか」

「そうですね。シノギもそうないし、銀行に口座もつくれないし、将来が見えなかったんです。実は自分、子供もいるから。籍は入れてないですけど」

「でも、島から島への季節労働も将来が見えないでしょう」

「そうなんですけど、島での仕事は、いろいろな場所で働けるから楽しいし」

「子供には会ってるの」

「いえ、ぜんぜん会ってないですね」

「そう。差し出がましいようだけど、自分も子供がいるから思うんだけど、遍路が終わったら会いに行ってあげたら」

「ええ、自分もそう思っていたところでした」

路地の人々

安芸の路地にお好み焼き屋があったので再び入ってみた。

私はお好み焼きが好きなので、多少つづいても苦にならない。

室戸岬を挟んだ海岸線では、一日一度くらいの頻度でお好み焼き屋に出くわすのだが、これは先の理由の他にも、僻地だから安価な店が盛んなのだろうと思う。

大阪で覚えた味が、このような辺鄙《へんぴ》な土地で食べられるのは、地元の人にとっても往時を思うよすがになっているのかもしれない。私にしても好物なので大変に助かる。

お好み焼き屋のおばあさんはもう八〇になるというが、見た感じはまだ七〇代にしか見えない。そう褒めると「お客さんと毎日、しゃべっとるからじゃろ」と言って笑った。

「ここはちょっと前まで阪神のキャンプ地でねえ。いまは二軍の人らが来るけんど、以前までは一軍のスター選手もよう来てた。野村《のむら》監督とか、星野《ほしの》さんとかねえ。そりゃあ華やかなもんでしたよ。泊まりは、ちょっと離れた土佐ロイヤルやけんど。今は大学の野球部とか、合宿にようきちゅうですけどね」

「このお店はもう、何年くらいになりますか」

「もう大方、四二年くらいになるねえ」

「この辺りはやっぱり、漁業の人が多いんですか」

「ほうじゃねえ、昔はそうじゃったけど、いまはだいぶ漁業する人も減ったねえ。魚が取れなくなったけん」

「高知だからカツオとかも有名ですね」

「そのカツオが取れなくなったんよ。昔はクジラもよう取ってたんやけどね」

「そうか、魚が取れなくなったんですね」

「そうなんよ。カツオなんかも昔は安かったのに、いまじゃ高すぎて地元でもなかなか口にできないんよ」

「昔は近海で取ってたんですか」

「いやあ、昔から遠洋漁業が盛んやったんよ。だから陸《おか》に上がるとパッと使いよるけんね、景気も良かった。おばちゃんらが若いころなんか、女の子同士で出かけるでしょ。そしたら店にいてる男衆が払う言うて聞かんかったよ。女の子が払う言うと、男衆が、あんたらに払わせるわけにはいけん言うてねえ。そんな時代から比べると本当に寂れてしまったねえ。それででっかい球場つくって球団誘致したけど、それも来なくなってしもうて……。お客さんはお遍路さんですか」

「そうです」

「お遍路さんいうたら、この店の前でもよう泊まってますよ」

店の前というと、地元の隣保館《りんぽかん》の敷地のことだろう。屋根のついた休憩所があり、そこで遍路がよく野宿しているという。

「こんな所にも泊まるんですね。地元の方は何も言わないんですか」

「まあ、べつに構わんのよ。春とかシーズンになると、何人もテント張っとるきに」

この辺りは海の仕事が中心だったこともあるのだろうか、路地の食べ物である油かすなどは、お好み焼き屋にはなかった。

店を出て、その阪神の二軍がキャンプするという球場に向かう。道路脇に待合所があったので、ちょっと身支度をしようと入ってみると、おばあさんが八人ほど集まって会合中であった。賑《にぎ》やかに弁当を広げており、「よかったら遍路さんも食べるか」と私に勧めるが、もう満腹だったので固辞した。

おじいさんが一人、隅に座っていたので、私もそこに重い荷物を置いて座る。こういう場では、男衆はやや肩身が狭い。

やがておばあさんたちは三々五々、帰り始めた。ここは鉄道かバスの待合室のはずだが、べつに待っていたわけではないようだ。

そう思って何となく見ていると、おばあさんたち四人ばかり、外にある駐車場の塀にもたれて座り込んでしまった。

私が不思議そうに見ていると、隣にいたおじいさんが、話しかけてきた。

「ここは海辺じゃけん、風が強いからばあさんたち、ここで集まりよるんよ」

「しかしおばあさんたち、あそこで何をしているんですか」

「あれは、ここにずっと座っておったから寒くなったけん、陽にあたりに行ったんじゃ。あそこは日当たりが良くて暖かいけんな。ばあさんたち、毎日のようにここに集まるんよ。行くとこなんかないけん。どっか行っても金とられるし」

「お父さんもよく来られるんですか」

「うん、たまにな。家にいても退屈じゃけん。あんたはどこから来たんか」

「大阪の出ですが、今は東京に住んでます」

「大阪か。ワシも大阪の生野《いくの》ちゅうとこに住んどったけん、懐かしいなあ」

「へえ、そうなんですね」

「生野の工場で四八年働いた。大阪空襲のときは橋が落ちてなあ。三月一四日、今日がちょうどその日じゃ。ワシはここから少しばかりいった東洋町《とうようちょう》いうところの出じゃけど、姉がここに住んでたから、年金の歳に大阪から帰ってきた。お兄さんは大阪のどこの出身なん」

「松原《まつばら》市いうところです」

「ああ、松原には友達がおったな。時々遊びに行って、肉もらいに行ったな」

「そうですか、うちの実家も肉屋ですよ」

「ほう、そうか。ここらでは肉もあんまり食べれんかったから、珍しかったなあ」

「ここは漁業が中心だったんですね」

「そうよ、昔は賑やかじゃったけど、ここは漁業権をもたんから零細ばっかりで仕事がなかったけん」

「昔は警備の仕事してたんですかね」

「そうよ、あんたよう知っとるな。しかしまともな仕事がなかったから、この辺りの人はみんな大阪に出稼ぎに行っとったけん」

「やっぱり故郷はいいですか」

「そりゃあ、やっぱり田舎の方が知り合いも多いし、食いもんも安いけん」

こうして地方の路地を訪ねたとき、自分の故郷との思わぬ縁を聞くと、私は嬉しいような、少し物悲しいような気分になってしまうのだった。

長居しすぎたようだ。

私はおじいさんに別れを告げ、再び歩き始めた。

善根宿の酒乱

その夜は、またべつの親切なおじいさんに誘われて、自宅に泊めさせてもらうことになった。

一人住まいなので時々、気が乗った時だけ遍路に声をかけて泊めるのだという。

小さなアパートに住んでいたが、中は案外広くて、別室をあてがってくれた。私は近くの商店で買ってきた弁当を広げ、ビールなどの酒を出しておじいさんにも勧めた。「酒はもう止めたんやが」と、後で思うと意味ありげに言いながら、おじいさんはカップ酒をすするようにして飲み始めた。

四方山《よもやま》話をしていると、今は僧侶《そうりょ》の免状をもっていて、一応は僧侶をやっているという。以前までは大阪に住んでいたという。

「仕事は何をやっていたんですか」

何気なくそう訊ねると、おじいさんはカップ酒に顔を赤らめ、少し間をおいてからこう呟《つぶや》いた。

「……こういう話はあんまりせんのやが、あんたを男と見込んでいうが、大阪では極道やっとったんじゃ」

そう言うと、おじいさんはそれまで巧妙に隠していた左手の小指を私にちょっと見せて、また隠した。小指は第二関節から先がなかった。私はまったく気が付いていなかったので驚いた。

「そうでしたか。つい先日も、元極道の若いお遍路に会ったばかりだったので驚きました」

「そうか、遍路の中にもそういう奴は沢山おる。悪いことばっかりしてきたような奴が……」

「出身はこの辺りなんですね」

「そう。実家は漁師やってた。ワシは二五歳まで、地元で車の整備工やっとったんやが、親父と喧嘩《けんか》して飛び出してもうての。大阪の平野《ひらの》で極道になったんじゃ」

「極道というのは、どうやって食べているんですか」

「いろいろあるけど、たとえばオヤジ（組長）にこれで遊んで来いと言われて五〇万もらったら、パチンコ屋に行く。パチンコ屋もグルで、大箱を毎回出してくれるが、それは置いといて、わざと負けた振りする。それでわざと札束を出して客に見えるように数えてると、パチンコで負けた女がすり寄ってくるんだ。一緒に飯でも食べようと誘ってくるが、忙しいからと断ると、一万貸してほしいと必ず言ってくる。それで貸してやると、次もまた返さずに借りにくる。そこでしっかりハメて、肉体関係をもつんじゃ。女もよくわかっとる。大抵はよう返さんから、ソープに沈めるなりして金にして、オヤジに五〇万だけ返すんじゃ」

「つまりギャンブル依存症の女性を狙うんですか」

「そうよ。その他にもまだいろいろある。あるときはフィリピンの女を三人ばかりワンルームで管理したりな。やりたいときはトイレでやるからセックスには困らん。一人一日六〇〇〇円は稼ぐから、三人で一万八〇〇〇円。オヤジに八〇〇〇円渡すから、ワシは一万の儲《もう》け。とっかえひっかえ女とセックスして、何もしなくても一日一万は入ってくるというわけじゃ」

しかし、そのような金が身に付かないであろうことは、老人の今の生活を見ていてもわかると思った。

話は時々とんで、地元の遍路宿の悪口になった。

「あそこの民宿の女将《おかみ》はとんでもない奴じゃ。ダンナのおじさんが金持ちやからと、そのおじさんとデキて金引っ張って民宿やっちゅうが。ダンナと一緒に住みながら、色仕掛けのどうしようもない女じゃ」

ことの真偽はわかりかねたが、酒のつまみに聞いていた。

するとふいに「ところで、あんたは何で遍路に出たんだ」と訊ねられた。

ちょうど女性の話が出たので、自分は大阪に残した家族への贖罪《しょくざい》、数々の女性遍歴の中でいろいろな問題も起こったため、懺悔《ざんげ》の気持ちがあったからなどと、適当におじいさんに合わせて答えた。もともと私が薬漬けになったのは女性問題が発端だったから、あながち嘘でもなかった。

すると、サッとおじいさんの顔つきが変わった。

「なんじゃ、おまんはッ。真面目そうな顔しとると思ったら、おまんも極道しとったんかッ」

そう言って怒り出した。

困ったことになった。どうも酒乱の気があるようだ。そのため酒を断っていたのに、知らないばかりに私が勧めてしまったものだから、呑んでいてキレだしたようだ。気づいたときには、もう遅かった。

「あの、自分はただ遍路を始めた動機を正直に話しただけなので、どうか怒らないでください」

「ふん、仕事は何をしちらがよ」

「物書きです」

「おまんはツラもよくないのに、どうやって女を引っ張ってくるんじゃ。金か、それとも口か」

口というのは会話のことだと思ったので、私は「金はないので口になります」と答えると、おじいさんはさらに激高しだした。どうも私の話がきっかけとなって往時、極道をやっていた頃を思い出すのか、火に油を注いでしまったようだ。こうなると何を言ってもキレるので手に負えない。

「セックスの何がいいんじゃ。『生《き》』を抜くことの何がいいんじゃ。ワシは女とやるときも、生を抜かずにやる。女はな、舐《ねぶ》って舐って、舐り倒したらええ。おまんもケツの穴舐ってもらって、口でしてもらうのがええんかッ」

「生《き》」というのは、どうも精子か射精そのものの意味のようだが、私はおじいさんの豹変《ひょうへん》ぶりにいささか参ってしまった。女の話になると、昔を思い出すのだろうか、どんどん下品な話になるのだ。

私が「会話」のつもりでいった「口」とは、どうもおじいさんの中では「口で舐る」という意味だったらしく、おじいさんの中で私は「女性を口で舐って籠絡《ろうらく》するただのエロ兄さん」になってしまっているようだった。渡世の素人としては、女性を「口で舐る」ところまでもっていくのが難しいと思うのだが、元極道には通じないようだった。

「いや、口といってもですね、話をして口説くという意味ですよ」

慌てて訂正するも、おじいさんはひたすら呪詛の詞《ことば》を吐きつづける。

「ふん、おまんくらい若かったら、一回やっても、二時間あればまたできるやろう。しかし元気なのは今のうちじゃ。歳いったら残してきた家族にも捨てられる。子供たちは、嫁はんからおまんの悪口をずっと言い聞かせられて育つんじゃ。歳いったら子供の世話になろうと思っても、それはできんぞ。おまんは子供にも捨てられるんじゃッ」

私はいささかムッとして「子供たちの世話になろうとは思っていませんよ」と言い返した。「ふん、おまんもそんなフラフラした仕事やめて、四国で遍路の宿でもやれ。自給自足とかやればその腐った性根も入れ替わるじゃろ。八万円を出せばワシが僧侶にしてやるから、出家して僧侶になるという手もある。遍路なんか回っても、何も変わらんぞ。遍路して変わろうと思っても、そんなことでは人間は変わらんのじゃッ」

私は呆気にとられて、仕方なくおじいさんの話を聞いていた。

その後、とりあえず話を打ち切って就寝したが「おまんは子供にも捨てられるんじゃ」というおじいさんの呪詛が、なかなか頭から離れなかった。せっかく忘れかけていた初日の呪詛が、ここでまた引き継がれたような思いがした。

子供の世話になるなどということは、手前勝手に生きてきた私には思いも寄らないことだったが、おじいさんは人の弱みに付け込むシノギをしてきただけあり、人の心の弱さを突くのが得意であるようで、元極道の勘の良さからそれを見抜き、私の痛点を喝破したのだろう。

それにしても、なんというおじいさんに世話になったのだろうか。私は寝苦しい夜を過ごさなければならなかった。おじいさんの呪詛が頭にこびりついて、それから数ヵ月は頭から離れず、これには本当に参ってしまった。

翌朝、おじいさんに別れを告げて出発しようとすると、おじいさんは「光熱費に一〇〇〇円ばかり寄付してもらえんか。生活保護で収入もないけん」と言ってきたので金を渡した。まるで「説教詐欺」だなと思ったのだが、おじいさんの中では一〇〇〇円で泊まれたのだからいいだろうと思っているようだ。正直いってうんざりしていたので、少額の金を渡すことで多少なりともおじいさんに施しをしたと思えば、べつに不快な気分にもならない。ただ、このように責められるとわかっていれば、誘いを断って野宿した方がよほど気楽だと思った。

しかし、良くしたもので「遍路は何事も修行」というから、こういうこともまた人生勉強かもしれない。だから、おじいさんとの一泊は修行だったと思うしかない。とんだ修行ではあったものの、これもまた、遍路というものなのだ。

しかし、おじいさんが喝破した「遍路なんか回っても、何も変わらんぞッ」という呪詛にだけは同感であった。さすがにじいさん、酒乱ではあるがよくわかっていると私は苦笑いした。

そう思えば「四国で遍路の宿でもやれ」という言葉は、「金はないが口はできる」私のことを心配してのおじいさんなりのアドバイスだったのかもしれない。一〇〇〇円という施しは、おじいさんにとっても私にとっても、妥当な値段だったのだろう。

遍路と路地

ここまで路地にいくたび遍路との関係を訊ねていたのだが、実際のところはよくわからなかった。

路地を訪ねるたびに「昔、お遍路さんを世話していませんでしたか」と訊ねるのだが、老人たちは首を傾げて「さあ、個人的にはあったけんど、お遍路を特に世話したなんてことはないなあ」と答えるばかりであった。

徳島にある善根宿のおじいさんと雑談しているときにその疑問を話すと、おじいさんはこう言った。

「確かに、同和地区ちゅうのは旧遍路道沿いにある。じゃのに同和と遍路が関係ないのは、そりゃあ昔は同和が番太（警備）やっとったからやろうな」

「だから逆に疎いのですかね」

「番太やっとったのは今の老人の曾爺《ひいじい》さんにあたる時代やろうが、親とか周囲が接待するところを代々見てないと、その習慣が根付かんのやろう」

確かに遍路というのは、昔から体制側からは取り締まりの対象になっており、路地の者もその取り締まりに駆り出されていたと考えられる。四国の中では土佐藩・高知県がもっとも遍路に対して厳しく、江戸中期から明治、大正にかけて規制を強く打ち出す。

遍路取り締まりの歴史的経緯を追ってみると、古くは享保《きょうほう》七年（一七一九）に土佐藩が阿波との境にあたる甲浦《かんのうら》に番所をつくり、そこで往来手形などをチェックしてから「宿泊する村の庄屋《しょうや》から毎回証明をもらい、三〇日以内に松尾峠《まつおとうげ》から伊予《いよ》に出ること。脇道に入るのはご法度」などと申し渡して入国を許可していた（星野英紀・浅川泰宏『四国遍路　さまざまな祈りの世界』吉川弘文館、二〇一一年、以下同）。

それは数年ごとに厳しくなり、天保《てんぽう》七年（一八三六）には接待と托鉢《たくはつ》が禁止。安政《あんせい》元年（一八五四）には震災をきっかけとして、とうとう全面的に遍路の入国を禁止してしまう。このため遍路たちは長い間、土佐以外の三国でしか巡礼できなかった。これらの警備には、路地の人々も駆り出されたと考えられる。

明治、大正にはいって路地の者たちがお役御免になってからも遍路排除の動きは活発で、時には一度に数百人の遍路が追放されている。

大正七年（一九一七）一〇月二三日、老人と共に遍路に出て三ヵ月余りで結願《けちがん》した二四歳の高群逸枝は、愛媛県八幡浜《やわたはま》の三津山《みつやま》というところにあった木賃宿で帰りの船を待っているときに「遍路狩り」に遭っている。少し長いが、当時の警官による「遍路狩り」が描かれている貴重なシーンなので引用する。

――（略）階下で警官の声がする。

「老人と娘？　そうか。ちょっと来いといってくれ」

とうとう下へよび出されてみると二人の巡査さんである。一人は上り口に腰掛け一人は土間に立っていられる。

「ナニこの娘？　こりゃお前の孫か。原籍氏名を述べろ」

まるで罪人扱いだ。かつ曰く、

「実はこう米が高くちゃ遍路が可哀想だというのでその筋から幾分かずつ給与金を出され

る事になったがお前は何か修業してやって来たというのか。それであったら遠慮なく申し出るが好い。どうだ」

「イエ、私はもう帰り途で御座いましてその必要は御座いませんが、それはマア結構な思召しで……」

「では、受けるかどうか」

「イヤ私は要りません。電報為替が来るはずですから」

「そうか、全くそうか」

「え、全くそうです」

「それじゃ、遣《や》る必要もないかな。一人前よほど沢山ずつやる事になってるがな。要らないならその必要もなし……」

見え透いた事をいう人たちだと私は傍から面白く思って眺めていた。

「娘、お前は何のため出て来た」

大喝《だいかつ》が私の方にまわって来た。

「心願が御座いまして」

「名は？　もう一度いってみろ」

「逸枝と申します」

二人はジロジロと私を見ていたが暫くすると、

「コラ、遍路。お前たちは何か。やっぱり遍路姿か」此度《こんど》はお爺さんに切尖《きっさき》が向く。

「ええ、お大師さまに詣るのだから遍路姿でなくちゃ仕方ありません」

「馬鹿、遍路といったがどうした。貴様腹を立てたんか。いくら身分はあっても遍路じゃ」

「オイ詰まらない。行こう」

二人はサッサと出て行ってしまった。私もそのまま二階に引返した。

何だか滑稽なような。でもあれが警官の職責かなぞ思って、微笑んでいると、お爺さんはプンプン憤《おこ》って上がって来られる。

「人を罪人だと思ってやがるが何だあの横柄な態度は」

（略）

「今日は遍路狩りだっせ。何人も警察へひかれたやいいまっせ」

浮かれ節屋さんが帰って来て、一同に告げ知らせる。その晩は、道理で盲女の遍路さんとうとう捕《つかま》って留置場へひかれたという事が分った。捕ったが最後国境まで護送されて追っ払いとなるのだと皆が話している――（高群逸枝『娘巡礼記』岩波文庫、二〇〇四年）

これは大正時代になってからのことだが、愛媛県でも遍路が厳しく取り締まられている様子がよくわかる。警官が給付金をエサにして、乞食遍路を捕まえようとしている手法が描かれている。

江戸時代に土佐がとくに遍路に厳しかったのは、後に反幕活動を活発化させた経緯から、遍路や乞食の風体でやってくる密偵の動きに神経を尖《とが》らせていたからかもしれない。高群の遍路記にも「お修業（托鉢）するのに一等楽なのは伊予と讃岐《さぬき》で、土佐と来ては人情が紙のようだ」（同前）と、同宿の遍路が語っているシーンがある。

　これは土佐藩が四国の中でも特に取り締まりに厳しかったのが原因のようで、この傾向は現在の県民性にも影響していると言われ、高知は今でも「遍路には厳しい風土がある」と評されることがある。

　このような藩政の影響が現在にも及んでいることを念頭におき、江戸時代まで路地の者たちが遍路を取り締まる側にいた歴史的経緯をも鑑《かんが》みると、現代の路地と遍路との関係が薄いままになったとしても不思議ではない。

　ただし、遍路との関係が深い路地もあった。一口に路地といっても、各地でまったく事情が異なるのだ。

　余談だが、高群の遍路記には、このとき木賃宿に泊まっていた易者が浮かれ節屋に向かって「一体ホテテン（法華）宗なざ感心仕《つか》まつらないね。それから一向の穢多宗はなお厭だし、お金をくれる宗旨なら二言といわぬ。今からでも信仰仕まつるがね」（同前）と、日蓮《にちれん》宗を「ホテテン宗」と茶化し、一向宗（浄土真宗）を路地の者の宗教だとして貶《けな》している。

　この木賃宿に泊まっているのは「社会のどん底」（岩波文庫『娘巡礼記』の紹介文）、つまり最下層の者たちなのだが、彼らからも路地の者たちがより下に見られていることがよくわかる。

　歴史的経緯から、遍路との相性が良くないと思われた路地だが、それは全ての路地ではない。

中には遍路と関係の深い路地もあった。

遍路を世話した路地

海岸線を北上した私は、やがて赤岡《あかおか》の路地に辿《たど》り着いた。

香南《こうなん》市赤岡町は小さな町ということもあり、地区の人口の半分が路地で、ほぼ一般地区と路地とで半分ずつの面積になっている。

赤岡にある路地の興味深いところは、近年までこの地にきた遍路の中で、赤岡に住み着いた人もいるということだ。片田舎にあって、他所からの人もあまり拒まない気風があるという。

ここには、ハンセン病におかされた高貴な姫が流されてたどり着き、その世話をして埋葬したといういわれがある神社もある。こうした「高貴な姫がハンセン病になって流されてきた」といった伝説は各地に残っていて、四国はもちろん群馬県前橋市粕川町《かすかわまち》でもよく似た言い伝えを残す路地をかつて歩いたことがある。また東北でも、例えば会津若松《あいづわかまつ》ではハンセン病者の世話は路地の者の役目だった。かつて路地の人々とハンセン病者は同じく下々の身分にあり、言い伝えは路地がハンセン病者の世話を担うことになった所以《ゆえん》を語っているようでもある。言い伝えは昔の人々にとって精神的支柱になったと考えられるが、それがお上からもたらされたものか、路地の人々の自主的なものかはわからない。

また愛媛県東予《とうよ》地方の海岸近くにある路地には「なりやしき」という昔話が伝わっている。この「なり」とは、東予地方のハンセン病の呼び名である。

――昔、人里はなれた竹藪《たけやぶ》に、板を打ちつけただけの粗末な小屋を建てて、ハンセン病者の遍路が住みついた。誰ともなくその場所を「なり屋敷」と呼ぶようになった。病者は近隣の家々へ物乞いをして暮らしていたが、路地以外の家では「きしゃない（汚い）」といって嫌がられた。この病者が亡くなると路地で手厚く葬ったが、地区外の人々がきて小屋を焼いてしまった。そして役人がきて路地の人々に「今後はここを墓場にせえ」と申し渡したため、それから以後、路地の者の墓場は「なりやしき」と呼ばれるようになった（要約）――

赤岡の神社は、この辺り一帯で「ハンセン病の姫」を祀る神社としては祖神にあたる。そのため櫛《くし》や笄《こうがい》など、さまざまな物が分祀《ぶんし》されたことが過去に何度かあったようで、なぜかハンセン病者を収容した香川県にある島の「国立療養所大島青松園《おおしませいしょうえん》」にこの神社の祭神である美宜子《みきこ》姫の持仏が保存されていることがわかり、五〇年ほど前に返還されたことがあった。その経緯は不明だが、赤岡の路地に滞在していた遍路のハンセン病者が、収容される際に分祀するつもりで持ち去ったものかもしれない。

こうした伝説の影響なのかわからないが、江戸時代から昭和初期までハンセン病の遍路が多かったこともあり、赤岡の路地ではそのような病気の遍路をよく世話したという。

ハンセン病と関わりの深い神社があるということで、遍路しているハンセン病者も、他の地域と比べて理解がある赤岡で、しばらく疲れを癒《いや》そうとやってきたのかもしれない。乞食遍路の排除が四国中でもっとも厳しかった高知にあって、赤岡の路地は病者にとって過ごしやすい所だったのだろう。

ハンセン病者の遍路

弘法大師の生まれた寺である七五番札所の善通寺や、七一番札所の弥谷寺《いやだにじ》など、かつて参拝者が多く集まる寺にはいつも数十組のハンセン病の遍路が物乞いをしていたという。

鼻が欠けるなどして顔の崩れた親がムシロを敷いて座り、子供が盆を突き出して恵みを乞うた。大正初期頃がもっとも多く、病者の乞食遍路が四国中の寺にあふれたが、昭和四年（一九二九）には療養所への強制収容が始まる。

ただ、療養所に入るよりも自由を求めて放浪したハンセン病遍路も少なからずいたので、減少しながらも病者の遍路が絶えることはなかったが、つづく戦時下にはいることによって病者の遍路は激減する。世論としても療養所への強制収容が多勢を占めた時代だった。

当時、遍路したハンセン病者の貴重な証言が二例ほど残されているので、朝日新聞の香川県版連載をまとめた『差別者のボクに捧げる！』から読みやすいよう一部要約して紹介しておく。著者の三宅一志は元朝日新聞記者で、親族にハンセン病者がいたこともあり、ハンセン病についてのすぐれたルポで知られている。本書には昭和初期、消えつつあったハンセン病者の遍路の様子がもっともよく聞き取りされている（カッコ内は筆者註《ちゅう》）。

■佐々木英雄さん（六七）の場合■

（発病した翌年、二三歳のとき）一〇回まわっとるからね、昭和八年（一九三三）から二年半くらいの間にね。広島の国元をでて宇野から高松へ渡ってね、町の方へ歩いていっとると六人連れのお遍路さんに出おうて「どうしてええかわからん、頼む」言うと「アー、そうか、そうか。お前はまだ（顔などが）きれいでひとつもわからんからいっしょに連れていってやる」と親切にいってくれてね。

八四番の屋島寺から八栗、志度寺、ここでみんなといっしょに宿に泊ってね。みんなが遍路のしたくをしてくれた。

「お前、この白い着物は死んだ人の姿じゃ。あんたはもうここで死んどるんじゃ。明日からは生まれ変わって仏さまの姿で、お四国を回わるんじゃから、悪い心ださんように一生懸命信心して回れよ。泊まれいわれたときは、すぐその宿に泊まれよ、でないと宿がなくなるぞ」と教えられてね。

宿に向かっておじぎすると涙が出てね。今日からお遍路さんになったんかと思うと辛いこと、辛いこと。

五人は他へ行くというので、おじいさんと一番の霊山寺にお参りしてね。このおじいさんが国元の私のおじいさんと声から物の言い方までよう似とるんじゃ。「ひでお、ひでお」と呼んでくれてね。いよいよなつかしゅうて「わしは大阪へ帰る。宿は早うとれよ」いうてくれたら、もう、辛うてね。もう、泣いて泣いてするもんじゃから「もう、泣くな。

わしゃあ、お前と別れにくうていかん」いわれてね。

それからが大変じゃ、一人ぼっちじゃからね。

一回目は金も持っとったし、苦労はほとんどなかった。

金は二〇〇円持って出た（現在に換算すると一二、三万くらいか）。米一升が二五銭のころです。家を出るとき、おじいさんが「人に見られたら人殺しにおうたり、取られたりする」言うてね。腹巻の中に入れて回った。

愛媛の菊間の町で「泊まれ」いうから泊まったとき、他のお遍路さんが「うつる、うつる」言うてね。宿の主人がきて「まことに言いにくい事じゃが、他の人が嫌がるんで……」言うてね。「ハイ、ええぞな、ありがとう」言うて出ていこうとしたらね、主人が行李にぬくい御飯をいっぱい詰めてくれてね、「すまんこっちゃ、もし宿がなかったら、これを食べんさいよ」と大事に言うてくれて、とても嬉しかったですね。

お金のあるうちにお修業（托鉢と門付）せにゃあいかん思うてね。日に七軒とか二一軒ね。でも、なかなか人の家に立てるもんじゃあないからね。遍路道では恥ずかしいから奥の田舎の方へ行ってみても、なんぼにも恥ずかしゅうてね。「今日こそ」と思うても、若い者がおると「いかん、いかん」、娘がおると「アー、恥ずかしい」と思うてね。辛うてね、三日もよう立たんかった。

（門付して）四日目、お百姓の老夫婦の家に行くとね、「アー、ご苦労じゃね」言うてね、お米をさんや袋に入れてくれた。もう、親に言われたような気がして、涙がボロボロでるんじゃね。おこられりゃあせんかと思うとったのに、やさしゅう言うてくれたのと、辛いのとでね。

人間ちゅうのはわからんもんじゃね。金持ちの大きな家ほど冷たいからね。それから毎日、お修業してね。

三回目は、はだし参りをした。信心で病気が治ると思い込んどったからね。いまじゃ、とても信心で治るとは思えんがね。四回目ごろから、そう思いはじめたね。

病気が進んでくると、「うちを四国の親と思うとれ」と言ってくれてた親切な家でも、泊めてくれんようになった。

昭和八年ごろは、この病気の人はようけおったね。たくさん会いましたよ。ワラジに血のついたような人もいてね。同じ病気の人には、最初のうちは一〇銭ずつあげた。えらく喜んでくれてね。地下たびも菅笠も破れたこの病気の娘が、盲（ママ）の母の手を引っぱって歩いとるのを見ると、いよいよ可哀想でね。新しいのと買い替えてあげた。

病気の重い人は（歩けないので）あちこちの寺に座って、めぐんでもろうていた。こんな人も、たくさんいたね。昭和九年（一九三四）に、うんと刈り込み（ハンセン病者の遍路狩り）があって、一〇回目回わるときにはほとんど病者に会わんかった。私も刈り込みに会ってね。巡査に「お前は、信心して回ってようなりょうるか（病が良くなっているか）」いわれて、「ええ、ご利益をいただいて、ようなってます」と、嘘を言ってね。「真面目そうじゃから、もう少し回ってみい。信心して回れよ」ということになったんです。

（高知の浜辺を）夕方に通ると、いよいよ心細うなってね。「わしだけどうしてこんな苦労せんといかん。国元におると気が楽なのに」と思いましてね。それから、見晴らしのいい高い山ではね、あたりがきれいならきれいなだけ、自分の心がよけい寂しくなっていくんです。

お修業は何べんしても、朝になると「きょうもまたか……」と思うてね、ぜんぜん楽しくはなかったたね。信心では病気は治らんが、心の修養はできたね。遍路中には鼻かぜひとつひかんかったのも、ご利益じゃろうね。冬でも、寒いとは思わんかった。

※二年半の遍路をやめた後、徳島の劇場の使い走りをはじめ、昭和一五年（一九四〇）に長島愛生園に入園。一年後に漁船を四〇円で雇って逃走。再び元の劇場に勤めたあと、保健所の勧誘に従って、二三年に大島青松園に入った。一五年前から盲目になっている（一九七八年当時の話）。

■山尾正秋さん（五六）の場合■

昭和一二年（一九三七）、一五歳のとき病気になった。尋常高等小学校を出て一年目で、家は兵庫県の小作農でした。

母方の祖父母が岡山で庵主をしてて、四国を回って信心すればおかげがあると遍路をすすめてくれてね、一四年（一九三九）の一月に家を出た。明石から淡路島に渡ってね、福良で宿に泊まろうとしたら断られ、野宿して朝、客船で四国へ渡ろうとしたら、また断られてね。

「町はずれから出てる牛船に乗れ」と言われた。牛船いうのは牛とか荷物ばかりを運んどる船ですよ。これも「人を乗せたら客船がうるさい」と断られてね、仕方ないから家に帰った。家でウロウロしてたら「早う行け」と追い出されてね。四月初旬、こんどは相生から高松へ渡った。

（寺に辿り着いて）ここで遍路の支度をしてね、坊さんが親切な人で「本当の名前と住所は書くな」と教えてくれた。学生帽の上に菅笠をかぶってね、この日は八七番の長尾寺まで行って、寺に「泊めてくれ」言うと「縁の下で人にわからんように泊まりなさい」と言ってくれてね。坊さんが「飯は食うたか」と饅頭と餅をチリ紙に包んで持ってきてくれた。

歩いて歩いて、足がはれるほど歩いてね。私は宿には一回も泊まらず野宿ばかりでした。一回目は真面目に回わったですよ。暇があれば手鏡ばっかり見てね、顔が赤くはれて、眉毛は片方なかったんですけどね。

小松島（徳島）の勝浦川の橋の下に同病の人たちと寝てたら、台風の大水がきてね、荷物を全部流してしもうた。もう、ヤケになってね。他の人の話を聞いても信心で治るとは思えんし。お修業（托鉢）もせずブラブラしてるうち、愛媛の小松でちょっとグレた人と友達になった。橋の下で暮らしてた人ですがね。この人が福島正徳という三五、六歳の〝親分〟と知り合いでね。私も福島さんの〝子分〟になった。ええ、放浪の人は生まれた国の名前を名乗っていましたね。福島さんは福島県出身で、家は宇和島にあり、健康者の奥さんと子供さんもあってね。福島さんは放浪生活をして、稼いだ金を妻子に送ってました。〝子分〟は四、五人いましたね。

主に博打で稼ぐんです。人目につかぬ林の中とか河原に六畳か八畳ほどのテントを張ってね。福島さんは顔が広くあちこちにやくざ、侠客の友達がいる。その人が、客を連れてくるんです。客は必ず一人だけで、百姓で銭持ちの御隠居のような人でした。博打はほとんどサイコロの丁半博打で、花札も時には使っていた。素人の客一人がプロ二、三人とするんですからね。プロの方は組んでいるし、必ず負けますね。「一の裏が一」といったイカサマのサイコロも持ってましたがね、使うまでもないですよ。たいてい昼間からはじめて徹夜でしたね。一〇〇円札（引用元註・牛が二頭買えた）も置いてたから、相当な金を賭けてたですね。

客が全部スッてしまうと終わりで、金を取りに帰ってまたきてやる人もあった。身ぐるみ剝がれて帰る人もあった。福島さんは博打するわけではなく、場所代をもらうだけです。私たち子分は巡査がこないかどうかの見張りと、タバコを買うなどの使い走りをする。多いときは一晩で一〇円になった（現在に換算すると六〇〇〇円少しくらいか）。勝った侠客が一、二円の小遣をくれた。一カ所に長いことは居れないから、こうやって主に愛媛県内を渡り歩いたですね。大型リヤカーに荷物を積んで、犬に引かせてね。犬は一匹ですが、結構よく引っぱるもんですよ。

悪いことですか。そりゃあ、いろいろやったですね。ひどい仕打ちにあい、病気も治らんとなれば、もう、ヤケになりますからね。お修業しても、病気とわかるほどの遍路なら「お通り」と言われてばかりでね。お断り、ということですよ。こっちもイライラしてね、そこらの物を蹴飛ばしたりね。店に何か買いに行くと、極端な人は十能（炭や灰を運ぶ小型のスコップ）を持ってきて銭を受け取るんですからね。そりゃあ、炭のついた十能を突き出されては腹も立ちますよ。手で銭を受け取る人でも、あわてて裏の井戸に行きバケツに銭を入れてジャアジャアと洗うんですからね。店に置いてる物にさわって「これ、何ぼじゃあ」言うと、「ええから早う持ってけ」と主人が言うからね。味をしめて、よくやったもんですよ。「盗むんじゃない。くれるんじゃ」言うてね。警察も、少々あばれても「汚ない」いうて手出しもせんからね。巡査も、私らが近寄って行くと逃げよったからね。

だけど、悪いことばかりしよったわけじゃあない。私も「すわり」をだいぶんした。お寺の参道に座って、銭をもらうことです。はじめは、なかなかやれんですよ。声が出せんで、黙って座ってたですね。それでも、一日一円にはなった。なにしろズラッと何人も並んで競争でやるんですから。だけど、「すわり」だけでは普通の生活はできませんねえ。

自分で治療もしたけどね、信用してなかった。囲りの人を見れば、効き目が薄いことはわかりますものね。

子供にはよく、石を投げつけられましたよ、大人はそうまでせんですがね。親切な住民も結構いましたね。いっしょに酒を飲んだりしゃべったりしました。

四国にいたのは約四年間で、（徴兵検査の時期になったので）一八年七月に青松園に入った（親分の福島さんもその後、自ら国立療養所の監房に入った）。

「入園せんといかん」と思うとるとき、ちょうど巡査が「入れ」言うてきてね。内心ありがたいと思ったが派手にけんかしてね。警察に三日間泊まってから入園した。警察も留置場に入れるわけにはいかんからね、廊下の隅にムシロを敷いて、そこにおったですよ。親に迷惑かけちゃいかんからね、住所も名前もウソ八百を言うてね。療養所に入ってからもしばらくは、知人の名前を言ったりね、ウソをついてましたね。

家族ですか、私が家にいる間は村八分で、（村人は）つき合いもしてくれんかったですね。でも、私がおらんようになってからは、表面上は普通につき合いさせてもらってたようですね――（三宅一志『差別者のボクに捧げる！』晩聲社、一九七八年）

その後、ハンセン病については九五％の人が「らい菌」に対する免疫を元々持っており、たとえ感染しても大半が自然治癒し、しかも感染力のきわめて弱い病気だとわかった。そして一九四三年頃に特効薬が開発され、発病しても完全に治癒する病となったのは一九八〇年代のことであった。

戦前まで、多くのハンセン病者の生きる術《すべ》となっていたのが四国遍路であり、ハンセン病は四国遍路のもう一つの姿でもあった。遍路道の近辺には、ハンセン病に関係する史跡が多く残されており、追々、私はそれらの一部を訪ねていくことになる。

キリシタンと路地

赤岡の路地の街道沿いには、化粧をほどこされた「化粧地蔵」がある。東京渋谷《しぶや》の神泉《しんせん》にあるのを見に行ったことがあるが、赤岡にもそれがあるので珍しいなと思った。

もともと川で溺《おぼ》れ死んだ女の子の供養のために置かれたいわれをもつが、ここは前を流れる川の溺死者《できし》はもちろん、行き倒れた遍路の遺体を安置する場所でもあった。そこから戸板に乗せられた遺体は、近くの寺で葬られたという。

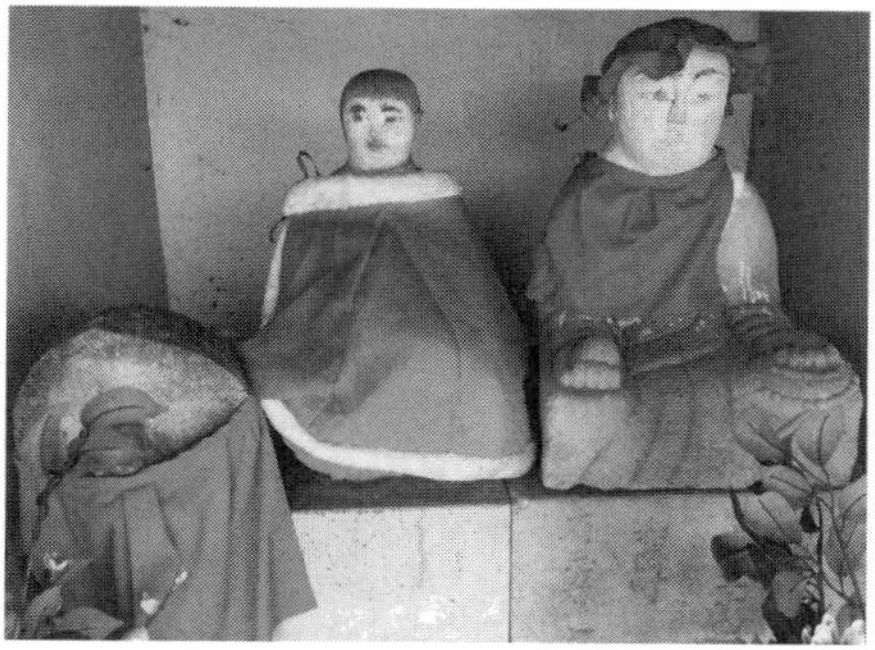

化粧地蔵

また路地の中には、かつて長崎から連れてこられたキリシタンたちの牢跡も残されている。

一八六七年、多数のキリスト教徒が捕縛された「浦上《うらかみ》四番崩れ」のうち、一一六名のキリシタンが土佐藩に預けられた。そこから世帯主の男のみ「戸主二五名」が赤岡の路地の獄舎に移された。拘留時の待遇は流された藩の方針によって違ったが、赤岡ではそう悪くはなかったようだ。

記録には次のように記されている。

「六畳一間、四畳二間に分かれ、それらしき（取り調べなど）模様は一向にない。御用にすら呼ばれない。ただ苦しいのは食物の不足だけで、一度分の飯が僅《わず》かに茶碗《ちゃわん》一杯だ。毎日まいにち何の為《な》す所もないので退屈でたまらない。そんな中で牢番（赤岡の路地の者）の勧めに従い、紙細工を始め、傘袋や弁当入れなどを製作し、しばらく日の長きを忘れることができた」

キリシタンたちは四年におよぶ拘留生活のうち、一年半を赤岡の路地にある牢屋で過ごし、二名ほどの死亡者が出たものの、改宗者を出すこともなく長崎へ帰っていったという。

近くに住む路地の世話役をしている人に話を聞くと「そのキリシタンの牢屋跡というのは、実は別のところなんだが、近所の人で嫌がる人がいるので、とりあえずそこにしてあるんだ」と言う。

それを聞くとやや力が抜けたが「場所を変えてでも残す」という柔軟な方針には感心した。確かに他所からきた遍路でも受け入れてきた気風をもつ路地らしい逸話だと思った。その世話役の人につづけて話を聞いた。

「確かにもともと遍路していてここに移り住んだ人もいるが、あんた、そんなことよく知ってるな。夫婦で遍路していて、ここに定住してたんだ。墓もここにある。わしも他の地区（一般地区）の出身なんだが、（同和）地区の人と結婚したからここに住んでる。わしの親と親戚《しんせき》はもちろん反対だったから勘当されたけど、まあ『できちゃった婚』だったからな。できたもんは仕方なかろう。わしの弟の息子が同じように地区の子と結婚したけど、このときは盛大な結婚式ができた。地区ではないけど、この町には絵金《えきん》（絵師金蔵《きんぞう》・江戸時代の有名な絵師）も追放されて住み着いたし、田舎にしては大らかだったのかもしれん。海辺にあって遍路道沿いだったし高知市郊外にあたるから、昔から往来が盛んだったからじゃないか」

礼を述べて出発すると、もう辺りは夕暮れ時だった。

橋を渡ったところに化粧地蔵があり、整備された堂の中にきれいに化粧された地蔵が鎮座していたので、しばらく手を合わせた。

それから高知市に向けて歩き出しながら、今日はどこでお通夜しようかと、辺りを見回しながら歩きつづけたのだった。

夕闇が迫る。群れと個を思う時間

第二章 幸月事件

死んだとて泣く人もなし草遍路

もともと私は四国遍路しながら薬物依存だった身体の調子を整え、さらに路地も巡礼しようと思い立ったこともあり、当初、四国遍路そのものにはあまり興味がもてなかった。

そんな不信心な私が、四国遍路そのものに深く興味を持つようになったのは、一枚の新聞記事がきっかけだった。

それは次のような記事であった。

――一二年前手配の男NHKに出演
警官が気づき逮捕　大阪府警、殺人未遂容疑

一二年前にけんかで人を刺したとして、大阪府警西成《にしなり》署は九日、殺人未遂容疑で指名手配していた住所不定、無職田《た》中《なか》幸次《こうじ》郎《ろう》容疑者（八〇）を逮捕した。田中容疑者は六月、NHKが全国放映した番組に本名で出演し、テレビを見た警察官が気づいたのが逮捕のきっかけになったという。調べに対し、「刺したのは認めるが、殺す意思はなかった」と供述しているという。

調べによると、田中容疑者は九一年一一月五日朝、大阪市西成区萩之《はぎの》茶屋《ちゃや》一丁目の路上で、仕事仲間の型枠工の男性（五八）とけんかになり、左胸などを包丁で刺して一ヵ月のけがを負わせた疑い。同容疑者は現場から逃走し、西成署が行方を追っていた。

府警によると、田中容疑者はその後、四国霊場八八ヵ所を巡る遍路を始め、六月二七日

に放映されたNHKのドキュメンタリー番組「にんげんドキュメント」で紹介された。たまたま番組を見た千葉県警の警察官が「指名手配犯ではないか」と思い、大阪府警に連絡した。府警捜査共助課の捜査員が立ち回り先で聞き込み捜査したところ、愛媛県新居浜《にいはま》市内で白衣姿の同容疑者を見つけたという。

NHK広報局の話

お遍路さんとして雑誌などで紹介されたこともあり、番組の主人公として出演してもらった。指名手配のことは全く知らなかった――（朝日新聞　二〇〇三年七月一〇日）

山頭火《さんとうか》のように俳句を詠みながら「幸月《こうげつ》」と名乗って四国遍路を回ることをなりわいとしていた老人が、やがて遍路関係者の間で有名になり、NHKのテレビ番組で全国放送されたところ、指名手配犯だとわかって逮捕された。そのため「幸月さん事件」、または単に「幸月事件」と呼ばれているという。

はじめは興味本位から記事に注目したのだが、調べていくうちに、この事件がどこか「遍路」というものの本質を孕《はら》んでいるように思えてきた。この事件は、遍路が本来抱えている「何か」を象徴している気がしてならなかったのだ。

その頃の私は、ちょうど遍路を回ろうと準備しているときで、遍路をいろいろと調べていて、この事件に辿《たど》り着いたのだった。

「幸月事件」を知ったとき、まず今でも遍路で生活している人がいるという事実に驚いた。それゆえ、この事件には現代では忘れ去られている「遍路の本質」のようなものが含まれているような気がしたのである。

だから四国遍路を歩く道すがら、私は幸月事件と生涯遍路たちの取材をしようと思っていた。そのため一旦《いったん》、歩き遍路を休止して、まずは幸月が逮捕された愛媛県の新居浜に向かうことにしたのだった。

草遍路の死

新居浜は瀬戸内海側にある人口一二万の町で、一六九一年の別子銅山《べっしどうざん》の開坑によって栄えた。住友家《すみともけ》が鉱山開発に関わっていた関係で、近代にはいると住友グループの工場が建ち並ぶようになり、三重県四日市《よっかいち》市などと同じく企業城下町として今日に至る。四国の中にあって他県の人にも気安く、大らかな気風をもつ地域だという。

幸月が新居浜の将棋会館の世話になっていたらしいこと、また幸月がまだ生きているらしいと知り、できれば会って話を聞きたいと思い、私は急《せ》かされる思いで新居浜に向かった。思えば、何か胸騒ぎのようなものがしていたのかもしれない。

新居浜にある将棋会館を訪ねたときは、高知から移動してきたのですでに午後遅くになっていた。将棋会館といっても立派なものではなく、駐車場に建てられたプレハブ小屋である。

中に入ると一〇畳ほどの畳敷きの部屋が二間あるだけで、手洗いはかろうじて外に備え付けられてあった。住民の私財や寄付金を投じ、ボランティアや会員たちの協力もあって建てられたそうだ。

将棋会館に入ると、数人の男が将棋を指していた。

「幸月さんのことを知っている方はおられませんか」と私が訊《たず》ねると、「そりゃあ、鵜川《うがわ》さんじゃ。ここを主宰してる人でな、もう少ししたら来ると思うから、一時間後くらいにもう一度来たら」と教えてもらった。

時間をつぶしてから再び将棋会館に戻ると、先ほど親切に教えてくれた老人が一人の初老の男を指さした。

その男は一心に次の手を考えているようだったので、私は失礼にならないよう、彼の後ろでしばらく待つことにした。将棋は全くわからないから、あまり盤上は見なかった。私は焦る気持ちを抑えて、今晩の宿をどこにするかなどと、ぼんやりと考えながら待つことにした。

「ああ、駄目じゃ」という声で、やがて勝負が決したことがわかった。

しかし、ようやく終わったと思ったら、今度はああだこうだと感想戦が始まってしまった。仕方なく後ろで控えて待っていると、「鵜川」と呼ばれている初老の男がようやく、ゆっくりと振りむいた。どうも私は試されていたようだと後日、気が付いた。

「幸月さんの話を聞きたいというのは、あんたかね」

「ええ、そうです。まずお訊《き》きしたいのですが、幸月さんはご存命ですか」

「いやあ、それがつい先月、亡くなったんよ」

私はガックリと肩を落とした。

九〇歳を越えているようだったので早くいかねばと思っていたが、まさか先月亡くなっていたとは。予感はしていたのだから、遍路などしていないで先に会いに出かけていれば、まだ会えた計算になる。

「そうですか。もう少し早く来ていたらと思うと残念でした」

畳敷きの部屋に正座したまま、私はうなだれてしまった。

大きな部屋は、しんと静まりかえっていた。五人ほどの高齢者が私を囲んでいた。となりで盤を囲んでいる人は、ただ無言でぱちりぱちりと駒を進めている。

鵜川が気の毒そうに口を開いた。

「でもねえ、早くに来ていてもしようがなかったと思うよ。かなり痴呆《ちほう》が進んどったけえねえ、会えても会話にならんかったと思うんよ」

「ただ、一ヵ月前というのが残念でなりません」

「ほうじゃねえ。もう少し早かったらねえ」

東予の人独特の、遠慮ない率直な物言いに少し笑顔になれた。

幸月との出会い

この将棋会館に遍路幸月が住み始めたのは、もう二〇年ほど前のことだという。

鵜川はポツポツと、そのときのことを話してくれた。

「初めて出会ったのは自宅近くのコンビニだった。そこで偶然、見かけたんよ。遍路装束に大きな台車、白髪、白ヒゲだから目立ってたねえ」

幸月が生きながらにして「伝説的遍路」と言われるようになったのは、まずその独特な風貌《ふうぼう》にあった。

全身白ずくめのうえに、ふさふさとした白髪と白ヒゲ。七福神の恵比寿《えびす》神を思わせるふっくらとした丸い顔と体格、天真爛漫《らんまん》な笑顔。歩いているときにかぶる菅笠《すげがさ》も一般的な遍路用ではなく、修行僧などが使う黒光りする特別品で、自ら彫って自作したドクロの数珠《じゅず》を身体にぶら下げていた。

大きな台車に生活道具一式を載せて押しながら歩き、山道では台車を麓《ふもと》に預け、自作したという異様な錫杖《しゃくじょう》をじゃらん、じゃらんと鳴らしながら参道を歩いた。

さらに道端で死んでいたタヌキをさばいて身はタヌキ汁にして食べ、毛皮は尻敷《しりしき》にして腰に巻いていた。これは休憩のたびに硬い所に座ると尻の部分が擦り切れてしまうための予防策だったが、まるで山から下りてきた修行僧にしか見えなかった。

基本的に全て自炊で、例えば夕食には安い鳥皮を買ってきて、野菜に醬油《しょうゆ》と砂糖を入れて煮る。それを半分だけ食べて、朝に四分の一だけ食べ、昼にご飯を入れて食べるという質素な生活だ。基本的に鍋《なべ》や食器は水でさっと流すだけだから、前に食べたものの臭いが残った鍋でコーヒーを作ったりするので、幸月と一緒に野宿した遍路など、勧められても遠慮するほどだった。

その異様な風貌から、遍路姿に慣れている四国の地元民でさえ一見してただ者ではないと唸《うな》り、年寄りの中には道端で思わず拝んでしまう人もいたほどだった。

もともと「弘法大師の化身」と目されることもある遍路にあって、その風貌はまさに化身、神の使いそのものであった。鵜川が出会った時点で遍路に出てまだ一、二年（逮捕までだと合計六年）だったが、もう十数年は回り続けているように見えた。遍路を始めた時点で七〇代後半の老人だったこともあるが、何よりこの自己演出が見事だった。

すでに幸月を追いかける地元カメラマンもいて、彼らから写真をもらうと自らコンビニでカラーコピーし、句集と共に寺の門前で販売もしていた。バスなどでお参りに来た人が買ってくれるのだ。どこのコンビニのコピー機の発色が良いか把握していたほどだという。

幸月本人もかなり外見は意識していたようで、鵜川も後に「あるとき毛抜きがないかと言うので貸したら、普通とは逆に黒い髪や黒いヒゲばかりを選《よ》り抜いてしまって真っ白にしてしまう。こうした方がありがたく見えるんだと自慢していた」と語るほど徹底していた。後に「アサヒグラフ」に取り上げられ、ドキュメンタリー番組の主役に抜擢《ばってき》されただけのことはある。

「初めて会ったとき、幸月さんはコンビニで何かコピーしていた。話しかけてみると、自分の句集を自分でコピーして作って、世話になった人に配ってると言うんよね。生活遍路してる自分のことを『草遍路』と呼んだりして、面白い人だなと思ったね」

「草遍路」は幸月の造語で「草を住処《すみか》とし、草に還《かえ》る」という意味だ。一般的には「生涯遍路」「プロ遍路」などと呼ばれる。

鵜川は当時、地元企業に勤めるサラリーマンだった。

幸月。石鎚山にて

地元の高校を出た後に勤めていた会社だが、定年直前の五九歳で退職、私が会ったときにはすでに退職して一〇年ほどが経っていた。なぜ定年退職まで数ヵ月のところで会社を辞したのか、本人はあまり語りたがらない。おそらく家族を養うため、我慢を重ねて会社勤めした末のことだったのだろう。

その後は実家の田畑を耕す日々を送っているそうだが、若いころはヨットに乗り、将棋はもちろん尺八、ハーモニカなど多趣味の人で、やがて遍路で暮らしている人々を自宅に泊める善根宿を始めるようになる。大らかな気風をもつと言われる新居浜の中でも、さらに異色な存在である。

善根宿といっても、公に標榜《ひょうぼう》しているわけではなく、町中で気になる草遍路を見かけたら、何がしかの金銭をやったり、気が向いたら泊めてやったりする、昔ながらの遍路への接待であった。

今でも歩いて四国遍路をすると、一人くらいは草遍路を見かけることができるのだが、その中でも二〇〇〇年頃にもっとも有名だった草遍路が、この幸月であった。

新居浜の遍路道沿いに住んでいた鵜川にとって、遍路幸月は当初、接待した多くの草遍路の一人に過ぎなかった。

「幸月さんは遍路で暮らしていたけど、できるだけ清潔にして身ぎれいにしていたから、部屋にあげても臭ったりすることはなかった。接待する人の迷惑にならないよう、意識的に綺麗《きれい》にしていたんじゃね。そういう点は、他の生活遍路さんとは違っていた」

初めて出会ったこのときは、いくばくかの金を握らせ、将棋会館の名刺を渡しただけだった。幸月はその返礼として、コピーしていた句集を鵜川に渡した。

山頭火を意識した幸月の句のほとんどは、とるに足るものではなかった。しかしいくつかの句は、さすがに苦労の末に真理をついているように思われ、鵜川の気を引いた。

・草遍路　乞食《こじき》に貰《もら》う握飯
・草遍路　果ては大師のふところに
・そこに寝ないでください　疲れた遍路続ける
・どうして遍路　又も訊かれ濡時雨《ぬれしぐれ》
・風懐《かぜふところ》に歩三昧《かちざんまい》

「幸月さんは豪放磊落《らいらく》というか、裏表があまりない。話好きで、話し始めたら止まらない。明るくて社交的だったから、すでに応援する人も四国各地におったみたいやね。俳句集を配ったりして、どこか『遍路で一発当てたろう』という山っ気もあった人だけど、それが憎めない不思議な魅力のある人だった」

数ヵ月後、幸月が再び訪ねてきたとき「将棋が好きだ」と聞いた鵜川は、自ら主宰する将棋会館に案内して寝床を提供したのだった。幸月は確かに将棋好きだったが、たいして強くはなく、会員たちに負かされては大声で笑っていたという。

「そしたら新居浜を通るたびに寄るようになったから、他の会員の手前もあるから、二〇〇〇円の会費を払ってもらって、将棋会館の会員にしたんよ。その代わり自由に泊まっていいということにした。地元の会員の中には、いろいろと事情があって、行き場のない高齢の人が泊まることは、それまでもよくあったからね」

地元で行き場のない高齢者も泊めることがあるというから、遍路だけに止《とど》まらない鵜川の施しは、四国の接待文化の中でも並外れて親切だ。

ただ、鵜川のような篤志家は昔から四国の所々にいたようだ。その気風が四国遍路を生んだのか、遍路の文化が住民を感化したのかはわからないが、遍路に対する接待が四国独自の気風であることは確かだ。

草遍路を世話した人

幸月を接待した人は四国全土に多くいたが、中でも高知で自動車整備工場を営んでいた横矢《よこや》年夫《としお》は、鵜川と同じく幸月を手厚く世話している。

八一歳になる横矢は「母が大師信仰に熱心だったので、母の供養になればと思って幸月さんを接待するようになった」と語る。

「三一番の竹林寺《ちくりんじ》の近くにあったリサイクル屋に寄ったときに偶然、幸月さんに会いました。押していた台車が壊れたので修理できないかと店の人に相談していたので、それならと私の工場に持っていって直してあげた。そしたら『お金がいるのでアルバイトを紹介してほしい』と言うので、一日五〇〇〇円で近所のアルバイトを紹介したのが始まりでした」

　このとき、幸月はまだ遍路を始めて間もなかったため、生活の糧を自身の蓄えと、地元住民からの接待で賄っていた。

　草遍路は歴史的に、托鉢《たくはつ》して生計を立てることが多い。

　托鉢そのものが遍路修行の一つと考えられてきたからだが、幸月はプライドの高さから托鉢門付《かどづけ》は性に合わなかったのか、托鉢は全くしなかった。

　しかし、いくら人当たりが良い幸月でも接待だけでは暮らしていけない。日本各地の日雇いで稼いだ蓄えも心細くなっていたため、どこかでアルバイトをしたいと考えたのだろう。

　それからは冬の二、三ヵ月は高知の横矢宅で働き、金が貯まると遍路に回るということを繰り返すことになる。幸月が六年間も托鉢なしで四国遍路を回ることができたのは、新居浜の鵜川の世話があったのはもちろん、高知の横矢の助力も大きかった。

「うちの工場でも働きましたが、自動車修理は無理なので、私が方々に連絡してアルバイトの口をもらってきて世話したんです。仕事は草刈りとか柚子《ゆず》の木の手入れ、ペンキ塗りとかですね。その間は工場のそばにあった小屋で寝泊まりさせていた。生活費はほとんどかからないから、貯金もできる。余裕ができると、九州にいるという奥さんに一五万円くらい送ったこともあったようです。三ヵ月みっちり働いたら四五万円くらいにはなるから、けっこう貯まる。高齢だったけど（当時七五歳）馬力がありました。ただ、昔やっていたからというので家を建てるときの基礎作りを頼んだら、一〇センチくらい傾いてたりしてね、このときは困りましたね。

もう高齢だったこともあり、これからは歩き遍路の世話をしたらどうかと、室戸の近くにあった地元の人が提供してくれるお堂を一緒に見に行ったこともありましたが、幸月さんは死ぬまで歩きたいと言って、取りやめたこともありました」

横矢の長男である横矢健五《けんご》（五二）も、幸月のことをよく覚えていた。

「初めて見たときから『何か凄《すご》い人だな』と思いましたね。カリスマ的な雰囲気があるんです。話してみるとすごく暖かい人で、ぼくの愚痴なんかもよく聞いてくれました。仕事では頑固な一面もあったから、よく意見してくるので親父とケンカになってました。最後に親父の『金出してるのはワシだからッ』の一言で終わるんですけどね。遍路してなかったらギャンブラーになっていたかもと言ってましたけど、ぼくが会った頃は博打《ばくち》なんかも一切止めてました。

ぼくは親父とは性格がよく似ていることもあって、折り合いが悪かったんだけど、幸月さんはよく間に入って『ケンちゃん、父親ってのは世界に一人しかいない。親が健在っていうのは素晴らしいことなんだよ。俺は暖かい家族に恵まれなかったけど、ケンカできるだけええやないか、愛のあるケンカなんだから。俺はケンちゃんが羨《うらや》ましいよ』と言ってよく仲裁してくれました。仕事中は酒も飲まないし、仕事始めと終わりには必ず手を合わせて『ありがとう』と感謝していた。結局、ぼくは親父と衝突して独立してしまったんだけど、ぼくが経営でしんどいときも親身になって話を聞いてくれて『そうやって頑張る姿を見せるのも親孝行なんだよ』と言ってくれました。第二の父親みたいな人でしたね」

こうして冬の間に高知で蓄えをつくると、幸月は徳島、香川と逆打ちで歩いた。ちょうど半周した辺り、愛媛県新居浜にある鵜川の主宰する将棋会館まで来ると、しばらく滞在して休息に充てるのが四国遍路を回るパターンとなった。つまり高知と愛媛県新居浜を起点に四国遍路を回っていたことになる。

新居浜の将棋会館では特に働くことなく、一、二ヵ月泊まったと思ったらふらりと遍路に出ることを繰り返していた。こうして六年間も遍路を回りつづけていた幸月は「伝説の草遍路」と評判になり、NHKのドキュメンタリーで取り上げられるほどになっていく。

逮捕

しかし、この「幸月伝説」は六年で呆気《あっけ》なく終わることになる。

二〇〇三年七月、高知で幸月を世話していた横矢年夫の元に、刑事が訪ねてきた。テレビ番組を偶然見ていた千葉県警から連絡を受けた大阪西成署の刑事が、幸月を追って高知まで聞き込みにやってきたのだ。

「最初に事件を知ったのは、その大阪からきた刑事さんから聞いたんだと思う。初めはびっくりしたけど、遍路はもともと何かわけがあって回っているから、そういうこともあるだろうとは思ってました」

幸月が逮捕されたのは、新居浜の将棋会館だった。

鵜川たちと石鎚山《いしづちさん》へ参拝登山して、帰ってきた翌日のことだった。事件は新聞だけでなく、週刊誌の記事にもなって大きく報じられた。

・「指名手配犯がＮＨＫにお遍路で出演、捕まった不覚」（週刊朝日、二〇〇三年）
・「ＮＨＫ出演で逮捕されたマヌケ男の『お遍路美談』は大ウソ」（週刊新潮、二〇〇三年）
・「テレビ出演で逮捕　八〇歳お遍路さん　逮捕までの八十八札所巡り　白髪束に白いひげ、風格漂う『幸月』さんは九一年、仕事仲間を刺した殺人未遂犯だった！」（女性セブン、二〇〇三年）

幸月逮捕のとき、鵜川はちょうど畑に出ていた。

警察から電話で「田中幸次郎を連れていきます」と聞いただけで、幸月はそのまま大阪へ移送されてしまう。「田中幸次郎」は幸月の本名だった。

遍路関係者の間で伝説的な存在になっていた幸月逮捕の知らせは、衝撃をもって関係者の間で広まった。これまで幸月を応援し、接待してきた人の中には「裏切られた」と憤る者もいた。

鵜川も逮捕の一報を聞いて驚いたものの、幸月に裏切られたとも、ましてや非難しようなどとも思わなかった。

「だって生活遍路というのは、昔から何か陰のある人が多かったでしょう。なぜ遍路を始めたのかと、こちらから訊くこともないし、訊いても本当のところは答えないというか、答えられない人が多い。もともと遍路している人に『なぜ』と訊くのはタブーだとされているくらいじゃからね。生活遍路に限らず、遍路に出る人はみな何かあるから遍路をする。何もない人は遍

石鎚山

路になんか出ない。ましてや生活遍路は、やっぱりいろいろあったから遍路しながら野宿生活することになったわけでしょう。だから幸月さんが犯罪者だと聞いたときは、まあちょっとは驚きましたけど、そういうこともあるだろうなと思っただけでした」

鵜川は、遍路関係者からさまざまな非難を受ける。

「幸月さんはお遍路さんの中では目立っていたから、それを快く思っていない人もいたでしょう。二〇〇回以上遍路をまわったという高齢の先達さんから、うちに電話がきて『幸月みたいな詐欺師をかばうなんて何事だ。呪いをかけてやる』と脅されたこともありました。幸月さんは一部で神格化されていたから、事件が発覚して裏切られたと思った人たちは、一気に批判するようになってしまった。しかし、ぼくもべつに犯罪者と知って世話をしていたわけではないし、知ったからといって、幸月さんを非難しようとは思わなかっただけなんよ」

接待する人

鵜川と幸月の付き合いは、ここからさらに活発になっていく。

逮捕された幸月と接見するため、鵜川は大阪に幾度となく通うことになる。さらに四国中で幸月を世話していた人たちに連絡をとり、一三〇〇人ほどの署名を集めて減刑の嘆願書を作り、裁判所に提出もしている。

「被害者のSさんにも慰謝料、見舞金として寄付金を一〇〇万ほど集めて渡しましたが、見舞金は受け取ってくれました。Sさんは事件後も西成に住み続け、高齢になって生活保護を受けて暮らしていたようです。それから『事件を許すことはできないが、罪は軽くしてあげてください』と言ってくれたんです」

鵜川はなぜそこまでして、ただ路上で出会っただけの幸月を世話したのだろうか。そう訊ねると、鵜川は「うーん……」と苦笑いしながら言った。

「ぼくは、自分はかろうじて罪にならない隙間を歩んできただけであって、ただ運が良かっただけかもしれないと思うことがあるんよ。人間はみんな、暗い部分をもっていると思うんよね。もしかしたら幸月さんは、一歩違ったぼくそのものではないか、だから力を貸さなければと思うのかもしれない。そもそも、接待するのは気持ちいいものですよ。一度やってみたらいい」

後日、私も鵜川の勧めに従って、大雨のなか歩いていた遍路に余っていた小銭三〇〇円を接待したのだが、たったそれだけでも、どこか清々とした気分になれたので驚いた。遍路というのは当人だけでなく、接待する者にも何かをもたらすものなのだ。鵜川の言葉の一端が理解できたような気がした。

歩き遍路は以前に一度、それ以外は自宅近くの寺で時々座禅を組むが、鵜川にはとくに熱心な信仰があるわけでもない。

「基本的には、ただ困っている人がいたので助けたというだけのことなんよ。遍路というのが何かというと、ぼくは『縁』だと思うんです。幸月さんと知り合ったのも、彼が遍路していたから。ぼくが遍路道沿いの家で生活していただけで、前からの知り合いではない。あなたがぼくを訪ねてこられたのも、幸月さんの縁でしょう。だから遍路というのは詰まるところ、人と人との『縁』であり、それを大事にしたいと思っているだけなんよ」

鵜川はそれ以上、あまり語らない。高知の横矢にも同じように訊ねたが「私はお大師さんが好きだから」と答えるのみであった。

なぜと訊かれても、うまく言葉にはできないことなのかもしれなかったし、逆に多くの思いがあるため、簡単に話せないようでもあった。

こうした接待という歴史的文化には、四国遍路の特異性も関係している。

お伊勢《いせ》参りや西国巡礼などの巡礼地では、巡礼者が金を落とすことで街道や参道にある商店や宿が栄えるのだが、四国遍路は逆に地元住民が遍路に施しをするため、巡礼者によって遍路道が栄えたりはしない。近世では飢饉《ききん》が起こると全国的に巡礼者が減るのだが、四国遍路だけは増えていたことがわかっている。

現在ではバスやタクシーでの遍路や、いくつかの遍路ブームから一般の遍路が増えたため、四国遍路でも寺の納経ビジネスや遍路宿などが盛んになったが、それはここ数十年ほどの変化であった。

もともと四国遍路というのは、故郷を追われた困窮者が最後に頼る、一種のセーフティ・ネットのようなものであった。今もその伝統は細々ながら続いている。これが四国遍路が他の巡礼地と違う特異な点であり、四国遍路の本質もそこにあるといえる。だから私は、草遍路の幸月に「遍路の本質」を感じとったのだと思う。

草遍路が、信仰を守りながら寺を巡るのは、自身唯一の生活規範であり、それゆえ地元住民も畏《おそ》れ敬う。

ハンセン病や身体障害などで、若いうちから故郷を追われて遍路になった者の中には、歪《ゆが》んでしまって不良遍路になる者もいたが、そうした者も住民や僧侶《そうりょ》の信仰によって立ち直ることも稀《まれ》にはあったし、延々と寺巡りをするのに絶望して極道になる者、またはそのまま道端に斃《たお》れる者もいた。そうした意味では遍路は一種ゆるやかな自殺行為という側面もあったが、少なくともどのような道を選ぶかは遍路自身にゆだねられていた。

そうした歴史と文化をもつ四国という土地に、個々の地元住民の想いが重なることで「接待」の伝統が脈々と続いてきたといえる。

鵜川が大手企業に勤めながら、実際には定年の数ヵ月前に退職した事実も、私との初めての出会いから二年後くらいにようやくポツリと話すだけであった。鵜川もまた、何らかの暗闇を抱えているのだろう。「遍路する人は、何かを背負っている」と言われるが、遍路を手厚く接待する人もまた、何かを背負っているのだといえる。

四国遍路の世界が広くて深いのは、遍路はもちろん接待する側にもさまざまな思いがあるからだ。

だが、それすらも四国遍路のただの一面に過ぎない。

草遍路の生い立ち

そもそも幸月こと田中幸次郎は、なぜ遍路で生活するようになったのか。

その生い立ちは断片しかわかっていないが、鵜川が本人から聞き取りした記録が残されていた。「せっかく遠いところから訪ねて来たのだから」と、鵜川は幸月が後に述べた記録を見せてくれた。

それは、次のような告白だった。

——草遍路になってからは自分のことを他人に話したことはありませんし、記憶違いも多いかもしれませんが、思い出せるところは話したいと思います。

わたくし幸月こと田中幸次郎は、大正一二年（一九二三）一月一三日、福岡県鞍手《くらて》郡勝野《かつの》村大字御徳《ごとく》に生まれました。炭鉱で知られる筑豊《ちくほう》北部にあたります。

父は鉱夫でしたが病気で早い時期から仕事に出られなくなり、家計はもっぱら母が助けてくれていました。そうはいっても悲愴な生活ではなくて、母はどちらかというとやり手でした。

踊りや歌も上手で、町内では人気者だったと思います。

私の兄弟は幼い頃に亡くなり、養子をもらいましたが炭鉱爆発で死亡したため、実質は一人っ子として育ちました。

一人っ子なのに、幸次郎という名が付いたのはそうした事情もありますが、もともと父母ともに文盲であったのと、祖父の名をそのまま付けたため、幸次郎になったようです。

幼い頃から本を読むのが好きで、九歳のときに南総里見《なんそうさとみ》八犬伝と出会い、これは暗記できるほど読み込みました。授業中も豆本を隠して読むほど熱中しました。

一五歳になるまでに丁稚《でっち》奉公に出されたり、家出したりしていましたが、あるとき親子喧嘩《げんか》がもとで家を飛び出してしまいました。

とりあえず東京へ出たのですが、仕事を求めても保証人がいなければ雇えないと言われたので、仕方なく生活のために窃盗で生計を立てることになりました。そうはいっても一五歳の少年ですから、里心がついて寂しくなってしまい、西へ西へと移動しながら窃盗を繰り返していったのです。

やがて盗品から足がついて逮捕されてしまうのですが、実況見分の際、警察官の説教が偉そうだったので、私はそれが気にくわず「お前に何がわかるのか」と、無性に腹が立ってしまいました。ちょうど辺りが薄暗くなり、祭りの人々も多く出ていました。手錠もしていなかったことから、さっと塀を乗り越え、祭りの人出にまぎれて素足で山の中へ逃げました。真っ暗の山中からは、数人の警官が右往左往するのが見えました。

そこから線路づたいに岐阜まで下り、そこで窃盗をはたらいたのですが、二〇〇円と思いがけない大金を得ました。今の価値でいうと三〇万円くらいになるのでしょうが、当時は家が建てられるほどの大金だと思っていました。

有頂天になって町へ出て、欲しかった三つ揃えのスーツをあつらえました。それからは旅館で豪遊です。芸者をあげて騒いでいたのですが、旅館の主人に家出人と見抜かれ、通報され警察に踏み込まれました。三階から屋根伝いに逃げようとしたのですが、ひさしを踏みぬいて落ちてしまい、足を挫《くじ》いてそのまま逮捕されました。昭和一四年（一九三九）、一六歳のときのことで、三年の懲罰で少年鑑別所に入所することになりました。

鑑別所では自由に本を読むことができたので、このとき飛躍的に勉強が進みました。いろんな本を読み漁《あさ》りました。もともと字が読めなかった父の代筆をするくらい活字が好きだったことが幸いしたのでしょう。難しい漢字も、書道もすべて鑑別所や刑務所で学びました。

やがて日本が戦争に突入すると、鑑別所内から志願兵として試験を受けることになり合格。それで予定より三ヵ月ほど早く鑑別所を出ると、下士官候補生として計一年ほどの軍事訓練を受け、昭和一八年（一九四三）暮れに南方へ出兵しました。出発したのは冬だったのに、南方へいくということで半そでシャツを支給されたので、ひどく寒かったのを覚えています。ちょうど二〇歳の頃です。

船が到着したのは東ニューギニアのウエワクで、遊撃隊に所属することになりましたので、部隊とは別行動です。戦地では海から攻撃を受けるたびに山中に逃げ込むのですが、マラリアで多くの戦友を失いました。

食糧が乏しくなると毎日狩りに出かけ、ニューギニアに滞在中は計二七頭のイノシシを仕留めました。その他にも魚やトカゲ、鹿をはじめとして、食べられるものなら何でも食べました。罠《わな》も工夫して改良に改良を重ねて仕掛けましたから、ジャングルの中でも適応できた方でした。

イノシシを獲《と》ったときは前足を部隊長に進呈して、自分は後ろ足をもらい、あとは兵士たちに分けました。しかし終戦間近になるとそんな余裕はなくなり、部隊長であっても何もあげなくなりました。その頃には伍長《ごちょう》になっていましたから、自分は生き残れたのだと思います。一兵士だったらこき使われてしまい、とても生き残れなかったでしょう。

終戦から一年後にようやく帰国便に乗ることができ、名古屋《なごや》へ帰着しました。故郷の筑豊にいったん戻ったのですが、仕事がなかったので再び東京に出ました。東京はほとんど焦土となっていましたが、浅草《あさくさ》や上野《うえの》は賑《にぎ》やかで、そこで闇市の売人をしていたのですが、あるとき有り金をすべてすられてしまったので、利根川《とねがわ》で砂利採取をしていた戦友を訪ねてレインコートを売り、その金で九州の故郷まで帰ることにしました。結局、東京には一〇日ほどしかいませんでしたが、散々な目に遭いました。

故郷に帰ってゴロゴロしていると、妻子ともに空襲で亡くしたという和歌山出身の戦友が訪ねてきました。そこで一緒に信州《しんしゅう》へいって、リンゴ農家からリンゴを仕入れて売りさばこうという話になりました。父に話して一万円を集めてもらい、戦友とともに信州でリンゴを買い付けては柳行李《やなぎごうり》やリュック、両手にも一杯もって大阪で売ると、かなりの儲《もう》けになりました。最初はうまくいったのですが、やがて県境で列車ごと警察に取り押さえられて全て奪われてしまいました。そこでとられたリンゴを何とか奪い返して、リヤカーで運んで地元でさっさと売りさばき、故郷に帰ることにしました。その戦友とはそれきりです。

その後は九州を転々としながらヤミの売人をしていましたが、この頃、ヤクザと関係をもつようになりました。詳しくは話せませんが、いろいろありました。別府《べっぷ》駅で知り合いのヤクザの女に声をかけたところを逮捕され、大分刑務所に三年ほど入ることになりました。鑑別所を入れれば、これが二度目の刑務所です。

出所してからは、故郷に帰って生活をやり直そうとしましたが、その矢先に盛り場で恰幅《かっぷく》の良い男二人と喧嘩になり、角材で二人を滅多打ちにして逃げてしまいました。当時ダンスをやっていたので、知り合いのダンスホールに飛び込み、番台のおばちゃんの機転によって裏口から逃がしてもらったのです。それからは逃亡生活です。

東京に出て三度目の売人生活に戻りました。商品はほとんど盗品です。米軍基地からラジオなどを盗んでは売り飛ばしていましたが、盗品から足がついて三度目の逮捕となってしまいました。これが昭和二七年（一九五二）、二九歳のときです。ガタイも大きく、喧嘩も強かったのが災いしました。

仙台《せんだい》刑務所では、親分の威をかりて偉ぶるチンピラを風呂場《ふろば》で人相が変わるほど殴り付け、半殺しにしたら懲罰房に入れられました。このとき母の死を知りました。母トモはまだ五二歳でしたから、まさか死ぬとは思っていませんでした。

仙台刑務所を出たとき、私は三二歳になっていました。獄中で迎えた母の死には本当に後悔しましたので、故郷へ帰ると靴職人として再出発したのです。

このころ最初の所帯をもち、やがて独立して田中靴店を開業しました。二人の娘も生まれ、私の人生のなかでもっとも平穏な生活をおくっていたように思います。

しかし私にとって、落ち着いた生活は所詮《しょせん》、無理があったのかもしれません。靴屋の斜め向かいの呑《の》み屋で働いていた一八歳の女と関係をもってしまい、一緒に寝ているところを妻に踏み込まれてしまいました。妻はそのまま二人の娘もおいて長崎の小さな島へと出ていってしまいました。軍艦島《ぐんかんじま》の近くの島まで追いかけて謝ったのですが結局、二人の子を引き取って離婚することになりました。

浮気相手の女にも子供ができたので、その女と再婚して所帯をもったのですが、今度は住んでいた家に同業の靴屋が移り住んできたことからトラブルになり、相手が頼ったヤクザを半殺しにして逮捕されてしまいました。これが四度目の刑務所になり、福岡刑務所に三年ほどいました。その間に子供たちは児童養護施設に預けられ、女とも離婚することになってしまいました。

「安定した生活を手に入れると、きまってそれを壊してしまいたくなる」

——出所してからは福岡市にある福岡マルニという皮革加工の会社に就職して、さっそく田川《たがわ》児童養護施設に子供三人を迎えに行ったのですが、末子は二番目の女が連れて行ってしまい、上の子二人だけが他の児童養護施設に移されていることがわかりました。冬の寒い頃でした。ようやく移転先の施設に子供たちを迎えに行くと、小学三年と一年生の娘の手が、あかぎれで血だらけになっていました。私は涙を流しながらハンカチで小さな手をくるんでやりました。娘二人がいることもあり、生活を安定させるには所帯をもつことだと思い、三度目の結婚をしたのですが、その女は昼間から酒を呑むアル中だったため、すぐに離婚してしまいました。もう、娘たちは自分の手で育てるしかないと決意して、それから仕事は他人の三倍はしました。その頃、日本は大阪万博もひかえて好景気にわいていました。

　時代の流れから靴職人では食えなくなったので、日通の引越センターに日雇いで出るようになりました。自分は話し上手だったし、よく気が付く社交的な性格だったこともあり、長距離トラックの相乗りとして重宝されました。相乗りというのは運転席の隣に座っているだけなので荷物運び以外は一見すると楽なようですが、疲労から横で居眠りすると運転手に急ブレーキをかけて脅されたり、次から断られてしまうので必死です。逆に運転手も徹夜マージャンのまま運転する者などもいて、途中で居眠りするので見張ってなければならず、傍《はた》から見るよりはとても危険な仕事でした。

　やがて娘が中学生になり、年頃になると扱いも難しくなってきたため、市の福祉課の紹介もあり、昭和四四年（一九六九）九月一〇日付で四度目の結婚をしました。四六歳のときです。

ところが結婚して一週間ほどたつと、二番目の元妻が子供を連れて訪ねてきました。それが再婚したばかりの妻にばれてしまい、会うことはできませんでした。この二番目の妻とは、私が獄に下ったので別れてしまいましたが、喧嘩して別れたわけではないこともあり、私も未練がありました。あと一週間、訪ねてきてくれるのが早かったら彼女とやり直せたかもしれないと思うと、自分の運の悪さを呪いました。

それからは九年ほど、安定して暮らしていました。

かなり仕事を請け負ったのでお金もできて、わりと裕福に暮らしていたのですが、それが良くなかったのか、今度は博打にのめり込んでしまいました。競艇に狂ってしまい、仕事で地方に出るのを良い機会に、日本中の競艇場を回りました。やがて借金が雪だるま式に増えていき、自暴自棄になって自宅を出ました。

昭和五三年（一九七八）頃、五五歳のときです。

苦労して、ようやく安定した生活を手に入れると、きまってそれを壊してしまいたくなる悪いクセが、自分にはあったのかもしれません。家族らは借金の連帯保証人にはなっていませんでしたが、かなり苦労をかけただろうとは思います。

それからは独り者になり、日雇いとして日本全国を回りました。大阪の西成・釜《かま》ヶ《が》崎《さき》に居付いて、型枠大工の棟梁《とうりょう》として三〇人くらいを束ねるまでになりました。

殺人未遂事件を起こしたのは、平成三年（一九九一）一一月五日のことでした。

被害者のSは最初、自分の下で働いていた者でしたが、三年ほどすると自分と同じように型枠大工の棟梁をするようになり、自分のグループからも何人か引き抜かれて敵対するようになりました。私は仕事については几帳面《きちょうめん》でしたので、下で働いていた人の中には、口うるさくて高圧的な人間だと思っていた人もいたようです。

事件の直前も難波《なんば》の現場について揉《も》め事があり、Sグループがこちらを襲撃するという不穏な噂が流れていたので、先手を打って私からSを襲撃したのです。

釜ヶ崎の路上で、Sを包丁で左手を二回、腹部を二回刺して逃げたのです。後でわかったのですが、Sは一命をとりとめたものの、左手などに障害が残ったそうです。私は彼を殺そうと思ったのではなく、単にやられる前にやってしまえと思って刺しただけでした。だからまさか殺人未遂の容疑者にされているとは知らず、単なる傷害事件で指名手配されるだろうと思ったので逃走したのです。

それからは東京の山谷《さんや》で日雇いをして生計を立て、平成一〇年（一九九八）には長野オリンピックの工事にも関わりました。

遍路を始めたのは平成九年（一九九七）頃だったと思います。

どうして始めたのかというと、私の両親も遍路をしたことがあり、父母の弔いをしたいという思いからです。もちろん事件を起こしたことに対する懺悔《ざんげ》の気持ちもあったし、借金を放って家族を見捨てたことについて、申し訳ないという思いが常にありました。いろいろな思いがあって、もう七四歳になっていたこともあり、自分のような者は遍路しながら野たれ死ぬのが本分ではないかと思ったのです。

はじめは土建屋に勤めて、金ができると遍路していたのですが、そのうち生活道具一式を台車に載せて遍路で生活するようになりました。

野宿ばかりの草遍路ではありますが、托鉢などはしませんでした。私は話し上手でしたし、身辺を清潔にすることに気を付けていましたので、地元住民の方々に助けられて遍路をしていました。高知では車の修理工場の社長が親切にしてくれ、寒い冬場などはここで働いて、いくばくかの金をためてから出ることもありました。名も幸月として、句をつくりながら草遍路になったのです。

鵜川さんに会ったのは平成一一年（一九九九）頃で、それから一年に一、二度は四国を一周するたびに訪ねて、将棋会館に泊めてもらうようになりました。それから三年ほどしてから、NHKの取材を受けることになったのです――

全国放送

「なぜ遍路を？」と訊ねられたら、決まって「父母の供養のため」と答えるのもまた人気がでる要因の一つで、実際に父親の喉仏《のどぼとけ》を持ち歩いていたので、あながち嘘というわけでもなかった。

殺人未遂事件のことは、「昔おこした傷害事件」と軽く考えていたようだ。鵜川もこう話す。

「テレビも最初は断っていたんです。それなのに受けたのは、ただの傷害事件だから、もう時効になっていると思ったのかもしれない。もしくは遍路を回っているうちに、事件のことは過去のことだと忘れてしまっていたようなふしがありましたね」

NHKの番組は当初、四国地方のみで放送されたが、評判が良かったので全国放送されることになる。

全国版は再編集されているので、二つのバージョンが作られたが、いずれも「逆打で高知から徳島の難所、焼山寺を越えて一番寺の霊山寺に至るまでの幸月」を追っていることは共通している。

その番組を見てみると、画面に映る幸月は、自らなめしたタヌキの毛皮を二枚も尻に巻いて、ドクロの数珠を腰に巻いた異様な風体であった。自慢の白ヒゲは胸にとどくほど長く、声は甲高く早口だ。どことなくせっかちで、大柄な体を揺らしながら遍路を歩いていた。

このときちょうど八〇歳だが、そう見えないくらい若々しい。ただ左ひざを痛めており、歩くのが本当につらそうなのが高齢を感じさせる唯一の点だが、肌は真っ黒に日焼けして健康そのものに見える。

笑顔ははち切れんばかりに人懐っこく涙もろい。すれ違う遍路にも気さくに声を掛けるので、人気が出るのも納得できる。ただ我が強く、理不尽なことでも自分の意見は貫くところがあるようだ。典型的な一匹狼型といえる。

番組はまず二〇〇三年五月に、四国ローカルで放送された。

この四国版は人間的で親しみがあるのだが、次いで放送された全国版はどこかきれいごとに終始している印象を受ける。それぞれ道端での出会いのエピソードには事欠かないので、面白く見られるのだが、四国版の方がドキュメンタリーとしては親近感があるように感じた。

鵜川もこう語る。

「四国版は『人間幸月』という感じだけど、全国版は神格化しようとしているように見えました。接待のおばあさんからお金をもらうところがカットされていたりね。この全国版の方で、警察に発見されたんです」

千葉県警の警察官がこの全国放送版を見て、田中幸次郎と本名が出ていたことから指名手配犯だと気づき、大阪府警に連絡。すぐに四国へ刑事たちが向かって呆気なく逮捕されたのだった。

全国版が放送されたのが二〇〇三年六月二七日で、逮捕は翌七月九日だったから、まさにスピード逮捕だった。

裁判

大阪に移送された幸月は取り調べを受け、やがて裁判が始まった。

幸月は、接待してくれた人を几帳面にメモしていた。鵜川はそのメモをもとに四国内外の人たちに連絡をとり、千数百人もの署名を集めて減刑嘆願書を用意した。これは証拠採用されなかったが、鵜川は幸月の裁判を傍聴するため、愛媛県新居浜から高速バスで大阪まで通うことになる。

二〇〇三年一〇月二三日、大阪地裁八〇二法廷では幸月事件の第二回公判が開かれていた。実質的な審議はこの第二回公判からで、この日は当事者の質疑応答が行われる予定だった。

傍聴席から被害者Sが証言台に向かうのを見て、鵜川は「意外に大きな人だな」と驚いた。何となく小柄な人を想像していたからだ。黒いジャンパーを着た被害者は身長一七五センチほどで、この世代にしては身長が高い。白髪まじりのいがぐり頭で、事件当時四七歳だったSも、六〇を越えた初老の人になっていた。

裁判で明らかにされた事件の概要は次のようなものだった。

以前から大工仕事をしていた被害者Sは西成に流れてきて、事件の数年前から幸月の型枠グループの一員になったことで幸月と知り合った。しばらくして仕事に慣れたSは、受注先の社長の勧めもあって独立し、幸月グループから引き抜いて十数人ほどのSグループをつくった。

もともと幸月の下で働くのを嫌ったメンバーで独立したこともあり、以後は幸月グループとはライバルとして反目することになる。幸月は強烈な個性をもつ一匹狼体質だから、部下には細かく口うるさかったため、人望がなかったようだ。

あるとき、幸月グループと同じ難波の現場で働くことになったとき、Sグループから不満が噴出したのをきっかけに、Sグループが幸月を袋叩《ふくろだた》きにして現場から追い出そうとしているという噂が流れた。

それを聞いた幸月は、やられる前に先制しようと思いリーダーのSを襲撃、包丁で四ヵ所を刺したのだった。

突然襲われたSは逃げたのだが、幸月はそれを執拗《しつよう》に追いかけてSが転んだところを四回も刺したので、これが殺人未遂の行為とされたのである。

検察官は、刺されたことによる後遺症の状況を示してきた。刺されたのは左手二ヵ所と腹部付近二ヵ所の計四ヵ所で、腹部の傷は横隔膜や胃まで達していた。入院は半年に及んだという。後遺症がひどく残ったのは左手で、現在でも左手は目線くらいまでしか上げられず、指は大きな卵を握った程度にしか開かないことを、実際にSは法廷で示した。

これは包丁で刺されたことによって神経が切断されたために残った機能障害で、足の神経を移植して二年ほどかけてリハビリしてここまで戻した。だから事件から二年ほどは仕事することができなかったそうだ。現在は大工仕事で生計を立てているが、左手小指は今でも感覚がないため、金槌《かなづち》で手を叩いてしまうことが時々あるのだと証言し、こう締めくくった。

「逃走した田中被告が四国に渡ったことも仲間から聞いて知っていました。テレビになんか出て馬鹿だと思いました。ただ刑事さんにも言いましたが、罪は軽くしてあげてください。彼には謝ってほしいだけです」

幸月が四国にいることを知っていたのに警察に通報しなかったのは、西成の日雇い稼業の人間として、もともと警察をあまり信用しておらず頼ることがなかったのと、生活に追われてそれどころではなかったのが理由のようだ。幸月の弁護士によって、被害者Sに対して慰労金一〇〇万円余りを贈り、Sもそれを受け取ったことが証言された。これは幸月の遍路生活を応援していた四国の人々から鵜川が寄付を募ったものだった。

さらに弁護士から「被告人がSさんに謝りたいと言っていますので許可をお願いします」と裁判長に提案があった。

通常、こうした重大事件では加害者と被害者を会わせて直接謝罪をさせるということは行われないのだが、異例なケースだとして、幸月に質問するという形で実現することになった。

幸月は「Sさん、大変すみませんでした、どうか許してください」と深く頭を下げた。Sはそれに対して「許すことはできないが、罪は軽くしてあげてください」と答えた。この言葉には、被害者が後半生で負った困苦が垣間《かいま》見《み》えるようだった。

第二回公判が終わった後、鵜川はSに腹部の傷を見せてもらったが、今でも少し膿《うみ》が出るとSは言った。そして「今まで警察の世話になったことは一度もなく、裁判に出るのも初めてだったので緊張した」と話した。

第三回公判は同年一二月三日午前九時、同じく八〇二法廷で開かれた。ここでは鵜川ら四国で幸月を世話した三人が証言台に立った。

最初に証言台に立ったのは、徳島市に住む恒石真《つねいしまこと》（六三）だった。

徳島で長年整骨院を営んできた恒石に話を聞いた。

――ぼくの小さい頃は、遍路のことを『へんど』と呼んでたね。へんど言うのは乞食とかの意味で、昔は汚い身なりの遍路さんが多かったからね。

でもぼくはバイクが好きだったこともあって、二〇代になるとよくバイクで遍路するようになった。それで前から遍路さんの接待をしてみたいと思っていたので、徳島にある一番寺の霊山寺に『お灸《きゅう》の接待をしたい』と掛け合ったんです。最初は断られたんだけど、茶室を貸してくれることになって、お灸のボランティアを始めた。

これは二〇年続いたんですけど、そこに来たのが幸月さんやった。彼が遍路はじめてまだ間もない頃やったんちゃうかな。最初は話好きな老人やなという感じでしたけど、それからうちの診療所に時々、寄るようになってね。身なりはきれいにしとったし臭くもない。

その頃にはすでに、幸月さんは伝説の遍路として知られるようになってた。ドクロの数珠を下げてるのは趣味悪いなと思ってましたけど、人はいいからね。彼のことを好きな人と嫌いな人に分かれるくらい、個性的な人やった。泊まりは近くの銭湯のおばあさんとこに泊まっていたから、施術の接待と食事させてあげたりしてね。

逮捕されたと知らされたときは、そりゃあ崖《がけ》から突き落とされたような気分でしたけど、もともと『なんぞあるな、このお爺はん』と思ってたからね。でも、まさか人を刺して逃げてたなんて思わなかった。

そこから世間の反応が、これまでの称賛から正反対になって批判するように変わった。直接、接待していた人はあんまり変わらなかったんだけど、そうでない人たちが一斉に批判し始めたことがわかった。ぼくは、事件発覚後は何か、世間のことが見えたような気がしましたね。

ただ事件前には接待していた人とも「点」やった付き合いが、事件後は「線」になってつながりができた。昔からの知人も幸月さんを接待していたことを初めて知ったしね。不思議な縁を感じることができました。裁判には毎回、通いましたよ。

幸月さんを一言でいえば『愛される悪党』やね。決して悪人ではない。裁判も含めて、人生のえらい良い勉強をさせてもらったと思ってます。ただもう幸月さんで懲りたけん、遍路さんに関わるのはやめましたけどね――

もう一人の小林新治《こばやししんじ》は、愛媛県川之江市《かわのえ》（現四国中央市《しこくちゅうおう》）に住むアマチュア・カメラマンだった。NHKのドキュメンタリー番組にも、幸月を追うカメラマンとして出演している。小林は裁判で次のように証言した。

「これまで一〇〇人くらいの遍路さんを撮ってきましたが、その中で記憶に残るのは一〇人くらいでした。中でも幸月さんを通じて四国の遍路道を写真に撮りたいと思い、時間の許す限り四国全域で幸月さんと接してきました。生涯遍路の中には賽銭《さいせん》泥棒をしたりするのもいることは事実ですが、幸月さんはそんなことはなく、すれ違う人には丁寧な挨拶《あいさつ》をかわし、困っている人の相談にのってあげていました。幸月さんの過去や生きざまを聞いたことはありませんが、彼は『四国の遍路道を死に場所にしたい』と言っており、そこに興味を持ちました。ただ彼がやった行為、逃亡したことについては責任をとる必要があると思っています。罪に対して弁護する気持ちはありません」

遍路と贖罪

最後に証言台に立ったのは鵜川だった。

鵜川はこれまで幸月を自宅に泊め、接待して応援してきたことを説明してこう証言した。

「四国遍路は同行二人と言われてます。それはお大師さんと歩くということですが、実はこのお大師さんというのは自分自身の心であります。したがってお遍路とは自分自身と向き合って反省することでもあります。これはお接待する側にとっても同じなのです」

弁護士「被告はお遍路を続けたいと言っていますが、どうやって見守っていくつもりですか」

「今回の嘆願書で知り合った多くの人たちと協力して見守っていきます。二度とこのような事件はおこらないと信じています」

つまり鵜川は「厳しい草遍路として六年間、四国を巡礼することには贖罪《しょくざい》の意味があった。被害者も罪を軽くしてほしいと願っていることもあり、情状酌量によって減刑してもらいたい」という主張を弁護士と共に展開したのだった。

しかし検察官の質問は、鵜川を詰まらせた。

「被告は罪を償う必要があると思いますか」

「はい、罪は償わなければなりません」

「仏教には『因果応報』というのがありますが、その意味はわかりますね」

「はい、悪いことをすれば、それ相応の罰があるということです」

「なるほど。それではなぜ、嘆願書の署名を集めたのですか」

そのときのことを、鵜川はこう述懐する。

「そう訊かれて、頭の中が真っ白になってしまった」

熟達した検察官の誘導に嵌《はま》ってしまったともいえた。

罪は償わなければならないことは、鵜川ら証人たちも認めている。しかし嘆願書をだして減刑を求める鵜川らの行動は、その考えと矛盾しているのではないかと、検察官に指摘されたのだ。鵜川は少したってから、「事件そのものを救いたいからです」と呟《つぶや》くのが精一杯だった。

検察官は無言で応《こた》えた。

「徒歩と野宿とはいえ、四国遍路はただの逃走手段だ」と考える検察と、四国遍路を「行」として捉《とら》え、過去の贖罪も当然含まれると考える鵜川との間には、どこまでも深い溝が横たわっていた。

物事を深く考えようと生きてきた人情家の鵜川らは、法の番人である検察官から見れば矛盾だらけであった。

人間はもともと矛盾に満ちた存在なのだから、行動に矛盾が生じるのは不可避なのだが、幸月の罪を追及する立場にある検察官と裁判官にはまるで通じない。

実際、幸月は罪をおかして逃走し、四国遍路することで生きてきたのだから、客観的に見れば四国遍路は逃走手段そのものである。自分勝手に四国遍路を始めただけで、野宿生活とはいえ自由を謳歌《おうか》してのうのうと生きてきたともいえる。

一方で、遍路行者を接待しながら四国遍路の本質を見つめ、考え続けてきた地元住民の鵜川にとって、それはあまりにも非情で一面的な〝正論〟であった。遍路の意義を理解してもらえない、もどかしさが残る。

徳島で善根宿をやっている老人の言葉を、私は思い出していた。

「幸月は多分、四国遍路を回っているうちに浄化されていったんだと思う。そうでないと本名でテレビになんか出れんよ。堕落してずっと托鉢ばかりしてる遍路もおるし、遍路はつらいから刑務所にまた戻りたいという奴もおる。しかし罪はあっても遍路を回ることで贖罪になるという、日本文化独特の考え方がある。今は許されることではないけど、昔はそういう考えもあったんだ」

最後に、裁判長から質問があった。

「通常のお遍路は、事件の罪を償った後に、それを悔いて行うものだと思う。被告は罪をおかしたまま遍路をしており、しかも『両親の供養と自分の苦行』のためだと供述している。今回の事件には関係ないと思うが、どうですか？」

検察の後を継いだ質問に、鵜川はこう答えた。

「お遍路をする人は誰しも陰をもっています。お遍路の心は同行二人であり、自分自身と向き合って反省するということなので、罪を償う前でも良いのです」

そう答えたものの、鵜川はそれから数年にわたって「果たして答えになっていただろうか」

と煩悶《はんもん》、自問自答しつづけることになる。

証人尋問が終わると裁判は、幸月の被告人尋問に移った。

「三人の証人の話を聞いてどう思いましたか」と弁護士に訊ねられた幸月はこう答えた。

「長い間いろんな人に助けてもらってきたこともあり、自分が悪かったと感じた。遠い所から来てくれて感謝の言葉もない。六年前から遍路道で出会った人の名前を手帳に書いてきた。三〇〇人くらいいるが、これらの人々に私の全てである俳句集を無料で差し上げたい。そして、拘置所を出ても変わらずお遍路を続けていきたい。テレビに出るということ自体が、私にとって社会に対する自首、自白だった」

弁護士「これからも遍路を続けると言うが、それは自分に科した刑罰という意味ですか」

「それもある。これからはそれしかない」

激高

弁護士には神妙に答えていた幸月だったが、検察官の尋問が始まると様相が一変した。

「先ほど『テレビに出たのは社会に対する自首だった』と言ったが、本当にそう思っていたのか」

「本当にそう思っていた。逃げ隠れしようという気持ちはなかった」

「お遍路は両親と戦友の供養であると聞いたが、この事件の償いという気持ちもあったのか」

「はい、ありました」

「償いの気持ちがあるなら、なぜ自首しなかったのか」

「私は仕事をしたり、領収書を書くとき、またテレビに出るときも本名を名乗っている。逃げ隠れしようという気持ちはなかった」

「それではなぜ、警察に行かなかったのか」

「行かなくても、自分はそれ以上の修行で償いをしていると思ったからだ」

「なぜそれが償いになるのか。お遍路では償いにならない」

この言葉に、幸月は激高する。

「そんなことはないッ。今いる拘置所の中より、野宿遍路の方がもっと厳しいッ。寝るところもないし、食べ物だって今の三分の一くらいだッ。しかし浮浪者ではない。一日に三〇キロ、四〇キロ歩いての野宿だった。それが精神的にも肉体的にも償いになるんだッ」

検察官も声を荒らげた。

「しかし被害者に対しては何もなっていないッ」

「歩いたことのない者にはわからんッ。私は野宿で生活していた。自分自身、いつここで死んでもいいという思いだったッ」

「それはあんたの勝手な考え方だッ」

「裁判長、異議ありッ。質問になっていません」

たまらず弁護士が大声をあげた。

検察官は質問を変えて再び訊ねた。

「包丁で人を執拗に刺しておいて、なぜ殺意がなかったといえるのか」

「私は軍隊に行っているので、どの程度で人が死ぬか知っている。私の中隊長は割腹自殺しようと刀で内臓が出るまで切ったのに死ねないで、結局、鉄砲を口にくわえて死んだ。また同僚も内臓が出るほどの大怪我をしたが、その後三ヵ月も生きていた。私は首や心臓などの急所を刺していない。出刃包丁でもなく薄い菜切り包丁だったし、刺してからえぐったりしていない。何度も刺してはいるが、途中で刃先が曲がって刺さらなくなっていた。本当に殺意はなかった」

「しかし被害者は『殺してやると言われた』と言っている」

「言った覚えはない。当時、同僚から『Sグループが三人がかりでつぶすと言ってた』と二回も忠告を受けた。何でそんなことするんやと思いながらも、三人でかかってこられたら絶対にやられてしまう。それなら三人のうち一人でも先にやれば何とかなると思ってやっただけだ」

「包丁で何度も刺しておいて、手加減したというのか」

「心臓は刺さなかったし、首も刺していない」

「でも腹は刺している。質問は以上です」

短気で激高する〝幸月の負の面〟が強調された尋問となった。

「包丁で何度も刺した」という言葉から、鵜川も「常識からいって、これで殺意がないとは言い切れないのではないか」と疑問に思うほどだった。

幸月には「相手の方が若くてガタイがでかい。ケンカするには殺してやる、という強い思いでやらないと逆にやられてしまう」という思いがあったのかもしれないが、「脅すだけだった」と言うには執拗にすぎた。

閉廷後、取材にきていた旧知の作家、早坂暁《はやさかあきら》から鵜川は声を掛けられた。

「もともと裁判は人を裁くところであり、宗教は人を救うもの。今回の事件は小さな事件だけど、『裁判と宗教のあり方』という点では、大きな意義があったと思う」

判決

次の第四回公判では、検察と弁護士の双方から意見陳述があった。主な趣旨は次のようなものだった。

検察——そもそも加害者があらかじめ被害者と話し合っていれば凶行に及ばなくてもすんだはずで、凶行に及んだ結果、被害者は二年も仕事に復帰できなかった。また逃げる被害者を追いかけてまで凶行に及んでおり、凶器の包丁で多数回、刺していることから殺意があったと判断できる。さらに事件後一二年も逃亡しており、テレビ放送がなければ今も捕まっていなかっただろう。被告は平成一〇年（一九九八）以降、四国でお遍路を続けていたというが、被告に求められたのは現実世界で被害者に心から詫《わ》びて罰せられることである。それなのにのうのうとテレビ取材を受けるなど、被告の行為は厚顔無恥である。次元を超えた償いをしていたと自身の行動を歪曲《わいきょく》し、身勝手で改悛《かいしゅん》の情もない。よって懲役七年の刑が相当である。

弁護士――（事実関係については争わないと述べた後）犯行当時、被害者と話し合おうにも、被害者は避けて話をしようとはしなかった。被告としては「つぶす」という言葉で精神的に追い詰められており、犯行は自己を守ろうとした結果、先制的に衝動で行った行為である。また被告は太平洋戦争に徴兵された際に上官の割腹自殺に遭遇し、人は刺してもなかなか死なないことを経験しており、被害者に対して死に至るダメージまで与えた認識はなく、被害者も殺されると供述していないため当初から殺意はなかった。また被害者には慰謝料が支払われており「罪を軽くしてあげてください」と述べている。被告は昭和三五年（一九六〇）以降犯歴がなく、ここ数十年は真面目に生きてきたし、四国には三名の確かな身元引受人がいる。八〇歳と高齢のうえすでに六ヵ月、異例の長期勾留《こうりゅう》をされている。よってこの事件は殺人未遂ではなく傷害罪として扱われるべきであり、これらのことを考慮して刑の執行を猶予していただきたい。

最後に裁判長は幸月に向かって「最後に何か言うことはありませんか」と訊ねたが、幸月は「何もありません。いろいろご面倒をおかけしました……」と聞き取れないほど小さな声でつぶやいた。

裁判のポイントとしては、殺人未遂なのか傷害なのかという争点はあるが、実際に逃げ回る被害者を追いかけまわし、取り落した包丁をさらに拾って執拗に刺していることなどから、ただの傷害事件として見るのは難しいと思われた。

鵜川らが期待したのは執行猶予であるが、懲役七年の求刑に対して執行猶予がつくことなどあり得るのだろうかと、支援者の間でも判断が付きかねたという。

確かに苦労してお遍路を回ったからといって、罪を軽くするような判例はつくれない。そうなれば、逃亡犯は遍路に出さえすれば減刑の対象になってしまいかねないからだ。

鵜川もこう述懐する。

「第三回公判では、幸月さんが検察官に怒りだして暴言をはいたことが悔やまれました。ぼくには幸月さんの『慟哭《どうこく》』に聞こえたんだけど、裁判官はそうとらんやろうしね。だからこの裁判はもう、お遍路していたことをどう評価するかに懸かっているなと思った。お遍路は『心の償い』であって『法の上での償い』とは違うのはわかっているけど、遍路を償いと見るか逃亡と見るか。このへんは価値観の違いかもしれんけど、遍路の意義を考慮してくれるか否かに懸かっていたと思う。もう一つ悔やまれるのは、被害者のSさんが廊下にいたことやったなあ。勤め先の社長に『ブラブラしてるなら傍聴してきたら』と言われて来たみたいだけど、結局、傍聴しないで帰ってしまった。ぼくが声を掛けていたら、仲直りのきっかけになったんじゃないかと思うと、それが悔やまれてならなかった」

鵜川にとって、半年ほどの公判はとても長く感じたという。そして、ここまで幸月に関わってきたのはなぜなのかと考えていた。

「仏教では初めに『因』があり、それから『縁』によって初めて結果がでるといわれてます。もともと悪意から始まった事件ではなかったのに、このようになった幸月さんの『因』とはいったいなんだろうと。ぼくには知るよしも無いんだけど、このような『業』ともいうべきものをもった幸月さんの人生とは、いったい何やったんだろう。またぼく自身の『因』とはいったい、何なのだろう。考えても思い当たることがないんです。結局、人は自分で自分の人生を謳歌しているつもりであっても、本当は自分の知らない何か（因）に突き動かされて歩んでいるだけではないかと、そんなことを考えていました」

遍路という宗教的行為と、法律の守護神である裁判所が対するのは稀である。それはこの二つが水と油ほどに違っており、本来は相容《あいい》れないものだからだ。

大正七年（一九一八）の高群逸枝の『娘巡礼記』にも、愛知出身の同宿者が「信心と法律とは矛盾してる形だから変だ」と吐露するシーンが描かれているほど、昔から信仰と法律は対立していた。その深淵《しんえん》に入り込んでしまった鵜川が苦悩するのは当然のことであった。

裁判は翌〇四年二月二五日の第五回公判で結審し、即日、判決が出ることになっていた。

幸月は「南無大師遍照金剛」と背中にある白衣の遍路装束に腰縄を付けられて出廷した。検察、弁護側双方の最終意見が出され、一五分の休憩を挟んだ後に判決が言い渡された。

「被告人に対して懲役六年の刑を言い渡す。ただし勾留期間の一五〇日を差し引く」

実刑だった。

鵜川らが望んでいた執行猶予は、ついに付かなかった。

その日の夕刊では、次のように報じられた。

――NHK出演して逮捕　西成の殺人未遂被告に懲役六年
四国霊場八十八ヵ所を巡るお遍路の姿を紹介したNHKのドキュメンタリー番組で放映されたのがきっかけで逮捕、起訴された無職田中幸次郎被告（八一）に対する判決公判が二五日、大阪地裁であった。一二年余り前の犯行で殺人未遂罪に問われた田中被告に対し、小川育央裁判長は「四国遍路などで逃走を続けており、刑事責任は重い」と述べて懲役六年（求刑懲役七年）の実刑判決を言い渡した。
お遍路について被告・弁護側は「亡き両親の供養のためだった」「苦行を自らに課すことで犯行を反省していた」と主張し、執行猶予付きの判決を求めた。田中被告は公判を通じてお遍路に出る白装束姿で出廷し、「社会復帰後、再び遍路を続けたい」と述べていた。
判決によると、田中被告は九一年一一月、大阪市西成区の路上で仕事仲間の男性の胸などを包丁で刺し、重傷を負わせた（朝日新聞夕刊　二〇〇四年二月二五日）――

殺人未遂が認定されたのは犯行状況から仕方なかったが、遍路する前から逃亡し、遍路も含めて「一二年間の逃亡手段」とされたことから、ほぼ検察の求刑通りとなった。裁判官は最後に「やったことの責任は、きちんととってください」と、幸月に言った。

閉廷後、担当した弁護士は「思っていたより重かった。五年くらいまでは想定していたが、幸月さんが少し元気すぎた」と、残念そうに鵜川に話した。

尋問時の検察官への暴言が、裁判官の心証を悪くしたのではないかとの見立てだ。鵜川も

「あれはまずかった。それにしても嘆願書や慰謝料の意味はあったのだろうか」という思いが一瞬、頭を過《よぎ》った。しかし、特に慰謝料については被害者救済のためにしたことで、被害者が少しでも喜んでくれたことに違いはないと思いなおした。

それにしても言い渡された刑期が、幸月が草遍路をしていた歳月と同じ六年とは、偶然にしては出来過ぎているようにも思える。

これには鵜川も「お大師さんはよく見ておられる」と思った。幸月自身「刑期は何年でもいい」と語っていたこともあり、「これでいいのだ」と、鵜川も気持ちの整理をつけることにした。控訴はされないまま、判決は確定したのだった。

入獄

留置されているときから、幸月は鵜川にいくつもの手紙を送った。

まず逮捕されて二ヵ月少したってから、拘置所から出した手紙にはこう書いてあった（誤字等は訂正し、読みやすいよう要点の他は略した。カッコ内は著者註《ちゅう》）。

――拝啓　朝夕は秋冷の候とは申せ日中は暑さつづきです。不肖遍路幸月の逮捕・拘禁と世間をお騒がせし皆さまに大変な御迷惑・御不興を与えました。心から深くお詫び申し上げます。

私にとって事件は十二年前のことであり、六年間にわたる遍路生活は両親の供養、自らの死に場所を求めての行でありました。思えば私が被害者を刺した時に激しく争われて握っていた包丁を取り落しました。其《そ》の時落ちた包丁の先が丸く曲がり、其の後再び私は刺したが刺さらず断念しました。之《これ》は私が包丁を故意に曲げたものでも偶然でもない。私がそれ以上、危害を加えられず被害者の一命をも取り止めました。

今、私は神仏の啓示を見た思いです。人の一生は棺《ひつぎ》に入るまで解らぬと申します。私は運命を受諾し傷害を与えた罪を償いたいと思います。六年間の遍路生活は野宿で苦難でしたが幸福でした。お大師さまがいたからです。これからもお大師様と二人です（二〇〇三年九月二二日）——

そして判決が下り、大阪刑務所に移送された幸月は、ここで五年あまりを過ごすことになる。

——大阪刑務所に入所以来、今は四畳一間の夜間独居房生活です。昼は皆と一緒に紙工場で汗を流しています。運動日には大きな運動場で大空の下で遊べます。体調もすこぶる元気です。逮捕以来、鵜川様には言葉につくせぬお世話を受けました。心から御礼を申し上げます。多くの方にも多大の御慈悲、御慈愛を戴《いただ》きました。しかし皆様に礼状一枚差し出す事も受け取る事もできません、残念です。身元引受人以外、交信できません。幸月が御礼を申していたとお伝えください。新居浜の将棋道場で逮捕と報道され、会員の皆様、とりわけ子供さんの心を傷つけ御迷惑をかけました。神聖な道場を汚し誠に申し訳なく深くお詫び申し上げます（二〇〇四年七月一〇日）——

鵜川は、幸月が九州に捨ててきた妻子に連絡をとるが、元妻は高齢で動けず、娘たちは鵜川からの連絡そのものを拒絶した。そのため、鵜川が身元引受人となって幸月と連絡を取り合うことになった。

——白壁に畳三枚、板張り一畳の上に水洗便器、洗面台付で普通。ペンキ塗り鉄格子、敷布団白シーツ、白襟布付き毛布、ビジネスホテル並の衛生完備された快適な処遇、夏は週三回の風呂、衣類の洗濯も一括洗濯、度々繰り返されて清潔です。食堂での休憩時にはテレビ、新聞も読め社会情勢の吸収に何等不足はないです。

私が逮捕された時、皆様の励ましの手紙の中に「お大師様が幸月さんに少し躰《からだ》を休めていなさい」と言う御意ですよと申されました。野宿遍路六年の過酷な境遇と比べると誠に幸せと思います。いま半世紀のへだたりを獄に見る時、かく世の感があり。当時からは想像もできない生活環境がある。

六月末に身元引受人がきまり手紙の発信が許可となりました。喜びのあまり便箋《びんせん》にびっしり細かめに書き込みましたら之が不許可もので、枠外書き込みが駄目。書き直そうと思ったら便箋不足、購入までに十日間位まちました。（一〇日経って）書こうと思ったら、ボールペンの芯《しん》使い果たしてだめ。やっと今日お願いしてボールペンを借用して書き始めました。自由の意味をかみしめました（同前）――

幸月が最後に刑務所に入ったのが一九六〇年頃だ。当時と比べて刑務所の処遇が良くなっているいることに驚いたようで、遍路よりも快適だと書いている。

確かに野宿遍路と比べて刑務所では衣食住に困らないが、一方で外界との連絡や運動など、細々と制限されて自由がないのはやはりつらかったようで「囚《とら》われの泪《なみだ》かわかす五月風」という句を作っている。

――私の素性等、早く申し上げて置くべきでしたが、あまりに長く複雑でしたので、そのうちに書いておこうと云う思いでした。

いまA子やB子が「私の父ですが関係ありません」と言うのは当然だと思います。現在二十才前後の子供二人を育てる親として生活を乱されたくないし、迷惑でしょう。無責任な親だったと思います。

私の父は麻生《あそう》炭鉱の鉱夫でしたが、落盤に遭い肩を骨折、炭鉱で働くことを断念し転居しました。母は炭鉱の寮の責任者として奮闘し、婚礼の祝宴が開かれるときまって母が唄《うた》い座を賑わせていた。のど自慢大会で伴奏もなしで追分節を唄い三つの鐘を鳴らしたと云う。私は七人目の子として生まれましたが、六人は全て産後に死亡しています。私が小学校三年生の時、養子の兄金太郎は炭鉱の瓦礫《がれき》爆発で死亡しました。両親は思い余って何とか助かる道はないものかと縋《すが》るように四国に渡り、（幸月が無事に育つように）お大師様に願掛けをしたという。九州福岡からと云えば、松山市周辺の円明寺《えんみようじ》か道後温泉のある石手寺かと思います。私が成人して正道を踏みはずすのは、その時の願解《がんほど》きをしていないからだ、いやしたと何事につけ両親の争いの種となっていました。私が四国遍路祈願を思い立ったのも、両親が縋った大師様への思いにほかなりません。こんどの事件があって、生きて行く最低生活の中から遍路俳句が生まれた（二〇〇五年二月二三日）――

鵜川は、幸月が九州で捨ててきた子供たちを訪ねていた。子供といっても、もう中年になっているはずだった。

鵜川からすれば、これがきっかけで親子が復縁できればと願ってのことだったが、ようやく探し当てたA子さん宅ではインターホン越しに「親子の縁を切ったから関係ありません」と言われてしまう。B子さんも同様だと聞かされ、鵜川は仕方なく幸月の句集を送ることで訪問を諦《あきら》めた。

「NHKの全国版放送では生活遍路を美談にしていたけど、生活遍路というのは本来、そんなきれいなものではないんよね。幸月さんにしても実際は、博打と女に狂って借金をして、家族を置いて自分だけ逃げている。そのうえ殺人未遂をおかしてさらに逃げた挙句、生活遍路になった。娘さんたちの拒絶反応が強いのも、仕方ないとぼくは思いよったんよ」

——身元引受人以外、住所氏名他人は一切記載することが出来ないので、年とともに御世話になった知人恩人の名前や住所がおぼろに消えていくのが哀しい。八十二才にして初めて辞書を買いました。お陰でいまは書くのが楽しみです。般若心経などの写経をしています。独居房ですのでお隣さんに迷惑にならないよう読経しています。扇風機の風もどこ吹く風、頭はボーッとなり胸や腹のあたりに汗が滲み溜まり、ブリーフの上部は濡れっぱなしになり乾くひまもありません（二〇〇五年七月一九日）——

——昨日は、常日頃から鵜川様には御多忙中の処を遠路はるばる堺まで面会に来て頂き有難うございました。十五分間の面会時間では、はばまれた一年半の想いは語りつくせず、いらだつばかりでした。でも久し振りに懐かしいお顔を拝見して感無量でした。私事にて多大な迷惑をおかけしたこと深くこころに銘じております（同年一一月一二日）——

手紙のほとんどは支援者や遍路のときに出会った人々の安否を鵜川に問い合わせるものだったが、長い刑務所暮らしの合間に思い出すのか、戦争の話になることもあった。

——昭和十七年（一九四二）八月七日、米軍大部隊がツラギ、ガダルカナルに来攻したが、ガダルカナルの惨烈な争奪戦は歴史としていえば、日本軍を敗戦に追い込む転機になったもっとも重要な戦であり、日本軍戦死者二万一千人に及んだ。私は既に南方派遣軍に編入され夏服を支給され出発直前でしたが、この（戦死者たちの）慰霊祭に参加した。遺族に遺骨箱を渡すと、箱の中でコロコロと転がる一個の石が音をたてて遺族の胸に抱かれていった。

ガダルカナルの遺骨転がる石一つ　幸月

いまも心に残るこの句を口ずさむとき、泪が滲むのを堪《こら》えることが出来ない（二〇〇七年一月一〇日）——

刺した手です祈る手です

俳句は入獄してからも続けていた。

多くは獄中生活に材をとった平凡なものであったが、さすがにある種の極道を歩んできたからか、時にはハッとさせられる句をものにすることもあった。

——連日の猛暑です。ここ堺でも毎日三十五、六度です。三畳一間に団扇《うちわ》一本、廊下側は鉄扉三十センチのガラス二枚分の窓では涼しい風は望めません。五時に身体拭《ふ》き一回、水の節約で厳しい規則です。そんな中で昨日、抹茶アイス、今日はコカ・コーラ一本支給されました。年に一度の娑婆《しゃば》を味わっています。八月一日に大阪刑務所長賞を受け取りました。何でも三年間懲罰なし無事故の褒賞だそうです。老齢ですが運動を心がけ、体調は頗《すこぶ》る快調です。

私が六年間過ごした遍路道で出会った人々との絆《きずな》、交わした握手は人の心を握るのと同じことでした。

或る日、私は遍路中に高知市から数日かけて高岡町を歩いていた。ふとしたことからさそいにのり、高岡町から青龍寺《しょうりゅうじ》へ車にのり向かう筈《はず》だったのに、高知市のはりまや橋近くで放り出されていた。車で来た道をまた高岡へ歩き始めた。秋の日は暮れはじめていた。うしろから来た車の婦人に声をかけられた。「お遍路さん何処へ行くんですか」訳を話した。この道は青龍寺には遠回りになります、送ってあげましょうと云われ青龍寺近くで降ろして頂く。厚くお礼を述べると婦人はお布施ですと千円を渡された。そして婦人は石鎚山の行者であった父から絶えず諭された言葉があるといった。「お布施をさせて頂いてありがとうございました」と言える人間になれと。そう告げられて婦人は去られた。

刺した手です祈る手です

幸月（二〇〇七年八月二八日）——


幸月はずっと逆打ちで回っていたので、この手紙の通りだと順打ちになってしまうから記憶違いなのかもしれない。ただ拘禁状態にある八四歳にしては、文章はしっかりしている。さすが若い頃から獄で識字を身につけてきただけのことはある。

本書では適宜訂正して読みやすくしたので、感じにくいかもしれないが、獄に下った当初の手紙は旧字体を多用していて読みにくいものだった。

参道を遍路中の幸月

それが二、三年たつとほとんど新字体に代わられるようになっていた。無学だったのに獄の中で勉強した人がいるのは知識として知っていたが、手紙からそれを体験したのは私も初めてだった。改めて幸月の育った環境の過酷さ、そして後に本人が努力して獲得していった知識と経験には、多少の偏りがあるとはいえ、感動すら覚える。

ただ、育った環境が良くても犯罪者は生まれるし、その逆もある。幸月がより良く学べる環境にいたとしても、その偏屈さ、破滅的傾向から考えると、やはり道を外したかもしれない。そもそも人間の先天的なものと後天的なものは、そう単純に割り切れるものではない。

そろそろ出所の目途がつきはじめてきた。

――私も満八五才五ヵ月を過ぎましたが、おかげさまで元気に過ごしております。

残刑も一年五ヵ月を切りました。そこで昨日、当所係官の方より、私の出所後の生活について身元引受人である鵜川様との関係上どのようになるかとの問い合わせがありました。それは出所後同居するのか、或《ある》いは別の家に住むのかということです。それを書面にして係官に提出する様に申し入れがありました。
私は鵜川様とはいまだ出所後の生活設計等を話し合っていませんので即答できませんから、至急連絡しますと答えて、この手紙を書きました。当然、仮釈放審査の対象として、そちらの保護司様からも一応お話があることと思います。何卒《なにとぞ》よろしくお願い申し上げます。何卒お考えの程お知らせください（二〇〇八年六月二五日）——

冒頭、さすがの幸月も珍しく懇願口調になっているなと思っていたら、最後に遍路について書くとやや傲慢《ごうまん》な幸月に戻っていた。やはり遍路についてては高いプライドを持っているようだ。

——同行二人を知ってから二千日達成を目指した。その為あらゆる困難を克服して目標を達成した。しかし未熟な読経、足腰の痛み、精神身体共に限界を覚えていた。あえてNHKのロケ取材を受諾した。過去の事件が発覚することもないだろう、隠し通せるだろう等、甘い考えがなかったといえば嘘になる（同前）——

——妻の死亡、お知らせ頂き有難うございました。十二年前、福岡の妻を訪ねて十日ほど滞在しました。そのおり糖尿病にて通院していました。身体も丈夫でなく、良く今日まで長らえたと感じます。妻は洗濯板で洗濯をしていたので、さっそく洗濯機、冷蔵庫を買い、テレビ、ガスレンジ等も買いかえました。難聴の耳に補聴器も取り付けてやりました。この位しかしてやれなかったです。残金を渡し出発しました。福岡から別府まで歩き、船で四国伊予に渡り、高知まで歩き土佐山田にて修行七か月。其の後を逆打ちにて遍路を続けたものです。（その後、妻が）養護老人ホームに入っていることは察知していました。ご承知のように以後の安否は不明でしたが、全く苦労ばかりかけて、最後も見てやれず心残りでした。安らかに眠れるように祈るばかりです。くどくどと私事ばかり言って申し訳ありません（二〇〇八年一〇月七日）――

鵜川が手続きに奮闘した結果、出所後は近くの新居浜市営住宅に入ることが決まった。出所が近づくにつれ、幸月からも慌ただしい様子が伝わってくる。

――三畳を歩き疲れし冬畳　幸月

二月十九日に仮釈放（仮面）の、三月十一日に近畿矯正管区の仮釈放面接委員の方の本面接（本面）がありました。普通、仮面から本面まで三ヵ月を要すると言われていますが二十日で本面を受けました。面接委員の話の中で、裁判の折に被害者から「加害者の罪を軽くして欲しい」と言う証言があったが覚えていますかと問われました。私はよく記憶していませんと答えました。

更に被害者への弁償です。鵜川様の御尽力で一部ではありますが償えたこと本当に良かったと思います。出所後も出来ることは考えたいと思います。また鵜川様をはじめ（様々な人からの）支援があることを（面接官から）強調されました。本面から出所の準備（引込み）まで二ヵ月か三ヵ月かかりそうです。それまでは何も解りません。娑婆でも獄でも、戦場でもへんろ道でも、人は人に支えられて生きていることを痛感しました。口は達者でも六年の牢《ろう》生活は間違いなく足腰が軟弱になりました。

しかし自分なりの生活は出来ると思っております。

少しでもご迷惑にならぬよう努力したいです。

引込みが決まればお手紙いたします（二〇〇九年四月一日）――

出所それから

手紙から約一ヵ月後の五月一四日、幸月は仮出所を得て五年一〇ヵ月ぶりに娑婆に出た。八一歳で獄に下りたので、もう八六歳になっていた。

裁判や手紙では「出たらまた遍路したい」と語っていた幸月だが、長期の拘留生活と高齢のため、普通に歩くことすら危うくなっていた。現実的に歩き遍路はもう不可能だった。

鵜川もそれを見越して、出所前から役所に出かけ、市営住宅入居と生活保護を申請していた。

幸月は自立生活をしながら、自転車で将棋会館に通って将棋を指す毎日を送ったが、やがて認知症を患うようになる。日常生活にも支障をきたすようになってきたため療養型病院に入り、最後は寝たきりのまま二〇一八年二月三日に九五歳で亡くなった。支援者の僧が付けた戒名は「幸路《こうろ》皓圓《こうえん》信士」だった。新居浜市営の平尾《ひらお》墓園に、終生もち続けた父の遺骨と共に葬られた。

私が幸月を捜して鵜川を訪ねたのは、その約二ヵ月後のことだ。私は今では、逆にそれで良かったのではないかと思うようになった。

「草に臥《ふ》して草に還る草遍路」として生きることを旨としていた幸月だったが、現代の日本では、いかに四国遍路といえども、遍路道で行き倒れて死ぬ方が難しかったということになる。

幸月が亡くなる八年前、幸月も愛用していた歩き遍路用地図の傑作『四国遍路ひとり歩き同行二人』を作成した宮崎建樹《みやざきたてき》が、一人で出かけた先の山中で、足をすべらせて亡くなっている。享年七五歳だった。発見されたとき、死亡推定日からすでに約一ヵ月がたっていた。宮崎が草むらに臥し、草遍路を自認していた幸月が病院のベッドの上で逝去したのも、弘法大師の意図するところなのだろうか。

高知で幸月を世話した横矢健吾（五二）は、こう語る。

「亡くなったという一報を電話で聞いたときは、もう涙しか出ませんでした。何年も付き合いがあったから、いまだに自分の傍にいるような気がしています。出所して新居浜に住み始めたとき、皆で会いに行きましたが、そのとき『ワシは先が短いから、杖《つえ》（錫杖）をあげる』と言われたけど、さすがにそれはもらえませんでした。代わりに祈禱《きとう》用の貴重な鐘をもらいました。幸月さんが刑務所に入った前後くらいの頃、ぼくは独立したばかりで大変なときで何もできなかった。今だったら色々なところに連れて行ってあげられたのにと思うと、残念でなりません。墓参りには行ってません。行ったらバカヤローッ、なぜ高知へ戻ってこなかったんだって言いたくなるから……。ぼくをここまで成長させてくれた人だから、独立してこうやって会社経営しているところを見てほしかった」

横矢健五は、滂沱《ぼうだ》と涙を流しながらそう語った。

死んだとて泣く人もなし草遍路

そう書いた幸月だが、亡くなってからもう三年以上（取材時）がたつというのに、肉親でもない人から涙を流して語られたことに、私は何か一種の感慨を覚えた。過剰な自己演出や犯罪歴も含め、やはり遍路の本質を象徴する人物だったのではないだろうか。

幸月を見送ってからも、鵜川は変わることなく新居浜で草遍路の接待をつづけている。幸月を支援してきた人の中には消息不明になってしまった人もいるし、草遍路の接待を止めてしまった人もいるが、鵜川は以前と変わらず、草遍路の支援をつづけている。

鵜川の存在もまた、遍路の本質そのもののように映る。

鵜川の住まいのすぐそばに遍路宿が開かれ、私も時おり泊まっては食堂で鵜川と深夜まで飲んだ。鵜川はさまざまな草遍路を世話してきたこともあり、彼が出会った遍路の話を聞いているだけでも時間がとても早く過ぎていくのだった。

　中でも「ヒロユキ」という名の草遍路はほぼ毎回、私たちの話題にのぼった。本当は本名で呼んでいるのだが、本人が「書くときはヒロユキにしてほしい」というので、ここではそう書くことにしている。

　草遍路ヒロユキは、幸月とも親交があり、かつて新居浜に来たときは幸月のアパートに泊まることもあったそうだ。

　幸月の取材をしていた私は、当初あまり興味がわかなかったのだが、何より毎度のように話題にのぼるのと、幸月の後を継ぐような存在だとわかったことから、次第に興味を持つようになった。犯罪歴こそないものの、「第二の幸月」といえる存在だと思ったからだ。

　そこで鵜川に紹介してもらって草遍路ヒロユキに会いたいと思うようになったのだが、彼は携帯電話を持っていない上に、つねに旅の空だった。

　一体どうやったら会えるのか、当初は見当もつかなかった。

何人の遍路者を見守ってきたのだろうか

第三章 辺土紀行

高知——愛媛

闇金融王

高知市に戻った私は、長浜《ながはま》の路地にかつて「闇金融王」として知られた杉山治夫《すぎやまはるお》の痕跡《こんせき》を訪ねた。

杉山は、一九八〇年代に過酷な取り立てで社会問題となった「サラ金問題」で、もっとも露出していた金融屋であった。

サラ金だけでなく闇金や臓器売買にも進出しながら堂々とテレビのワイドショーに出演し、テレビスタジオや事務所で現金をバラまく露悪的なパフォーマンスで知られるようになる。「残酷取り立て王」「極悪非道のサラ金社長」などと自認し、カマキリのような痩軀《そうく》に海外ブランドのスーツを着て、テレビタレントや政治家相手に怒り狂って札束をバラまき、ステッキを振り回した。本物の「悪」というのはまずテレビに出ないものだから、この露悪的なパフォーマンスは人気があったようだ。

これらの番組は、私も幼い頃に見た記憶がある。

ウェブ上で今でも見られる映像を再見して、初めて「そういえば、こんな人がいたな」と思い出した。ワイドショー番組がもっとも人気あった時代のことで、杉山治夫を罵《のの》るテレビタレントと揉《も》みあいになるシーンも、事前に打ち合わせしたものだったが、少なくとも大量の現金は杉山自ら持参したものであり、演出とはいえどことなく人の本性を突いたような迫力がある。かつて私の父も、私の目の前で母に向かって七万円を投げつけたことがあり、桁《けた》は大きく違うものの関連付けて覚えていたのかもしれない。

しかし、私が杉山に興味をもったのはその点ではなく、彼の半生記を読んでいると、まるで長浜の路地の出のように書いていたからだった。

昭和一三年（一九三八）に高知県の長浜で生まれた杉山は、幼い頃から極貧生活をおくる。父親は船乗りで、遠洋航海に行って帰ってきたと思ったら酒と女に狂っており、挙句に杉山の母は父親から梅毒をうつされて失明してしまう。父親が金を持ってこないので、母と子は農家の納屋にベニヤを掛けただけの小屋で暮らしたという。

その母の手を引きながら、四歳にして杉山は松林で松葉をとる生活を始める。松葉は火種になるため、当時は焚《た》き付けに必要なものだったので、それを集めて売っていたのだ。松葉は手に刺さるため、まだ幼かった杉山は泣きながら拾い集めたという。長浜の辺りは海辺にあるので、防風林として松がよく植えられており、それは今でも変わっていない。

あまりの極貧ぶりに、近所の子供たちから「目なし婆と乞食《こじき》のハル坊」と虐《いじ》められた杉山は、小学校二年生のときに自殺未遂をおこす。汲《く》み取り便所に縄をかけて首を吊《つ》ろうとしたものの、うまく吊れないのでピョンピョン飛び跳ねていると母がきた。「おかやん、ちっとも楽になんねえよ。痛えだけだよ」と言って、杉山はまた泣いた。

中学に上がると学校に通うことを早々に諦《あきら》め、地元の時計店へ丁稚《でっち》奉公に出る。そして時計職人として一七歳で一〇万円の借金をして独立、折からの家電ブームにのって時計だけでなく家電も扱い成功する。

その後は倒産と復活を繰り返しながら極道とも関係をもつようになり、違法取り立てなどで実刑を食らいながらも大阪、東京に進出。時にはトラブルから六甲山《ろっこうさん》で首まで埋められながらもしぶとく事業を展開し、取り立て屋のコツをつかんでからは金融屋として名を馳《は》せていく。

儲《もう》かるとみれば地上げでも何でも首を突っ込むその猪突《ちょとつ》猛進ぶりは、裏街道における立身出世物語そのものであった。こうした悪魔的な人物に惹《ひ》かれるのが私の悪癖なようで、杉山が路地の出だということを匂わしていたのも気になった。当時、杉山を取材していた作家が「差別的な境遇だった」という表現をしていたので、杉山は路地の出なのだろうと私は思い込んでいたのだった。

そこで何かの集まりのときに当の作家に会ったとき、私は「杉山という人は、同和地区の出なのでしょうか」と確認した。すると作家は「実はあまりはっきりしないんです。彼がそう露悪的に話すときもあったけど、もともと幼い頃の話をするのを嫌ってたから」と言う。確かに、杉山は苦労した幼い頃の話をするのが「嫌いだ」と半生記にも書いている。

テレビに出た後も、杉山は浮き沈みの激しい生活をつづけていたが、最後は金に困って、犯罪者として逮捕される。

——偽造借用書を使って裁判を起こし現金をだまし取ろうとしたとして、有印私文書偽造、同行使、詐欺未遂の罪に問われた金融会社「日本百貨通信販売」（東京都新宿区）の社長・杉山治夫被告（六五）の判決公判が一七日、東京地裁であった。

小倉正三裁判長は「裁判官を欺いて判断を誤らせ、多数の人を苦しめた犯行は、訴訟詐欺の中でも前例を見ないほど悪質」と述べ、懲役七年六月（求刑・懲役八年）の実刑判決を言い渡した。

判決によると、杉山被告は借用書などを偽造し、自営業の女性ら一八人が日本百貨通信販売から借金しているように仮装。一九九五年八月から九八年一月にかけて、東京地裁に一三件の貸金返還訴訟を起こし、計約二〇〇〇万円をだまし取ろうとした（読売新聞・電子版　二〇〇三年四月一七日）——

被害者本人そっくりの筆跡と偽造実印をつかった偽借用書を元にした返還訴訟をいくつも起こしていたのだが、これは金融業をしていた関係から知りえた多重債務者のリストを利用したのだろう。

さまざまな方面に借金している多重債務者は、もはやどこにどのような借金があるのか明確な人が少ない、という事情を狙ったようだ。そんな〝架空の借金〟の取り立てを、裁判所が手伝ってくれる奇策だった。

立件されたのは一三件だが、実際には一九九〇年頃からの約一〇年間で東京地裁、簡裁に二六〇〇件もの提訴を出していた。家宅捜査では二〇〇〇本もの偽造印が押収され、被害者は約三〇〇〇人と言われた。

和解に持ち込んで被害者に偽の借金を支払わせる手法で、被害総額は七億五〇〇〇万円以上にのぼるとされ、その奇策の出来栄えに自身も己惚《うぬぼ》れていたことだろう。バブル崩壊後、長い不況に陥っていた国内において、杉山治夫が最後に仕掛けた起死回生の策だった。

初めはうまくいっていたのだが、そのうち起訴された人が反撃に転じたことで、借用書の偽造がバレて立ち行かなくなり逮捕されてしまう。

三六歳下の夫人は週刊誌にこう語った。

「捜査員の人たちと冷静に話し、暴れることもなくおとなしくついていきました。『体に気をつけて。（刑期が）長くなってもちゃんと生活し、子育てをお願いします』って。彼は霊感があるから、そろそろ（刑務所に）行かなきゃって言ってたし、逮捕はあまり気にしていないみたい」（『FLASH』二〇〇二年三月二六日）

裁判所を悪用した詐欺を一〇年にわたって繰り返したのは逮捕覚悟のことであり、霊感があってもなくても、そろそろ逮捕されると予測していたのだろう。逆にいえば、裁判所を利用した詐欺をしなければならないほど困窮していたともいえる。これが、杉山治夫の消息が大手マスコミにもたらされた最後の事件となった。

その後、杉山は出所を目前にした二〇〇九年頃、獄中で病死したといわれている。闇に生まれた杉山は、家族以外に知られることなく闇に還《かえ》っていったことになる。

せっかく高知まで来たのだからと、私は杉山治夫が生まれ育ったという路地を訪ねたのだった。

出自は脚色だった

長浜の路地は高知市中心部から約一〇キロの海岸線にあり、近くには坂本竜馬《さかもとりょうま》像が立つ桂浜《かつらはま》がある。杉山がまだ高知にいたと思われる二二歳頃、一九六〇年の記録では六一三世帯、人口三二五〇名で県下でも大きな路地だ。

この当時、もっとも多い仕事は「失対労働者」、つまり失業対策で仕事を斡旋《あっせん》してもらっている人たちが多数いた。半農半漁がほとんどだったが、実際は何が本職で、何が副職なのかわからない、不安定な拾い仕事をしている者が多数を占めていた。そのためか解放運動が盛んで「教科書無償化運動発祥の地」としても知られている。地区を訪ねた際も、話を聞くと無償化運動の話が必ず出てくるほどだ。

地区では六人ほどの住民に杉山の話をそれとなく訊《たず》ねたのだが、全く知らないと言う。杉山の存在自体を知らない人ばかりで、顔をしかめて「そんな男は知らんなあ。本当にこの地区の人なのか」と話すので、私はどうもおかしいなと感じた。

太平洋戦争前後に生まれた著名人の中には、路地の出であると匂わせておいて、実際はそうではなかった人が稀《まれ》にいる。理由は個々人によって違うが、いずれも路地というものが一種の伝説と権勢を誇っていた時代背景があったのだと思う。

路地と隣接している一般地区の古い時計屋を訪ねると、さすがに元時計職人だった杉山の存在は知っていた。

「あれは相当変わった男だったけど、地元ではやり手として有名だったよ。高知の中心部の方でも時計屋をやってたんじゃないか。私とは商売敵というよりも、時計修理だけでは儲けはしれてるから、すぐ他の業種（家電販売など）に移っていったから、あまり関係なかったな。確か親戚《しんせき》が近くに住んでたと思う」

そこで杉山の親戚という人を探すことにしたのだが、狭い町ということもあって、早々に見つけることができた。それは隣の種崎《たねざき》半島に渡る、渡船場の近くにある一軒家であった。

訪ねると、七〇代くらいのおばあさんが出た。

――杉山いうのはこの辺りに元からいた家だから何軒かあるけど、うちは杉山の本家にあたる。治夫は手広く商売して若いうちから高知を出ていたから、うちとはあんまり付き合いがなくて詳しくは知らん。

高知におるときは何度か会ってるけど、なんか不気味な感じの男でな。その頃から大口叩《たた》いて、あることないこと喋《しゃべ》ってた。高知を出てから、テレビに出て派手にしちゅうのは見て知っとる。東京に息子と娘がいて、若い奥さんはしっかり者でええ人じゃ。今でも年賀状を毎年くれるきに。だけど家族には迷惑かけんといてほしい。あんたも家族がおるんならわかるじゃろ。

死んだというのは本当か。そうか、もう死んどったか。年賀状には何も書いてなかったから、そんなことも知らんかった。借金もあっただろうから、死んだことを知らせてはならん何か事情があったんだろ。墓もここにはない。東京のどっかにあるんじゃないか。

父親は確かに酒飲みじゃったが、遠洋航海に出ていたなんて、そんな話は聞いたことない。ずっとそこにある渡船の船頭をしていただけだ。なんで遠洋なんて話が出るんじゃ。母親が盲目だなんてこともない。目の病気に罹《かか》ったことがあったかもしれんが、ちゃんと見えてた。治夫がそう書いてたのか。あいつはあることないこと言うクセがあったからな。

治夫の母親ちゅうのは変わった人で、いつも真っ白なおしろい塗りたくって派手だった。気が強い人で、親戚からも嫌われとった。松の葉を拾ってたなんか、聞いたことも見たこともない。子供らが小遣い稼ぎにしとったくらいで、それを仕事にしとったことなんてない。うちは同和ではない。あれは神社の向こうにあるじゃろ。うちは昔からここに住んどる。治夫がそう言っとったのか。大方、近くに同和があるから、そう言ってただけじゃろう——

路地の人々が杉山の存在をまるで知らなかったから、そうした予感はしていたが、やはり路地の出ではなかった。杉山はどこか周囲の者にそう感じさせる気配を出していただけで、それは彼なりの処世術だったことになる。

しかし、今も杉山夫人と交流のある本家の人が、死亡を知らなかったことが気にかかる。まだ東京のどこかで生きているのかもしれない。その可能性が捨てきれないのが、杉山という男でもある。

私は路地の出ではなかったという話よりも、杉山の父親が遠洋航海ではなく渡船の船頭をやっており、母親は派手な身なりで町を歩く変わり者だったとの話に驚いていた。

杉山は確かに貧しかったのだと思うが、巧みに過去を脚色することで、自身の立身出世話を大きく見せていたのだろう。私も杉山の半生記の中では、とくに苦労話が好きだったから、してやられた思いがした。

親戚のおばあさんに話を聞いて気が付いたのだが、杉山の半生記をよく読むと、確かに矛盾が目に付く。

極貧生活のため中学の途中から時計職人になったのは確かだろうが、一七歳で独立するとき、父親も駆り出して近所や親戚など方々から一〇万の借金をしているのだ。当時の一〇万といえば、今でいえば一〇〇万円くらいにはなるだろうか。

果たして半生記にあるような自堕落な父親に、それだけの借金ができるだろうか。渡船の船頭として地元では信頼されていたからできたことではなかったか。杉山家の貧困は確かに父親の低賃金にあったのだろうが、母親の派手な生活が家計を逼迫《ひっぱく》させていたのかもしれない。

ただ杉山という、悪魔的なトリックスターの種明かしを垣間見《かいまみ》たことで、私は一種、爽快《そうかい》な感じがしていた。「なんや、バレたか」と、冥土《めいど》で札束に寝転んでうそぶいている杉山が見えるような気がした。

その夜、高知にある行きつけの店で一人飲みながら私は思っていた。

確かに金で、人生の九割は購《あがな》えるかもしれない。しかも人は簡単に裏切るが、現金は裏切らない。商売の鬼であった私の父もまた、そのように考えた男だった。

だから金が全てというのも一つの真理だと思う。しかしその呪縛《じゅばく》から逃れるために、自分は残り一割の方へ歩む道を選ばされたのかもしれない。それが私の「因」なのかもしれない。

それとも、これは単に生来の歪《ゆが》んだ性格からきたものなのだろうか。金勘定の苦労ばかりしている自分について、そんな詮《せん》ないことばかりを考えていた。

融和の人

高知市を出ると、なだらかな田舎の遍路道になる。

ここから足摺岬《あしずりみさき》を回って宇和島《うわじま》辺りに行くまでは、僻地《へきち》の連続になる。春野《はるの》の路地で名物となっている馬刺しを食べるくらいが、唯一の贅沢《ぜいたく》という旅だ。

三四番の種間寺《たねまじ》に着いたとき、門前に大きな石碑があった。そこに「同和問題に力をつくされ」という文言があったので気になってよく読んでみると、岡崎精郎《おかざきせいろう》という人の石碑であった。

岡崎精郎は明治三一年（一八九八）にこの近くの地主の息子として生まれている。当初は画家を目指して上京し、岸田劉生《きしだりゅうせい》に師事したが身体をこわして帰高、療養生活を余儀なくされる。数年にわたる療養生活では勉強と思索に励み、宗教的には禅に傾倒、自宅を「天生園」と称して青年団運動や病人たちの治療に従事する。

その活動の過程で、水平社運動家の演説を聞いて衝撃を受け、県内各地の路地を行脚し、街頭に立って「差別根絶」を訴え、隣保館の建設運動に関わるようになる。さらに農民運動にも参加し、貧農の小作人のために組合をつくって地主側と対立、検挙されて八ヵ月あまり獄中生活を送ることになる。このときの過酷な生活も響いたのか、昭和一三年（一九三八）、三九歳で死去している。

過去の解放運動では、こうした一般地区出の活動家を「融和主義者」として批判したのだが、実際には路地が本当の意味で解放されるには、さまざまな方向からの働きかけが必要だ。そうした意味では、地主の息子であった岡崎精郎の活動も貴重かつ必要なものだった。

若くして亡くなったのに、このような立派な石碑が寺の門前に立てられているのは、この人に人望があったからだろう。石碑の裏には「高知県農民建之　昭和三二年五月」とある。遍路が必ず通る道ではあるものの、この石碑に目を留める遍路はほとんどいない。

女遍路

雨の中、須崎《すさき》の道の駅で通夜した朝、一人の女遍路と出会った。歳は三〇代後半くらいだろうか。短い髪の小柄な女だ。

そのときは軽く挨拶《あいさつ》しただけで終わったのだが、一度会った遍路はその時々でまた出会うことがある。私の方が足は速いので追い抜くのだが、路地の取材などで寄り道が多いこともあり、いつの間にか抜かされているのだった。女性一人の遍路は少ないが、珍しいというほどでもなく、私もすでに三人ほどとすれ違っていた。

黒潮町《くろしおちょう》では、たまった洗濯物などを片付けるために、ゴルフ場のクラブハウスで泊まった。ここは歩き遍路は安く泊めてくれる。近くの道の駅から電話すると迎えに来てくれるので、利用することにしたのだった。

送迎に来てくれた社員と話していると、なぜゴルフ場が遍路を泊めるようになったのか、その由来を教えてくれた。

「うちのオーナーが窪川《くぼかわ》にある岩本寺《いわもとじ》の住職と懇意で、何か歩き遍路さんのお手伝いのようなことができないかと話したら、住職から『この辺りは宿泊が不便だから、泊めてもらったら遍路さんも助かるでしょう』と言われて始めたと聞いております。多いときで一〇人くらい来られることもあります」

ゴルフ場は山の方にあるので、節約したい場合、食事は道の駅で用意する必要がある。私は夕食だけクラブハウスにお願いして、朝食は用意してゴルフ場に向かった。朝は準備があるので、事前に用意しておいた方が気が楽だ。

久しぶりに清潔な布団に寝転びながら、私はやはり野宿しての生活は自分には無理じゃないかと考えていた。二三歳のときに一年間、北米で野宿生活をしていたことはあったが、幸月のように遍路で生活するのは無理だろうなと、何だか寂しく感じていた。家族に愛想をつかされたら、自分も四国遍路でもして暮らそうかとぼんやり思っていたからだ。

放浪しながら暮らすというのは、私にとって少年時代からの一つの夢でもあった。しかし歳をへると共に、さまざまなしがらみや寂しがりやの性格から、とても無理だろうと諦観《ていかん》するようになってしまった。だが、今でもどこかで「できるのではないか」とも思っているのだった。

夕食のために食堂に行くと、ここ数日、追い抜いたり抜かれたりしていた女遍路らしき人が隣のテーブルにいた。

白衣を着ていないので確かではないが、ゴルフ・ウェアではなくアウトドア・ウェアを着ているので遍路だとわかった。目が合うと先方も「あ」と声を上げたので、やっぱりそうかと思い「また追いつかれましたね」と声をかけた。

「いやー、でも歩かれるのが速いからまた追い抜かれます」

そう女は言った。私は今日くらいならいいだろうとビールを注文して呑《の》みながら話した。

「今回は通しで行くのですか」

訊ねると「そうです、初めてなんです」と言う。

遍路との会話はたいてい「遍路は初めてですか」とか「通し打ちですか、区切り打ちですか」などと、ありきたりな話に終始する。

女遍路は中断なしの通し打ちで、徳島の一番寺からここまで三週間ほどで来たそうだ。「なぜ遍路に」と訊ねたくなるのを我慢して話していると、フランス人の青年遍路が食事に来たので、三人で話をすることになった。

取材と野宿を繰り返していると、こうした交流がほとんどなくなるので、いつもより饒舌《じょうぜつ》になった。軽く酔ってもいたのだろう。拙《つたな》いために嫌いな英語も、今日は少しなら話してもいいかという気分になっていた。

フランス人の青年はアランといった。「信仰は」と訊ねると「特に信仰はないです。旅が好きで、巡礼ではコンポステーラ（スペイン〜ポルトガル）を歩いたので四国に来たのです」と言う。

「一年前から京都のレストランで働いていて、お金も貯まったので遍路にきました。ビザが切れるまでにもう少し日本を見たいので、今治《いまばり》まで歩いてから、大島《おおしま》に渡って広島に行くつもりです」

かなり強行軍で遍路しているようで、一ヵ月で結願《けちがん》するために一日五〇キロは歩くのだという。アランは翌朝早いため、夕食をとるとすぐに部屋に帰っていった。

女遍路と話していると「ここから足摺岬を回って宇和島辺りまでは寂しいところが続くみたいだから、どうしようかと思って心配していたんです」と言う。確かに地元の不良に襲われたり、接待するからと車に乗せられて連れていかれたりする女遍路の話を聞いていたので、女性の一人歩きは昔も今も大変だ。どちらからともなく、同行していきましょうという話になった。

私も道連れができた方が面白いとは思ったのだが、自分が単なる寺に参る巡礼ではなく、所々で取材があるので時々、離れてしまうかもしれないと説明すると「その方が気をつかわなくていい」と言うので、とりあえず明日は一緒に歩くことになった。長旅の遍路では、道連れができるのはよくあることだ。

ラッキョウの路地

翌朝、スタッフに昨日まで歩いたところまで送ってもらってから、私は女遍路と歩き始めた。彼女は小柄ということもあってか、歩く速度は確かに遅いが、我慢強くあまり休まない。だから一日の移動距離は、日によっては三〇キロ以上になることもあるという。

私は遍路道沿いの路地を巡ることにしていたので、黒潮町の路地を歩くことにしたのだが、女遍路も見てみたいと言って付いてきた。この辺りは参る寺もないので仕方ないのだが、妙なことになったなと思った。

旧大方町《おおがたちょう》の路地は、海沿いの浜辺にあった。

「坂の者」と呼ばれたのがルーツで、近辺には猿飼《さるかい》という字《あざ》もあることから中世の賤民《せんみん》の住むところが固定化され、外部からの流入もあって路地になったとされているが、成り立ちについて詳しいことはわかっていない。二〇年前くらいの記録では人口約八〇〇人（一九九七）となっている。戦前までは馬捨て場があり、昔はそこから死牛馬を掘り出して食っていたこともあるというが、屠場《とじょう》などはない。半農半漁が主で、あとは竹細工をよくしていたそうだ。

ここではかつて多くの遍路が托鉢《たくはつ》に寄ったようで、他の集落よりも托鉢にくる者が多かったという。

恐らく立派な家よりも貧しい家の方がもらえると、経験から知っていた遍路の多くが托鉢に寄ったのだろう。後に同行することになった草遍路も「立派な家は喜捨がほとんどなくて、貧しそうな家は喜捨が多い」と話していたし、私も後日、実際に門付を体験したときに追体験することになる。

かつてこの路地は貧困世帯が多く、スラム化していたようだが、現在はこぢんまりした小さな住宅街になっている。

海岸線から路地に入ると、ちょうど収穫の終わったラッキョウを洗浄しているところだった。住宅街の裏にトタン屋根の倉庫が立ち並んでおり、そこで洗浄、皮むきなどがされていた。中には自宅の庭で処理している家もあった。

このラッキョウの栽培は、もともと路地が浜辺にあり、その砂止めのために植えたのが始まりで、一九五〇年頃に始まったという。他所《よそ》からこの路地に通い、生活改善を指導していた中学の校長と教師の提案によって広められたようだ。今では路地だけでなく町全体で盛んに栽培されるようになり、この辺りの名産となっている。町全体で二五〇軒ほどのラッキョウ農家があり、路地の農家はその内の七〇軒ほどだという。

水を掛けながらグルグルと回る機械にかけて処理しているのだが、ただ見ているだけでも面白い。

しかし女遍路はあまり関心がなかったようで、松林にあるベンチで座って休憩しているところを見たのが最後で、待ちくたびれたのか、やがて姿が見えなくなった。先に行ってしまったようだ。まあラッキョウの洗浄に興味ある人の方が珍しいのかもしれない。

女遍路に先に行かれてホッとしたような、ちょっと残念だったような、不思議な気持ちになった。連絡先を聞いておけば良かったかなと、私は思い返しながら歩いた。ただ、どうせ私は野宿だし、女遍路は民宿へ泊まると言っていたのではぐれても困らないだろう。

四万十《しまんと》市を出ると、また寂しい田舎道になる。四国遍路では甲浦辺りから室戸岬まで、四万十市から足摺岬、宇和島辺りまでが町が少なくて寂しい道になる。疲労から「足を引き摺《ず》る」が名の由来となった足摺岬は、現代でもかなりの僻地だ。四万十市からは鉄道もなくなり、バスも数えるほどしか走っていない。

足摺岬に着くとすぐに打ち戻して、山中の遍路道に出て宿毛《すくも》へ向かうと、途中に路地がいくつかある。

お祓いの川

山中から海岸に出る道に、宿毛の路地が三ヵ所ほどある。いずれも平凡な住宅地になっているのだが、調べてから訪ねるとそれぞれ地理的、文化的な特徴がある。

山中からちょうど宿毛市に入ったところにTという路地があり、ここには「エタ越」という地名、小字がある。

川と川の間にあった水田が「エタ越」という字名だったが、現在は堤防になっているので、その地名は現在では使われていない。しかし近くの八幡宮《はちまんぐう》前に立つ耕地整理記念碑に「エタ越え」という地名が残っているというので立ち寄ってみることにした。

遍路道から一キロほど外れたところに、その石碑は立っていた。確かに「エタ越ヨリ……」と彫られている。私のような物好きしか見に来ないために残っていたような、貴重な石碑といえる。『長宗我部地検帳』には「エンタコエ」「エン田越」「エンタコエタレカド」とあって、最初はエタ越ではなかったそうだ。それがエタ越になったのは次のような出来事からだった。

明治四年（一八七一）に解放令が出ると、路地の人々はそれまでの身分制度から政治的・法的には解放された。するとTの住民に対して「今年からお前たちはエタではなくなるのだから、今までの穢《けが》れた身体をきれいな川へ行って洗い、禊《みそぎ》をしてこい」とお上から達しがきた。そこで住民たちは男女ともに素っ裸になって、近くを流れる川で水浴し、岸に上がって着物を着たのちに神主からの御祓《おはら》いを受けた。

川から上がって土手を越えたことから「エンタコエ」は「エタ越」と呼ばれるようになった。極道が辞めるとき「足を洗う」というが、それも川などで洗って身を清めるところからきている。このような一種のしきたりは日本各地に残っているので、実はそう珍しいことではない。ほんの一五〇〇年前まで大真面目に行われてきた儀式だった。路地の人々は、そうするだけで身分制から解放されるならと、積極的に行ったのだろう。

禊は近くにあるKという路地でも行われ、同じく川と川の間にあるスナモリという所から川に入って禊をした。それからスナモリを「エタ越」と言うようになったが、現在は河川工事が行われ、河川敷になったのでエタ越という地名も無くなった。こちらの方は石碑などにも残っていない。

Tの人たちが禊をして、路地に戻る箇所に架かっている橋は「払川橋《はらいがわばし》」と呼ばれ、その川も本来は違う名称なのだが、この箇所だけ「ハライ川」と呼ばれているのだった。ただし路地の人々がお祓いをしたから「ハライ川」と「払川橋」になったのではなく、もともと中世の時代から、近くの神社で祭礼のとき、ここで周囲の人々が水垢離《みずごり》をしたのでそう呼ばれるようになったようだ。

また、路地では昔「ホイト」、つまり乞食をしていたという。

これは主に五歳から小学生くらいまでの子供の仕事で、子供だと可愛いのと不憫《ふびん》さが際立って、貰《もら》いが多くなるため乞食に出したらしい。明治から太平洋戦争後しばらく残っていた風習だったようだ。

路地の多くは明治にはいってから警吏の仕事や死牛馬の処理権などを剝奪《はくだつ》され、急速に没落していったと考えられているから、遍路に喜捨する習慣もあって、子供にホイトをさせたようだ。江戸時代まで乞食は非人の生業《なりわい》だが、土佐では非人が非常に少なかったから、あまり区別がなかったという背景もある。エタ身分は死牛馬の処理や竹細工という職能集団だったから、子供に物乞いをさせるとは、よほど困窮していたと推測される。

路地の古老が、子供の時分にホイトをしていたことについて語った記録が残っていた。

「八つの姉と五つのわしと二人でホイトに行ったとき、エタが来たといって石をポンポン投げつけられて、耳や口にも石が当たって血が出て腫《は》れた。二人で泣く泣く歩いているうちに芋をもらえたので帰ってきた」

またKという路地の老婆は大正五年（一九一六）頃のことをこう話している。

「古着屋で買った着物をきてホイトに行ったとき『エタがつがん着物きてホイトに出るくらいなら、ホイトすることがあるか』と叱られた。おばさん（一般地区の人）が古いはんてんを出してきて、これを切って継ぎ布《ぎれ》にせよと言ってくれて、破れてもいない着物の肩と胴のところに、わざわざ継ぎ布を縫いつけて、次からはそれを着てホイトした。違う日に継ぎの当たらん古着を着ていたら、何人かが寄ってきて着物を引きちぎられてしまったことがある。悔しくて泣く泣く帰った。こらえるしかなかった」

ただ当時（大正頃）、物乞いは路地だけでなく、地方の貧しい集落ではそう珍しくなかったようで、民俗学者の宮本常一《みやもとつねいち》も、生まれ育った村では「乞食になったものも少なくなかった」と記している。

「（乞食になったのは）たいていはその家族の者がつぎつぎに死んでゆき、年老いて一人身になった者であった。そういう者がいつのまにか村から姿を消したときには、たいてい遍路として四国へわたっていた。老いさらばえた姿をいつまでも村人の目のまえにさらしていたくなかったのであろう。四国というところは、明治の終わりごろまではそういう遍路や乞食にみちみちたところであった」（宮本常一「父祖三代の歴史」）

唐言

この辺りの路地には、かつて「カラゴ」と呼ばれる言葉があった。

カラゴとは、その集団にしかわからない合言葉のようなもので、遊郭では「唐言《カラコト》」と呼ばれた。いずれも客や他人に聞かれたくないために発達したもので、これは大阪の路地にも残されているから、各地の路地にあったようだ。現在はもちろん失われているが、路地に唐言があったということは、それをもって身を守り、外部に対して団結していたことをうかがわせる。

一般的に広まったのでは「ゴトシ」（仕事）、「フケル」（去る、帰る）、「ギンシャリ」（白米）、「バラス」（殺す）、「エンコ」（牛馬の肉）などだ。これらはもともと唐言だったのが、一般の職能集団にも広まったものだ。

また路地以外の者のことを「ネス」と言うのだが、これは大阪の路地でも使われていたから、離れた路地同士で共通している部分があるのが興味深い。反対に路地の者のことは、宿毛のKでは「テコ」と呼んでいたそうだ。これら「唐言」を研究すれば面白くなると思うのだが、ややマニアック過ぎて研究費も評価も取れないだろう。現在ではすでに大半が失われているので、これから調査するのは大変に難しいと思われる。

貴重な言葉なので、主にKで話されていたカラゴを少しだけ紹介したい。

- シデジロー（一人前の男性。「仕手」は「やり手」の意）
- ワクツ（一人前の女性）
- カマル（人が現れる）
- アオクナ（しゃべるな）
- アオケ（知らせてやれ）
- ハム（来る、収入）
- ケハイイ（恥ずかしい）
- トスク（盗み、泥棒）
- ノース（食う、食事）
- ゼンギョウ（犬）
- キザエモン（肉）

・ヘロ（牛、馬、豚の内臓。「イッサンマイ」とも言う）
・キス（酒）

これが会話になると、次のようになるという。

・「シデン、カマツタケン、アオクナ」（男の人が来たから何も言うな）
・「グラン、ツナゲン」（目が見えない）
・「ワカツガ、カマツタケン、ケハイイコト、アオクナ」（女の人が来ているので恥ずかしいこと言うな）
・「ワカツガ、フケテカラ、アオケ」（女の人が帰ってから話せ）

コクビの土地蔵

Tの路地の外れ、旧中村《なかむら》市と宿毛市のちょうど境あたりにコクビと呼ばれる場所がある。山の斜面を切り通したところで、狭い道だからコクビ（小首）の字が当てられたようだ。

ここに土地蔵と呼ばれる、首の切れた小さな地蔵が立っている。

かつてそこを通る人はみな、この地蔵の首に田んぼの土を投げつけていたという。小さな子供が百日咳《ひやくにちぜき》などになると、この地蔵にお参りして、首に泥をぬる習わしもあった。そのため「土地蔵」と呼ばれるようになったのだが、それは次のようないわれからであった。

昔、この近くに豪華な家に住み、多くの下男下女を使っていたえらい侍がいた。ある夜、急用ができたので三吉という下男を親類のところに使いに出した。三吉はコクビが夜は寂しい通りで、悪い噂があったことから、主人に「刀を貸してほしい」と頼んだ。主人は「下男の身では刀は持てない」として、竹光《たけみつ》を持たせた。三吉がコクビを通ろうとすると、自分のすぐ前に見上げるばかりの大きな地蔵が立ちふさがった。そこですばやく竹光で切りつけると、地蔵の首が飛んで下に落ちてこう言った。

「私の首を元通りにつなぎ、泥で傷を隠してくれ。そうすれば咳をする子供を治してやる」

三吉はさっそく、地蔵の首を元通りに置き、田んぼの土をとって傷口に塗って、人目につかないようにしてやった。このことを戻ってから主人に話したところ、ついには隣村にまで伝わっていき、子供が咳で困るとお参りするようになったのだという。

Tは小高い小山の斜面に家々が並んでいるが、そこから下りて小山を回り込むとコクビに出る。その道端に地蔵があるので、私はそこまで行ってお参りすることにした。

ここは現在でも、路地から隣村へと抜ける道になっていて、アスファルト舗装はされているが、車が一台ようやく通れるほどの小道だ。山の斜面と住宅に挟まれていて、昼間でも薄暗いが、逆に夏は涼しい通りとなっている。

地蔵は一見して、かなり古いものだとわかる。頭と胴の形がかろうじてわかるくらいで、顔は風化してわからなくなっている。首の辺りに、切ったような跡が残っているのが名残としてわかるくらいか。土などは付いていなかった。

私が地蔵にお参りしていると、路地に住む老婆が犬の散歩に通りかかったので立ち話をした。

「私の生まれる前からあったから、かなり古いお地蔵さん。ここは犬の散歩で毎日のように通るけど、夕方からは寂しくなるからちょっと怖い感じの道じゃね。確かに子供が百日咳とかにかかるとね、首に泥を付けに行きましたよ。昔はこの辺りは家がなくて、一面田んぼだったから、土はどこにでもあったんよ。だけど今は家が建っとるから、近くに泥はなくなってしもうたね。今はもう、泥を付けに来る人なんかいないねえ」

警吏のなりわい

土地蔵

三ヵ所のうちKという路地は、江戸時代まで特に警備の仕事を担っていた。といっても路地全体というわけではなく、その役の者は決まっていた。昭和三年（一九二八）に九七歳で亡くなった善八《ぜんぱち》じいさんは元長吏（この辺りでは取締役をさす名称。今でいう警察官のようなもの）で、次のような証言が残っている。
「兼松という大庄屋《おおじょうや》があって、いくつかの村の庄屋をしていた。そこが盗賊や行き倒れなど軽い犯罪の取り調べ所になっていたので毎日通いました。軽いと三つ、五つ、一八、三六、一〇〇というように叩いてから許した。腹が立って叩くときは何でもないが、腹も立たないのに罪人を叩くのは泣くほどつらかった。だから朝、家を出る前に『今日は人を叩くことがないように』と、仏壇に燈明《とうみょう》を明かしてから出勤した。早くこの仕事を辞めたいと思っていたが、明治の解放令でこの（長吏）制度が廃止されて安心した（意訳）」

善八という名は、江戸の非人頭であった車善七《くるまぜんしち》（世襲名）を連想させるので、もしかしたら代々継がれた世襲的な名かもしれない。

さらにこの善八じいさんの武勇伝として伝わっているのに、次のような話がある。

「ある夜のこと、五人組の盗賊が畑の中へ逃げたので、それを捕まえに七人で行った。私（善八）は身体が小さいので一番小男の賊にというので立ち向かっていったが、実はその男は賊の中でも一番腕の立つ男だったので、たちまち組み伏せられて首を絞められた。もう駄目かと観念していたところ、目の上でピカリと短刀が光ったので首をひねるとバリッと音がした。夜だったので賊は私を刺したものと思い手をゆるめたが、実はそれは畑の芋を刺した音だった。足で賊の下腹を蹴り上げるとばったと倒れたので、今度はいやというほど叩いて捕まえました」

強盗亀

このように泥棒を捕まえる警吏の仕事を担っていた路地のKだが、昔の大泥棒が逃げてきて泊まる「盗人宿《ぬすっと》」もここに残っている。

この一見矛盾している点が、路地の魅力だろう。確かに警吏をしていた村に泥棒が逃げ込んでいるとは思わないから、泥棒にとっては格好の隠れ場所になる。ここに来れば路地の人々も決して他言しないので、泥棒たちも安心できたという。

かつて寺にあった鐘には「九州」という銘が彫られてあったのだが、これは大泥棒の石川五右衛門《いしかわごえもん》が、九州からKまで逃げてきた際に持ってきたものだと伝えられている。

また四国の大泥棒といえば、池田亀五郎《いけだかめごろう》がいる。「強盗亀《ごうどうがめ》」と呼ばれた明治時代の大泥棒で、Kにも度々、匿《かくま》われて泊まっていたと伝えられている。

松本清張《まつもとせいちょう》によれば、亀五郎がなぜ日本全国に知られていないかといえば、四国という僻地で活躍した泥棒だからだという。ただ泥棒というよりも強盗犯で、深夜に金持ちの家へ押し入って金品を強奪し、それを貧乏人に分けた一種の義賊であったようだ。

亀五郎は明治の人なので、豊臣秀吉の時代に生きた石川五右衛門よりは、詳細な記録が残されている。

幕末の慶応《けいおう》二年（一八六六）に現在の大洲《おおず》市で生まれ、父は菜種商をしていた。少年の頃までは夜中に一人歩きができないほど臆病《おくびょう》だった反面、一四歳で大阪に遊びに行き、松島《まつしま》遊郭に入り浸るなど早熟で型破りな面もあった。一九歳のときに三津浜《みつはま》の娼婦《しょうふ》と駆け落ちしたが女に騙《だま》され、逃げられたことから絶望し、短刀で首を突いて自殺をはかったが助かっている。

これがきっかけというわけでもないが、それから本格的に強盗をなりわいにするようになり、あるとき農家に押し入って衣類雑貨二六点を強奪したことから逮捕された。二年後にも強盗の罪で一三年の刑を受けたが、これは恩赦によって一〇年ほどで出獄。三回目の逮捕では無期懲役を受けたが、移送中に脱走した。

ここから最後に逮捕される五年間に、妻と妾《めかけ》の三人を引き連れて強盗を繰り返し、ついには逮捕されて明治四一年（一九〇八）、四一歳で絞首刑となった。

奪った金については自らの一代記『鳥非録』にこう記している。

「仕事をして一〇〇円取れば、その内の五〇円は貧乏人にやって助けた。もし盗《と》った金を自分のために使う者がいれば仲間にしなかった。そのため仲間には厳しく戒め、散財するときは一ヵ月に三日間、酒は一回につき二合までと決めていた。困った人を見ればその場で金をやるし、また乞食遍路に会ったら一人につき一銭、二銭ずつやる」（現代語訳）

後年は「カッタイ（ハンセン病）」を発症したため、病に効果があるとされた子供の生肝をとって食べたと言われているが、これはどうも噂の域を出ない俗説らしい。

また南予地方では昭和五〇年代（一九七五〜八四）まで、次のような子供の手まり唄《うた》が残っていたという。

芝の和尚さん　なぜ死んだ
強盗亀かくした　そのバチで
長浜分署に　呼び出され
白状つらさに　腹切って死んだ
（井出幸男『宮本常一と土佐源氏の真実』梟社、二〇一六年）

これは亀五郎が、故郷に近い瑞林寺《ずいりんじ》の裏手の八畳を借りて三人の女と隠れ住んでいたところ、住職に疑われて通報され、大捕り物となった事件のことだ。警官一人が死亡したが、亀五郎は逃走してしまい、当時周辺では大変な騒ぎになった。

その後、長浜分署で取り調べを受けていた住職は、部屋を貸していた男が亀五郎とは知らなかったものの責任を感じ、取り調べ室にあった巡査の帯剣をとって腹を切って自殺した。亡くなった住職の妻は村民から追い出されたそうだ。

亀五郎の生涯における犯行は、わかっているだけでも窃盗二三件、強盗一五件、殺人と殺人未遂二件、傷害一件の計四一件だが、実際にはその倍以上あったとされる。犯行期間は途中の収監をのぞいて計一〇年ほどだった。

おとし宿

この亀五郎を泊めた話が路地Kに残されている。亀五郎の活動時期は明治なので、すでに警吏のなりわいは廃止されていたが、それでも「まさかあそこに」という心理的効果はあったのかもしれない。

ただこのような宿は、路地だからあったのではない。このような盗人宿は「おとし宿」とか「盗人宿」と呼ばれ、路地だけでなく伊予から土佐にかけての険しい山中にはいくつもあったという。

宮本常一の『土佐源氏』では、土佐の檮原《ゆすはら》に住む年老いた「乞食」がこう語っている。

「盗人はごうどう亀ばかりじゃない。ずいぶんえっとおったもんで、またそれの宿があった。盗人宿ともおとし宿ともいうてな。たいがいは山の腹にポッンと一軒あるような家が多かった。盗人をとめたり、盗人のとったものを売ったりしておった。だからぬすっと宿ちゅうもんはたいがい、ええ身代をつくっておる。山の中の金持ちにぬすっと宿じゃったものが多い」

亀五郎も、今の愛媛県松山市の安居島《あいじま》にあったおとし宿について、こう記している。

「いま泊まっている宿屋の主人、こいつが中々のやり手で、自分たちが悪事をやっていることを知りながら、金がなくても何日でもゆっくり休ませてくれる。主人の都合の悪いときは『何時に来て休みなさい』と言うてくれるので、自分も『万事頼みます』と言っている。何やかんやで主人も私の心の内を知り、私も主人の考えていることがわかったので、まさかの時にはここを隠れ家と決めている。世間の人は『亀五郎はいつも山の中に潜んでいる』などと言っているが、そうではない。自分が宿にしているのは村内でも一、二の顔役、財産家のところだ」

(現代語訳)

亀五郎は、世話になった宿には強盗で儲けた金を惜しみなく送金したから、宿の方も貴重な現金収入の機会となり、罪に問われるリスクはあるものの、山村の貧農家にとっては、かなりの現金収入を得られていたようだ。

この路地では、いつもTさん宅にある納屋の二階に泊まっていたと伝えられており、そこには亀五郎が置いていったといわれている「窪川」の銘がはいった大きな真鍮《しんちゅう》の花瓶が残っているという。

路地を訪ねたとき、私はぜひその建物と花瓶を見たいと思って訊ねたのだが、私が読んだその記録からは、すでに三〇年以上の歳月が経っていたためか、とうとう覚えている人に出会うことはできなかった。

宇和島の高級善根宿

宇和島の路地は、あまり路地であることを公にしたがらない。

どちらかといえば寡黙な路地が多いのだが、それは愛媛県ではだいたい同じようなもので、隣保館が地区外に建てられていることも少なくない。これは愛媛が保守王国であるのと、県民性も関係あるだろう。

宇和島では二〇年ほど前に、路地にある寺の跡取り息子に話を聞きたいと電話したことがあった。彼は地元の不良的な若者だったが、跡を継ぐために素行を改めて修行しているとの話であった。

しかし電話してみると「あー、冬は忙しいから無理っすね」と気乗りしない風で、確かに冬は死亡者が多くでるため、寺は忙しくなると聞いていたこともあり、当人が気乗りしないなら仕方ないと止めたことがあった。しかし、初めて宇和島を訪ねるということで、彼は今、どうしているだろうかと気にはなっていた。

Kという路地は宇和島南部にあり、山と山に挟まれるように古い改良住宅がかなりの規模で立ち並んでいる。路地の中にある小山の上には神社が祀《まつ》られていて、ハンセン病と関わりが深いということであった。高知県の赤岡でも見たように、江戸時代までは路地がハンセン病者との関係が深かったので、神社にはその由来を伝える役割があったのだろう。

ここの寺は五〇〇年以上の歴史があり、本堂裏にある納骨堂はかつて宇和島藩の処刑場だった。納骨堂の端にはずらりと大小の墓石らしきものが整理・保存されており、それらは処刑された罪人や行き倒れた遍路のものだったようだ。

明確に墓石だとわかるものもあれば、ただの石にしか見えないものもある。きれいに並べられて掃除も行き届いており、地元の人たちによって管理されていることがよくわかる。

寺の住職に話を少し伺っていたのだが、四〇代くらいの長めの髪をした人で、とても気さくで親切にいろいろと教えてくれた。

「お遍路さんが訪ねてこられるのは珍しいですね」

「私は大阪の出なのですが、実家が浄土真宗なものですから、ついでといっては何ですが、できるだけお参りしています」

あながち嘘でもなかったが、その気さくな感じに、この人が二〇年前に電話で話した人ではないかと私は思った。しかし先方も覚えていないだろうから、なかなか話を切り出せないでいると、これから出かけなければというので、お礼を兼ねて数珠《じゅず》を購入した。お釣りは結構ですと言うと「それはすみませんね、ありがとうございます。どうぞご自由に見て回ってください」と丁寧に挨拶された。

それからIという路地に回ると、寺は路地全体を見渡す山の中腹あたりにあった。寺からは改良住宅がずらりと並んでいて壮観だ。

この路地ができた由来は、次のようなものであった。

伊達《だて》政宗《まさむね》の長男ではあるものの、側室の子であったために宇和島藩を任された伊達秀宗《ひでむね》が、初代宇和島藩主としてこの地にやってきたとき、仙台から連れてこられた皮革職人たちによって路地はできたと伝えられている。寺のそばには墓もあって、墓の中央にはかつて路地の頭であった曾根太郎左衛門とその家族の墓も残されており、いずれもきれいに管理されていた。

また宇和島には「高級」とも「きれい」とも言われる名物の善根宿があり、私は夜、そこで泊まることにした。

高知の善根宿で私はその存在を聞いたのだが、女遍路からも聞いていた。連絡先などは実際に四国遍路しないとわからない。善根宿だけにあまり来られても困ることもあり、遍路からの口伝えで細々と伝わっているだけだ。

連絡先については高知の善根宿で聞くことができたので、事前に連絡してみると、泊まれるが午後六時以降にしてほしいとのことだった。

そこは風呂《ふろ》がないので、駅近くにある銭湯に行ってから向かうのだが、この銭湯も風呂代を接待してくれた。

約束した時間になったので向かうと、駅近くの住宅一軒が、そのまま善根宿になっていた。

言ってみれば一軒貸し切りである。

主人は若い男性で、私がカートを引いて歩いているのを見て「腰が悪いのですか」と訊ねてきた。確かに腰は悪いのだが、なぜわかったのですかと訊《き》くと「荷物を引いてる人はたいてい腰が悪いから」と言う。

住居の中はきれいにリフォームされていて、ちょっとしたペンションのようだ。ソファにテレビ、清潔で温水洗浄便座付きの水洗便所、洗濯機や台所もある。ただし火気厳禁で炊事は基本的にできないが、電気ポットはある。室内履きもSサイズからLLサイズまで用意されているのには恐れ入った。

手作りクッキーとコーヒーを戴《いただ》きながら、ご主人と話をした。

「もともとゲストハウスを開きたかったのですが、とりあえず善根宿をしようと思ったのが始まりですね。それが二〇一二年頃です。ゲストハウスをするには、いまの仕事を辞めなきゃいけないから、ズルズルと今に至るという感じです。仕事場はゴミ処理場なので、そこで廃棄された物を譲り受けて、内装なんかも一から自分でやりました。自宅は別にあるのですが、そこでは母の介護をしているので、ここには住んでいないんです。自分も四国遍路したことがあるので、少しでもお遍路さんのお役に立てればと思ってね」

夕食に誘ったが、母の介護があるからと、主人は早々に帰宅された。寝るのは二階で、清潔なシーツの布団などが敷かれていた。

しかし、あまりにきれいすぎて気を遣う。草遍路が善根宿に泊まらないのは気を遣うからだと聞いていたが、確かにこのような金をとるなら一泊三〇〇〇円はくだらない宿に無料で泊まるのは気が引ける。とはいえ、金の心配をしないでゆっくり休めるのは本当に有難い。

寄付はご自由にというので、翌朝に一〇〇〇円ほど入れて立ち去ったが、それ以来、宇和島と聞くとこのきれいな善根宿を思い出してしまうようになった。若い頃から私も国内外を歩いたが、このような宿は世界的に見ても稀有《けう》なのは確かだ。接待してくれる銭湯も同じく、宇和島という土地には、どこか奥底のしれない気高さを感じる。

八幡浜

八幡浜は遍路道から大きく外れた町なのだが、愛媛では珍しく解放運動が激しいことで知られた路地である。私も一五年ほど前から四国に来るたびに通っていることもあり、遍路道からは外れているが、今回も立ち寄ることにした。

いくつかの路地があり、その中のJという路地は都市型で、文字通り狭い路地がくねっている。改良住宅が建てられてきれいになったが、道だけはひどく狭い。

環境改善の工事がはいった現在でも家々がひしめき合っているような状況だから、それ以前のボロ屋が立ち並んでいた頃は、スラム化したような状況だったようだ。

以前、この路地で生まれ育ったAさんに伺った半生記は、次のようなものであった。

——昭和一五年（一九四〇）生まれで姉四人、兄一人、妹三人で両親入れたら一一人家族、私は六番目にあたります。九人も子供がいたから、もちろん貧乏で、食べることで精一杯でした。地区は、当時「Y町裏通り」という地名だったので「裏の子、裏の子」と言われました。そのため地名が変わったことがあったほどでした。今は九〇戸くらいで、二つに分かれています。人口は全部で二〇〇人前後くらい。混住はほとんどありませんが、九州にルーツを持っている人もいるようです。ここは大分が近くて、船でよく行き来してましたからね。ただ、若い子はみな大阪などに出てしまいます。もともとは泥炭地で、以前は蓮根《れんこん》畑がありました。

私の幼い時分は、ヒルが肺炎の人の薬になるといって買いに来る人がいたので、お母さんと一緒にヒルとりに行きました。私はヒルをいれる瓶を持つ役目で、お母さんが安全カミソリで自分の足をちょっとはねて、血が出るようにして田んぼの中でじっと立つんです。ヒルは太いのではなく、細い方のヒルですね。血を吸うと太くなります。一匹くらいでは動かないで、何匹も寄ってきたら素早くとって、私が持っている瓶に入れるんです。お母さんが可哀想で、何か悲しくて、寂しい気持ちになったのを覚えてます。

唯一、家が明るくなったのは、母が唄うのを頼まれたときでした。母は「地搗唄《じつきうた》」（仕事唄）が上手で、頼まれて唄うと多少の謝礼が出ることもあって、そういうときは前日からとても機嫌が良くて、家の中が明るくなったのを覚えています。

でも貧しいので、学校の道具も買ってもらえませんでした。家も一間しかないし、食事が終わったら机も折りたたんでしまってしまうので、机もないから勉強できる環境ではありませんでした。

小二で長欠（長期欠席）になったんですけど、そのきっかけが、体操服がなかったからでした。私は体育の時間が好きで、二学期から始まっていた運動会の練習にどうしても参加したくて姉のお古の長いスカートをはいて五〇メートル走をしたら、長いスカートだから足に引っかかって転んでしまったんです。それから恥ずかしくなって行けなくなった。それだけではなく、PTAの会費も払えないから忘れましたって毎回言わないといけないし、図画の時間も絵具がないから、鉛筆しか使わないときだけしか行けない。それで今でいう不登校みたいになったんです。

親もあんまりきつくは『学校に行け』と言いませんでしたから、家の手伝いをしていました。わずかな畑にキビやアワを作っていたので、朝五時に起こされて姉妹四人でカンカンを持って雀を追い払いに行ってました。大好きな運動会は、隠れて見に行ってました。

小四の二学期にまた学校に行くようになったけど、当時は父親を恨みました。父親は体格も良くて元気な人でしたから。

「どんな仕事でもできるのに、なんでもっと給料のもらえる、ボーナスも出る、雨の日にも休まんでもいい仕事につかんのやろか。怠けてて駄目なところがあるから、雇ってもらえんのやろう」

そう思って長いこと恨んでました。いま思えば、当時は地区（同和地区）の出だと、ちゃんとした仕事に就けなかったことを知らなかったんですね。

どうして小四のときにまた学校へ通い出したかというと、同じようにちょくちょく休んでる友達がいたんです。私の家には時計がないのだけど、その子のうちにはあったんです。ある日、その子のうちで遊んでたら「三時になったらご飯炊くように言われとる。いま何時やろ」と訊ねられたのです。私は時計の下に行ってじっと立ったままで、答えることができませんでした。小四になってましたが、時計が読めなかったからです。

そのときの気持ちを何と言ったらいいか説明ができない。「あー、私は学校に行ってないから時計もわからんのだ」と情けなくて恥ずかしくて、子供ながらに大きな衝撃を受けました。それがきっかけで、また学校に行くようになったんです。

また通い始めたものの、クラスがどこか、担任の先生が誰かも知りません。だから職員室に行って「来ました」と言ったら四年生の教室に連れていかれて、たまたま休んでた子の席に座りました。九九と割り算の授業だったけど、もちろん答えられない。

当時はまだ同和教育とかなかったので、先生も同和地区の生徒の生活実態とか事情を全く知らないので、長欠児童がいきなり来て問題が答えられない、ということの事情を全く理解してもらえませんでした。私も授業がわからないのが恥ずかしくて「あー、また」と思ったけど、我慢して通いました。

六年生のときにようやく体操服を着せてもらえるようになって、初めて運動会にも出て徒競走で一位になりました。他の人と競争して勝てたという経験がなかったので、これは本当に嬉《うれ》しかった。自信を持つことができるようになり「私にもやれる」と思うことができるようになりました。

中学に入っても休みがちだったけど、頑張って通いました。ＰＴＡ会費はいつも払えず、教室でみんなの前に立たされて、担任から「いつも忘れるから手のひらに書いて帰れ」と怒られて、悔しかった……。

就職では市内の紡績会社を受けましたが、当時の履歴書には父親の職業を書く欄がありました。でも、そこにはどうしても「土方」と書けなくて、少しだけ畑があったので「農業」と書きました。農業だと畑の広さを書かなくてはならないので、とりあえず「一反」と書きました。本当は何町歩とか書くのだけど、それしか知らなかったんです。

そしたら会社の面接のときに「一反でこれだけの家族が食べていけるわけがない、何か他にも仕事しよろが」と訊かれましたが、私は嘘を書いていたので答えられず「何もしていません」としか答えられませんでした。係の人は「おかしいな」という素振りをしていました。私はそのとき初めて、一反という狭い土地では大勢の家族は食べていけないのだということに気づいたんです。このときは親のことばかり訊かれました。

でも、体力や健康に自信があったので大丈夫だと思っていたのに、不合格の通知が来てしまいました。翌日、学校に行くと私より背の低い子や、眼鏡をかけた子が受かっていた。私はどうしても納得できなかったので、学校が終わるとすぐに職業安定所に行って「不合格になった理由を教えてください」と言いました。

係の人は、私の住所を見て「あんた、あそこの子かー」と言ったので、私はハッとしました。親のこと、住所のことが漠然と気にはなっていましたが、このとき「差別されたから落ちたんだ」という確信に変わりました。係の人は「うーん、あんた大阪の方へいかんか。大阪の紡績会社は条件も同じやし、そこなら責任をもって紹介してあげられるから」と言われたのだけど、頭の中はパニックになって、真っ赤になりながら断るのが精一杯でした。

結婚と就職では特に差別されるとは聞いていたけど、初めて差別されるとショックで、それから一週間は泣きつづけました。「何でここに生まれたんやろ。生んでほしなかった」と親を恨みました。

そんなある日、障害者の女生徒が泥まみれでうずくまっていたので、私はその子を背負って坂道を下りました。そのとき「この子もしんどいのに頑張ってる。差別されたからって弱気になってはいけない。私は身体が元気なのだから、どんな所でも一生懸命、働こう」と自分に言い聞かせました。それで条件の悪かった第二希望の会社に行くことに決めました。

それから八年後、私を不合格にした会社が、入社する子が少ないことから、私の地区まで人探しにやってきたことがありました。その頃にはほとんどの子が高校に進学して、中卒は「金の卵」ともてはやされた時代になってました。「中学を卒業する子はいないか。支度金や腕時計など出すのだが」と私に聞いてきたので、私は、人のいないときだけ地区を利用するのかと腹が立ち「おりませんよ、学校に上がる子ばかりです」と答えました。本当は四人くらい中卒で働く子がいたんですけど、私なりの小さな抵抗でした。

結婚は同じ地区の人としました。お母さんから「外の人と結婚したら苦しむし、つらい思いをする。同じ地区の人とだったら親元とも気兼ねなしに付き合いできる」と常々、聞かされていたからです。当時は地区の出だということで結婚を反対されて自殺する人もいて社会問題になってました。

夫も同じような境遇で長欠児童でしたから、生まれてくる子供たちだけは大学を出させてやりたいと思い、夫婦で大阪へ出稼ぎに行きました。

その会社で夫は、リフトの免許を取らなければならなくなりました。当初は免許なしでリフトを運転していたのですが、規則ができて免許が必要になったのです。会社からは「試験に必要なお金は出すから免許を取るように」と言われたので、学校もろくに出ていないのに困りました。仕方ないので、問題集を買ってきて二人で勉強を始めました——

漢字にフリガナをつけるところから始めた

当時、全国の路地でも同じような問題が起こっていた。

例えば大阪の矢田《やた》では、貧困と差別で学校に行けなかったために読み書きが不自由な路地の者のため、自動車免許などをとる「車友会」という運動が立ち上げられていた。しかしAさん夫妻は四国から来ていたので、そういうサポートは受けられなかったし、そんな運動があることすら知らなかった。

——実技は問題ないのですが、筆記が問題でした。買ってきた問題集は一〇〇問あって、そこから一〇問が出題されるのです。試験は四〇日後でした。

まず国語辞典で調べて、漢字にフリガナを付けるところから始めました。でもこれがなかなか難しいのです。

例えば「右折左折」という言葉にしても、私も夫も、訓読み音読みがわかりませんから「みぎおれ・ひだりおれ」としか読めない。国語辞典で「み」を調べても出てこないのです。本当は「う」を探せばいいのですが、それすらも知らなかった。

どうしたかというと、仕方ないので「あ」から一ページずつ探していくので、とても時間がかかりました。それは私がやっておいて、夫は仕事が終わった夜に一生懸命、暗記するのです。それができたら、私から一〇問ずつ問題を出すのです。八〇点以上で合格なので、八〇点以上とれたら寝てもいいことにして、それ以下だったら朝まで暗記し直しました。そういうことを四〇日間やって、何とか合格することができました。

これをきっかけに字もたくさん覚えられて、教育の大切さをより切実に考えるようになりました。それで子供が生まれて三歳になったとき、環境を考えて八幡浜へ帰ることにしました。帰ってから解放運動に出会い、もう逃げたり怒るだけでは差別はなくならないと思い、勉強を始めました。同対審答申などを読むのですが、難しい文章なので免許をとるよりも苦労しました。これも大切にしていた国語辞典を引きながら読んでいると、中学一年生になっていた息子が「これはいけん、この辞典では長いことかからい」と言って、自分の小遣いで漢和辞典を買ってきて、引き方も教えてくれました。

子供が中学校に上がってから、親の職業を書く書類を出すとき、夫は地元の屠場に勤めていたので、私は気を遣って「運転手」と書いたのです。そしたら息子は「これはいけん、本当のことを書け」と言うて怒りました。「屠場の仕事は誰かがせんといけん。悪いことしよるがない。ぼくは肉が好きやけん、ここに生まれてよかった」と言いました。そのとき私は胸がいっぱいになり、息子に教えられる気持ちになりました。

愛媛は保守王国で、白石春樹《しらいしはるき》元知事なんかは「白石天皇」と呼ばれるほどでした。そんなだから、八幡浜の市長ともだいぶんやり合いました。隣保館を建てるときも他の地区へ建てようとするから、市議会の傍聴席から叫んで反対しました。市長から「みんながいけん所（路地）に建てるわけにはいかん」とか、ひどいことを言われたので徹底的に闘いました。自分の兄弟が分かれて争ったこともありました。市の要望を受けた兄が、私を抑えにきたので跳ね返したのです。

あと、その頃はまだ、地区の年寄りの中には字の読めない人が多かったので、年金がもらえる通知がきてもそのままにしてました。お風呂を新しく付けても、沸かし方の説明書が読めないので沸かせない。そうした書類は、私が声を出して読んであげるのです。

ここは海辺の町ですけど、地区に漁業をしている人は一人もいません。男の人はだいたい建設業で、女の人はスーパーのパートが多いです。昔は内職で、缶詰にするために栗の皮むきなどをしてました。屠場があったときは、内臓を煎《い》り揚げて油かすにして食べてました。あれはもともと脂をとるために鍋《なべ》で煮て、そのあとに残ったものを油かすとして食べていたんです。それももう、だいぶん昔の話です——

私が初めて訪ねたとき、Aさんは隣保館の館長であったと思う。

聞き取りを終えていろいろ雑談していると、夫のKさんが佐田岬《さだみさき》半島の路地へ連れて行ってくれることになった。佐田岬半島は原発があることで知られているが、私がこのような所にも路地があることに驚いていると、案内してくれることになったのだった。

「私共とも交流がありませんので、詳しいことはわからないのですが、以前に解放運動のために行ったのと、大学の研究者の方を案内したことがあったので知っているのです」

私は「やはり沿岸警備のために置いたのではないですか。だから交流がないのかもしれませんね」と話すと、ご主人は「研究者の先生もそう言ってましたが、本当に詳しいことは何もわからない地区なんです」と言う。

細くくびれた佐田岬半島にあったのは、海に背を向けるように斜面に建ち並ぶ木造家屋ばかりの路地だった。二〇戸ほどあるだろうか。やはり漁業はしておらず年寄りばかりだそうだから、やがて消滅してしまうのだろうと思われた。

車の中でKさんは、昔、八幡浜の路地に屠場があったとき、そこで働いていた時のことを話してくれた。

「昔は油かすもよう作りました。あれは薪《まき》がだいぶ要るんです。昭和二〇年（一九四五）頃は『油ヘッド』と言って、牛が一頭二万円くらいのときに、脂が一斗缶で一万くらいしました。ほいで皮が一頭一万円くらいだから、肉はただになるので肉屋さんはよう儲けよったんです。

ただ売り物にするには何度も漉《こ》して白いクリームみたいにするので手間がかかりました。

その後、脂も売れなくなったので作らなくなったんですが、福祉会館（隣保館）ができてからもう一回しようやとなって、前の空き地でドラム缶に入れて薪をくべて、自分で作ったんです。高知の（路地の）人らは油かすが好きだったので、土産がわりに作ってあげていました。その頃にはもう高知でも作ってなかったから、懐かしかったんでしょうね。帰る車の中で全部食べてしまったと言って喜んでもらいました」

「ご主人が子供だった頃は、けっこう差別はきつかったのでしょうね」

「そうですね。小学校二年のときに終戦になったのですが、予科練上がりの代用教員の先生らが来て『お前みたいな奴らがおるけん、戦争に負けたんやがな』って、私らに向かって言うがやけん。年寄りの女の先生の差別もすごくきつかったです」

かつて同和教育が流行《はや》った原因の一つが、この地元エリートである教師たちの差別意識があまりにも強かったことにある。

夕暮れの佐田岬半島を、車は八幡浜へ戻っていった。

マリア観音

大洲の十夜《とよ》ヶ《が》橋《はし》で通夜した朝、地元のじいさんが鯉にエサをやりに来た。ここの鯉は太ったのがたくさんいるので壮観だ。エサ箱が置いてあるので、旅行者でも手ぶらであげることができる。

大洲はかつて潜伏キリシタンが多く潜んでいたことでも知られていて、寛文《かんぶん》一二年（一六七二）の「宇和島御記録」には「大洲領内にキリシタン六〇〇名あまりが隠れていると密訴する者がいるのだが、なかなか見つけられず埒《らち》が明かない」といったことが書かれている。愛媛県西部は、九州の大分と海をはさんで至近に位置する。

そのため潜伏キリシタンの史跡は近辺にいくつかあるのだが、私はその中でも、大洲の若宮《わかみや》にある子安観音《こやすかんのん》堂に立ち寄った。

川沿いの住宅地にある瓦葺《かわらぶ》きの立派な御堂《みどう》を覗《のぞ》くと、中に子安観音像（如意輪《にょいりん》観音像）が安置されており、赤子を抱いて片肘《かたひじ》をついている姿がマリアに似ていることから、実はマリア観音ではないかといわれている。イエスらしき赤子を抱いている女の天上に、祝福する神が描かれている古い絵も掲げられているから間違いないだろうが、なにぶん古文書なども残されていないので詳細がわからない。

近くの河川敷には、大洲藩の処刑場であった渋草《しぶくさ》刑場があった。かつて処刑される人は、この子安観音の御堂で末期の水を与えられ、処刑場まで引かれていったと伝えられている。

処刑場跡には一つだけ石碑が置かれてあるのだが、これがなかなか見つけられない。刑場跡は、誇れる歴史でもないので痕跡がわかりにくい。河川敷で農作業していた人に訊ねてもわからず、仕方なくランニングしている何人かの人に訊ねてようやくわかった。

ただその人も「確かこの辺に石碑のようなものが立っていたな」という程度で、とにかく連れていってもらい、ようやく確認できた。「南無妙法蓮華経《みょうほうれんげきょう》」と大きく彫られているのでわか

形場跡の石碑はポツンと立っていた

ったのだった。そのランニングのおじさんも「ここが処刑場跡で、この石碑がそうだったなんて、まったく知らなかった」と驚いていた。

また十夜ヶ橋に近い徳森《とくのもり》には「金龍院《きんりゅういん》」というハンセン病史跡もある。

これは明治初期の頃、カサ（ハンセン病の地方名）に罹った女が夫に離縁されて、茶の台という川の合流地点に小屋を建てて祈禱《きとう》師をしていた所だ。この女の世話も路地の人々によってされていた。当時、家族から見放されて流浪していたハンセン病者の世話は、路地の仕事だったからだろう。やがてカサによく効くと評判になり、多くの人が訪れるようになった。

女が亡くなった後は金龍院として祀り、傘などを奉納すると病が治ると言い伝えられ、かつては遍路もよく訪れていたようだ。今でも地元の方々の管理でひっそりと残されている。

猫島

十夜ヶ橋では、高知で先に行かれてしまった女遍路とまた出くわしていた。知らぬ間に追い抜いていて、さらに追い付かれたのだ。

あれからの道程を互いに話していると、これから遍路道を逸《そ》れて猫島に行くので一緒に行かないかと言う。

猫島については聞いてはいるが、よくは知らない。しかし面白い寄り道かもしれないなと思い、私は承諾した。こうした偶然のきっかけで、遍路以外の地に赴く興味にもあらがえなかった。

ウェブで調べてみると、猫島は青島《あおしま》という島だった。観光地ではないため、大洲から海辺に出たところにある町、伊予《いよ》長浜《ながはま》から出ている船で日帰りするしかない。早朝の便で渡って夕方に戻る一日滞在と、昼の便で行く一時間滞在の二つしか手がない。大洲から伊予長浜までは、歩き遍路をいったん中断して、予讃《よさん》線という鉄道で移動することにした。

私は当然、昼から一時間ほど滞在するつもりでいると、女遍路は「こんな島には二度と行けないだろうから一日いたい」と言う。

一緒に行きましょうと遠回しに誘ってくるのだが、さすがにそのために前後合わせて数日待機するのは本末転倒になり兼ねないので、「昼から合流するから」と彼女をなだめて先に行ってもらうことにした。

それで早朝、彼女を送りに伊予長浜の港に行くと、今日は波が高いので船が出ないという。小さな船なので、雨がなくても風が吹けば中止になり、こうしたことは頻繁にあるのだそうだ。

電話であらかじめ問い合わせれば良かったのだが、もう遅い。すると女遍路は地図を出してきて言った。

「じゃあ、待っている間に今治の方にあるウサギ島に行きませんか」

「今治はまだずいぶん先ですよ。しかしウサギ島なんて本当にあるのですか」

「そうなんです。そこは観光地なので泊まるところもあるみたい」

「でも宿代が高いでしょう。それに今治はまだ先だから、行くなら今治まで歩いてから行きましょう」

「そうですか」

調べてみると、ウサギ島とは大久野島《おおくのしま》のことで、毒ガス兵器を作っていた「地図にない島」として知られている。これもまた、できれば寄ってみたいと思わせる島であったが、遍路道からはかなりそれてしまうし、広島県になるからますます遍路とは何の関係もなくなってしまう。

翌朝には船が出たので、伊予長浜まで彼女を送りに行くと数人の観光客らしい人も来ていた。いずれも一人客で女性が多かったが、中年男性も交じっていた。撮影してＳＮＳなどに上げるのだろうか。女遍路は寂しそうだったが、私の方は取材でも遍路でもなく、ただ一日猫と戯

行の船に乗った。

午前中は資料の整理をして自宅に郵送したりと、用事を済ませてまた港に戻り、午後の青島行の船に乗った。

三〇分ほどの行程の船旅はとても楽しい。これが三時間とかになると船酔いの懸念がでるのだが、三〇分ならそれもない。

青島は江戸時代初め頃まで「馬島《うましま》」と呼ばれる無人島で、「馬島」と呼ばれたのは大洲藩の馬の放牧地だったからだ。

それが寛永《かんえい》一六年（一六三九）、播州《ばんしゅう》（今の兵庫県赤穂市坂越《あこうさこし》）に住んでいた漁師与七郎《よしちろう》が、馬島の近海がイワシの好漁場であることを知って一族を引き連れて移り住んだ。後に与七郎は「赤城九郎左衛門《あかぎくろうざえもん》」と改名して島の庄屋になる。翌寛永一七年（一六四〇）、鹿狩りに訪れた大洲藩主の加藤泰興《かとうやすおき》が、木々が青々と茂る島の様子を見て「青島」と改名したのが島名の由来とされている。

当初は一六軒で生活が始まり、最盛期には一六五世帯（一九六〇）にまで増えたが、現在は人口六人ばかりとなり、庄屋だった赤城家も廃墟《はいきょ》となって朽ち果てたという。

到着した青島は、近いうちに消滅する気配を漂わせてはいたが、一見したところのどかな漁村であった。確かに猫が多く、二〇〇匹はいるとのことだったが、ほとんど断種しているので猫もそのうちいなくなるのだそうだ。

女遍路に「一緒にきた人たちと知り合いになれましたか」と訊ねると、こう言った。

「皆さん、ぜんぜん話さないんです。ひたすら猫にエサをあげてばかりで、お互いに何も話さないのでよくわからないんです。病んでいるような人ばかりでした」

病んでいるのはお互いさまだが、それでも受け入れてくれる島民には感謝しかない。沖縄の離島の中には、観光客の傍若無人の振る舞いに困って外部の人の入島を禁止している島もあるほどだ。私のように、猫にすら興味ない者も来てしまうのだから、曲がりなりにも外部にも開放されているのは有難い。

廃屋となった家の軒先で佇《たたず》んでいると、このような島に住んでみたいという気持ちがじわじわとわいてきた。しかし大阪の下町育ちで、今も都会のしがらみにまみれている私などには夢のまた夢なのだろうと思うと、侘《わび》しい気持ちになってしまった。立ち寄って良かったのかどうか、私には最後までわかりかねたが、これもまた私なりの巡礼なのだと思いなおした。

それから松山までの道中で、また女遍路とはぐれた。名前も聞いていなかった。それが程よい距離になると思っていたからだが、女遍路とはそれきり会うことはなかった。

もしかしたら、途中で帰ってしまったのかもしれない。歩き遍路は通しで歩いた人しか記録に残さないので、皆きちんと歩いて一周していると思われがちだが、実際には途中で取りやめて帰る人、バスに乗ってしまう人も少なくない。それは取り立てて悪いということでもなく、遍路というのは懐の深いものだから、またその気になればいつか歩き直せば良いだけのことなのである。

途路で出会った猫

第四章
托鉢修行

第二の幸月

あれはどこの寺だったか、三番目か四番目辺りの寺だったと思うのだが、その門前までくると、立ったまま一心に経を唱えて托鉢《たくはつ》している遍路がいた。

風貌《ふうぼう》はがっしりとしており、全身白装束で丸坊主だ。なぜか菅笠《すげがさ》はかぶっていない。怒ったような、我慢しているかのような真っ赤な顔で、苦しそうに大声で経を唱えて喜捨を求めていた。

遍路姿の人々はそこかしこにいたが、恐れて誰も近寄ろうとしない。私もその異形の遍路をしばし凝視したが、かなりの迫力である。瞬間的に、これは草遍路（職業遍路）であろうと思った。これが私にとって、初めての草遍路との出会いだった。出発して二日目のことである。

それにしても、ここは遍路の寺だ。自然、遍路行者に喜捨を求めることになるが、これだと遍路が遍路に物乞《ものご》いすることになる。後々、草遍路が遍路に喜捨を求めるのはとくに珍しいことでないとわかるのだが、まだ出発して間もない頃だったから面食らってしまった。

後日、このとき出会った異様な草遍路が、「第二の幸月」と鵜川から紹介してもらった草遍路、自称「毎日巡礼ヒロユキ」であることがわかった。「毎日巡礼ヒロユキ」とは、ヒロユキ自身が付けた愛称だ。姓を出すと家族にわかってしまうので、こう名づけたそうだ。

そしてまったくの偶然から、私はこのヒロユキに、遍路に出て二日目で出くわしていたのだった。信仰心のない私のような者でも「不思議な遍路の縁」というものに、搦《から》めとられていた感がある。

私は遍路をする上で、遍路の本質の一つである「托鉢と門付」という、いわゆる「お修行」を知らなければいけないと思っていた。そこで鵜川にヒロユキを紹介してもらうようお願いしたのだった。

鵜川は「いいけど、彼に会うのはすぐには無理じゃ」と言った。

「なにしろ携帯電話を持たないうえに、つねに移動して泊まりは野宿やけんねえ、こちらからは連絡がとれんのよ。二、三週間に一回くらい、安否確認のために電話がうちにかかってくることになってるから、そのとき伝言しておくからしばらく待ってたら」

これはまたのんびりした話になりそうだったが、時間だけはあるので待つしかない。

しかし、ちょうどその夜、偶然にも草遍路ヒロユキから電話が掛かってきたのだった。

鵜川は「不思議なことがあるもんじゃ」と笑いながら取り次いでくれた。「こんなことが続けば、確かに弘法大師はいると人は思うだろうな」と私も思った。

聞けば今は香川県の高松《たかまつ》付近にいて、三日後くらいに市内に入るという。三日後の夕方四時頃、ある神社の境内で待ち合わせすることになった。しかしその境内は広いらしいので、私は本当に会えるのだろうかと不安なまま三日後を待った。

当日、その境内に着くと、心配は杞憂《きゆう》に終わる。鳥居のそばに大きな台車が置いてあったからだ。

それはやや異様な光景だった。

幸月の写真や映像で見たままの台車で、普通の台車の車輪を丈夫なものに交換して、その上に衣装ケースを二つほど載せてある。自転車のチューブで生活道具などいろいろな物をくくり付けてあり、荷物の上には菅笠が縛られている。

金剛杖《こんごうづえ》は丸い塩化ビニールの筒に入れられて、側面には「毎日巡礼ヒロユキ」、「般若心経《はんにゃしんぎょう》あります」と書かれた板が張り付けられている。後に聞いたところでは、求められれば般若心経をコピーした紙を配っているのだという。ただ、これまで受け取ってくれた人は数人しかいないそうだ。

しばらく台車の近くで待っていると、草遍路ヒロユキが戻ってきた。全身白装束だが、よく見ると上下とも白い作業着だった。その上に「南無大師遍照金剛」と書かれた遍路装束を羽織っている。

剃髪《ていはつ》して丸坊主、少しふっくら丸々として、よく日焼けした顔は笑顔で人懐っこい。もう七〇歳になるはずだが、歩き遍路をして生活しているからか一〇歳は若く見える。近寄りがたい感じは全くない。

幸月が「破戒僧」だとすれば、こちらは「好々爺《こうこうや》」であろうと思った。

弟子入り志願

挨拶《あいさつ》をしてから、少し話を聞いた。

ヒロユキとリヤカー

「もともとは大阪の釜ヶ崎で一〇年以上、ホームレスやってたんだ。それから本格的に遍路で生活するようになって、一〇年ちょっとたつかな。基本的に托鉢して野宿で暮らしてる。托鉢は、前は門付もしてたけど、今はスーパーの入口で立って般若心経を唱えてる」

私は考えていたお願いをした。

「あのー、托鉢の弟子入りをしたいのですが」

「えー、弟子入り？」

これから歩き遍路に戻る際、私はぜひ托鉢して回りたいと思っていた。草遍路を理解するには、真似事でもいいから体験するしかないと考えたのだ。

しかし、何よりやったことがないので不安で仕方ない。

まずやり方がわからないし、そのうえ「人に喜捨を乞う」という行為自体、なかなか踏ん切れないでいた。行為自体は簡単なのだろうが、これがいざやるとなると情けないことに尻《しり》込《ご》みしてしまう。そこで取材も兼ねて、草遍路へ弟子入り志願したのだった。

ヒロユキは人嫌いだと鵜川から聞いていたので、まずは断られるだろうと思っていたが、ヒロユキは「うーん……」と言って黙っている。

私は「同行は数日だけで、托鉢の仕方を教えてもらえれば後は自分で回れますからぜひお願いします」と説得すると、草遍路ヒロユキは「そういうことなら」と、渋々ながら承諾してくれた。

後々わかるのだが、強引に頼まれると嫌と言えない性格なので受けたものの、本当は逃げ出したいくらい嫌だったそうだ。

詳細は一々書かないが、いざ同行するという日の朝になって「やっぱり駄目だ」と言い出して、何度も説得するということを後日、繰り返すことになる。強引に頼まれると受けてしまうのが自分でも嫌なので、つねに深い人付き合いを避けているのだった。

しかし私も必死だったので「あなたを苦しめることはわかってますが、ここは何とか我慢していただきたい」と心から願い、また時には実際にそう言うことで、何とか承諾してもらうのだった。

托鉢の種類

話によると、現代の托鉢には二種類あるという。

一つは「托鉢」で、これはスーパーや寺の門前などで立っておこなう。

二つ目は「門付」で、これは経を唱えて家々を回る。

「人によってやり方が全く違うから一概に言えないんだけど、ぼくはスーパーの入口近くで托鉢してる。門付は以前までやってたけど、まず恥ずかしいし、苦労の割に実入りが少ないことが多いから今はやってない。本来の修行という意味では、門付をしないといけないんだけどな」

「たしか歩き遍路の地図にも『遍路は三日に一度は、修行として門付すると良い』と、書いてありましたね」

「ああ、宮崎建樹さんの歩き遍路地図の別冊に書いてあったね。ぼくもあれを読んだから、一番最初にしたのは門付で、最初の頃は門付ばかり頑張ってやってたんだけど、ほとんどもらえない。門付はやっぱり『修行』と言われるだけあって苦しいもんですよ」

確かに一軒ずつ訪問しながら喜捨を乞うのは、話を聞いているだけでもつらいだろうことは想像できる。私も駆け出しの頃、取材のために家々のインターホンを押し訪ねながら話を聞いたことがあるが、できれば二度とやりたくない。ましてや金銭の喜捨を求めるのは、嫌がられるのがわかっているだけにやりにくい。

明日から同行して、合間にスーパーでの托鉢をすることになった。高松市は都市部ということもあって、ヒロユキもしばらくここで托鉢して蓄えをつくるようだ。

善根宿には泊まらない

翌日、午前九時頃に待ち合わせの寺に行くが、一向に現れないので国道付近にまで出て捜していると、台車がコンビニの駐輪場に置いてあったので見つけることができた。携帯電話を持っていないので捜しているときはかなり焦ったが、だいたい遍路道沿いに歩くので意外に見つけやすいとわかってきた。もちろん「大師の縁」がそうさせているのかもしれないが。

「やっと見つけましたよ」と言うと「見つけなくても良かったのに」と、彼はいたずらっぽく言いながら苦笑いした。

同行されるのが本当に嫌だったので場所を変えたのだが、さりとてまったく消えてしまうのは私に悪いと思ったようだ。

ヒロユキとの付き合いは、つねにこのように彼の気分というか、調子の波に左右される。孤独を愛しながら、孤独に徹することができないところは、意外に都会的な人なのかもしれないと思った。後に聞いた話では、確かに都会育ちであった。

しばらく路上に座って雑談していると、昨夜は近くの公園でテントを張って野宿したという。「托鉢する日は歩かないで托鉢だけして、歩く日は托鉢しないようにしてる」と話す。

托鉢するときは平均すると午前中は一〇時から一二時まで、午後はだいたい四時から六時くらいまで托鉢する。つまり一日のうち午前午後と二時間ずつ、計四時間の「お修行」ということになる。

「托鉢の方法は誰かに教えてもらったのですか」と訊《たず》ねると「教えてもらったことないな。自分一人で必死にやってたら、できるようになったな」と言う。

托鉢歴は一〇年超えで、野宿暮らしは二〇年を超えるのだから年季が違う。

「スーパーの前では、二時間以上しないことにしてる。お店に迷惑がかかるからね。最初はやり方がわからなくて苦労したな。種間寺の近くのスーパーで、邪魔にならないよう駐車場の入口に立ってたら、おばさんが寄ってきて『あのね、みんなあの辺りで立ってるわよ』って、スーパーの入口に立つことを教えてくれた。道理でもらいが少ないなと思ったけど、これには参ったよね。そのおばさんからは、スーパーの一〇〇円と五〇〇円券をもらったよ」

野宿するときも、地元の人に迷惑がかかるので同じところに二泊以上しない。毎日少しでも移動するようにしていることもあり、通常なら四ヵ月ほどで四国を一周するという。これは長く滞在して、しがらみができるのを避けているからでもある。

善根宿や民家にも泊まらず、ほとんど野宿だ。後々わかってくるが、幸月やヒロユキら草遍路は、何か特別な事情がないかぎり善根宿には泊まらない。

「なぜ無料なのに泊まらないのでしょうか」

「うーん、自由がないからな」

人の世話になると気を遣わなくてはならないが、野宿だと慣れれば気楽だ、ということのようだ。

私も二〇代の頃、北米を徒歩で縦断したときは野宿が多かったが、一年たっても決して慣れることはなかった。このあたりは自宅の有無といった環境と切実さ、本人の向き不向きがあるようだ。

私の場合は、あくまで日本で家庭をもちながらの〝お遊び〟だったから、一年たっても慣れることができなかったのだろう。ただ、若いときに一年に及ぶ野宿生活を経験したことは良かったと思う。日本はもちろん海外でもだいたい、どこでも眠れるようになったからだ。

ヒロユキは改造した台車を押しているが、私は空港などで使う簡易カートにザックを載せて引っ張って歩いていた。引いて歩くとスピードは出せるが、大きな荷物は載せられない。不安定ですぐカートが転んでしまうからだ。

台車を押す方法だと、スピードは出ないが、大きな荷物が載せられることもあり、数年におよぶ長期の歩き旅には押す人の方が多い。

同行二人

しばらく狭い旧道の遍路道を二人で並んで歩いていると、どこからともなくおばさんがやってきて、ヒロユキの写真を撮りだした。聞けば「遍路で生活してそうな人が通れば、写真に撮って残している」のだと言う。

しかし終わったと思ったら、また道の先で待っていて何枚も撮る。これが四、五回繰り返されるので、さすがにうんざりしてきた。しかも御礼はトウモロコシ三個ほど。撮影のお礼にもっと接待してくれるのかと思ったが、こういう図々《ずうずう》しい人ほど接待が少ない傾向にある。

「これでは割に合いませんね。腹が立ちませんか」

私が坂道で息を切らしながら訊ねると「そう考えると心が乱れるから、考えないようにしてる」と笑いながら言う。

ヒロユキは、若そうに見えても七〇歳を越えていることもあるのか、靴を引きずって歩く。「引きずって歩くと、靴底にすぐに穴が開くんじゃないですか」と心配すると「古タイヤのゴムを張って修理するから大丈夫」と答える。靴も拾ったものを直しながら一〇年ちかく使っているという。

雨の日は、これも拾った長靴で歩く。サイズが少し大きいが、慣れれば気にならないという。

「台車が引っ張られて楽だから、かるい下り坂が一番いいな、少し速く歩けるし。幸月さんは焼山寺（難所）の麓《ふもと》に台車を置いて登ってたけど、ぼくはすぐ近くまで台車ごと上げる。だけど登りがきつくなってきたから、次回からは下に置いて歩こうかな」

洗濯物が乾かなかったので、台車の外に干しながら歩く。小さな家が引っ越しているように見えなくもない。

ドブ板に台車のタイヤを引っかけても、器用に外しながら押して歩くので、これは安定性があるなと感心した。カートを引いて歩く方法だと、慣れていても一日に何回かひっくり返るからだ。

歩くスピードは時速三、四キロくらい。三〇分に一度くらい休憩する。休憩も入れると一時間に二キロ少々というところか。本当に無理のない行程だが、一〇〇キロちかくの荷物を押しながらだから、七〇歳という年齢を考えるとほぼ限界だろう。

昼は木陰に入って、朝にまとめて炊いておいたご飯と余ったおかずで昼食にする。私は通りがかりにあったコンビニで買っておいた弁当を食べた。身体には良くないが、同行取材なので仕方ない。その後、昼寝したりして、一日かけて一〇〜一五キロほど歩くのだ。

この日はちょうど一二キロばかり歩いて、目標にしていた公園に着いた。この公園には屋根のついた東屋《あずまや》があり、そこに暗くなるのを待ってテントを張った。

明るいうちにテントを張ると、住民に通報されたりするので、暗くなるのを待ってからテントを張るのだ。暗くなってからだと周囲が見えにくくなるが、通報されるよりはマシということのようだ。テントだけはアウトドア用の良い物を使っているが、これは鵜川の田畑の手伝いをしたときにもらった日給で購入したものだ。

かつてハンセン病の遍路は、荷物もほとんど持たないまま、昼間は「かったい道」と呼ばれる人目につきにくい道を歩き、夜になってから寺に参って縁の下などで通夜をし、早朝に去るという行程で旅をしたといわれている。

それに比べると台車に荷物も載せられるし、テントもあるから草遍路といっても天国のようなものだ。しかしそれは概念上のことであって、この生活を実際に生涯つづけるのは並大抵ではない。ありとあらゆるルールに縛られ、飼いならされてきた現代人にとって、本当の自由というのは冷徹で過酷なものだと思う。

私も持参のテントを張って、近くにあったコンビニで握り飯を買ってきて夕食にしたが、ヒロユキは台車から衣装ケースを降ろして、コンロを出して煮炊きを始めた。この日の献立はカレーだ。多めに作って、また翌日以降の弁当などにする。

夜は九時頃には就寝した。

疲れもあって、不眠症の私も午後一一時頃には寝ることができた。歩き遍路をしていると、眠れないということがほとんどない。それほど疲弊するのだろう。

托鉢見学

翌日はついに托鉢をする日だ。

あらかじめ近くのスーパーに目ぼしを付けていたので、そこまで移動する。台車は駐輪場の目立たない場所において、午前一〇時の開始時刻までゆっくりすることにした。

「ここのスーパーは追い出されたことないけど、時々知っている店でも追い出されることがある。そういうときはだいたい、店長が代わったときだな。スーパーでの托鉢は、同じ系列のスーパーでも店長さんの考えによって対応に違いがあるんだ。托鉢は二時間やるけど、だいたい般若心経プラス勤行を四〇回唱えると二時間になる。べつにお経唱えなくてもいいんだけど、唱えている方が時間短く感じるし、お祈りもできるからな」

「お金を入れてもらうお椀《わん》には、事前に小銭とか入れておくんですか」

「一〇円から一〇〇円玉までを交ぜて、見せ金として五五〇円分いれておく。前に一〇円玉だけのとき、子供が寄ってきてお椀の中をのぞいて、連れのお祖父《じい》さんに『一〇円、入ってる』

と言って一〇円しかもらえなかったときがあったから、それ以来、一〇〇円玉も入れるようにしてる。逆に一〇〇〇円札とか入れると、お金もってると思われて喜捨してくれない。また何もお金が入っていないと、ぼくが何をしてるのか、わかってもらえないことがあるからなあ」

予定通り、午前一〇時から一度目の托鉢を始めた。

午前中にやるのは年寄りが来るからで、夕方は主婦層が目当てだ。今回、私は少し離れたところから見るだけにした。

実際にやるとなると、立つ場所が意外に難しいことがわかった。

あれこれ迷った末に、入口前にある柱を背にして位置を決める。こうすれば店からは見えず、買い物客からは見えるという絶妙な位置だ。

しかし、托鉢を始めてすぐに雨が降ってきた。雨が降ると、もらいが少ないときがあると事前に心配していたのだが、現実になってしまった。

ところが立ち始めて二〇分ほどで、三人から喜捨があった。おばさん二人と、車に乗ったまま小銭を入れたおじいさん一人だ。

離れた場所から見ていると、赤いシャツを着た太った女性が、煙草を吸いながら、証明写真機のステップに腰かけたりして、ヒロユキの近くをブラブラし始めた。やがて、この女性も喜捨してくれたのだが、ヒロユキはこの女性を以前から知っていたという。

「前回ここで托鉢やったときに、あの赤シャツの女の人に電車賃をせびられて、仕方なくあげたことがあったんですよ。よくわからないけど、いつもあの店でブラブラしてるみたい。今回もお金とられるかなと思って心配したけど、逆に入れてくれたね。一円玉ばかり、たくさん」

托鉢している人にお金をせびる人がいることに驚くと、

「そんなの珍しいことじゃないよ。大阪の天王寺《てんのうじ》で托鉢したときはね、お椀ごと奪って逃げた人もいたよ」

そう言って笑った。

「上には上がいる」の伝でいえば「下には下がいる」のもまた道理ではあるが、托鉢行者から金をせびるとは壮絶な世界だ。

始めて四五分後には、六人目となるおばさんが喜捨。ヒロユキに話しかけて、名刺をもらっていた。おばさんに話を聞きに行くと、夫が先達（遍路の案内人）をしているのだという。

雨で喜捨が少ないかと心配したが、杞憂だったようだ。雨も次第に止んできた。

前回ヒロユキに金をせびった赤シャツは、今度は店内のイートインに座っている。自宅に居づらい事情でもあって、ここで時間をつぶしているのだろうか。薬物売買や売春だろうかと、あらぬ方向に空想してしまう。

通常は買い物が終わればさっさと帰ってしまうのでわからないが、こうして観察していると、スーパーには変な客が結構いるものだ。少したってから話を聞こうと赤シャツに近づくと、取材していることに気が付いたようで、逃げるようにスーパーから出て行ってしまった。

ヒロユキはお椀を前に抱えるようにして持ち、身体を揺らしながらずっと経を暗唱している。

まるで身体全体で経を唱えているように見える。

「お経がないと二時間も立てないよ。お経があるからリズムができて、立っていられるんだ。般若心経は一回三分くらい、早口で二分。最後の方は早口で唱える。最後の勤行は一五分くらい。それでだいたいの時間がわかる。これは個人的な見解だけど、お経っていうのは早口の方が誤魔化せるから楽なんだな。ゆっくり唱えるほうが、よっぽど難しい」

一時間が経とうとしたとき、ヒロユキが腕時計をちらりと見て、足元に置いてあった水筒で水分補給する。ちょうど般若心経二〇回分を唱え終わったのだろう。ここまで八人から喜捨を受けている。

さすがに店員も気が付いたのか、怪訝《けげん》な顔をして時々、様子を見に来るようになった。制服からして社員のようだ。

「店員がくるとドキッとするね。追い出されるんじゃないかと思うから」

「追い出されたらどうするんですか」

「どんなにひどく言われても、『ありがとうございました』と言って出ていくしかない」

午前一一時二五分に九人目、七〇代くらいのおばあさん。駆け寄って話を聞いた。

「特に信仰とかはないんだけどね。四国遍路を回ったこともないし、うちは真言宗でもないんだけど、パンでも食べて欲しいと思って一〇〇円いれた。立ってる人がいたら必ずいれてあげてる」

そろそろ終わりに近づいたようで、お椀を片手に持って右手で数珠《じゅず》を掲げ「勤行」を唱えだした。

見ていると、何度か笑っている。どうもお経を間違えたようで、間違えるたびに首を傾げて一人で笑っている。

ヒロユキは孤独な生活が長かったからか、いつも何か独り言を言っていた。自分と対話するクセが身に染みているのだろう。私も一人で北米を歩いていたとき、とにかくよく独り言をつぶやいていたことを思い出した。

午前一一時五五分、お店に向かって深くお辞儀して終了。

「ご苦労さまでした」

「いやあ、ちょっと最後は興奮して間違えた。今日は話しかけてくれる人が何人かいたんで、コミュニケーションがとれて気持ち良かった。いやあ、気持ち良かった」

午前中のみで、今回は一五九七円の喜捨があった。

「これは一回にしては多い方ですか」と訊ねると「並くらいかなあ」と言う。

「菩薩《ぼさつ》が見つけてくれればね……、菩薩を待つんだ」

ここでいう菩薩とは「一〇〇〇円札をくれる人」、または「一〇〇〇円札自体」のことだ。

初めての托鉢

二日ほど一緒に歩いた後、大型スーパーで托鉢をすることになった。

今回は私も参加することにしたが、二人で同時に立つと喜捨が分かれてしまうことを懸念し、とりあえず三〇分交代で交互に立つことにした。

まずヒロユキが、立ち位置を決めて托鉢を始める。今回も立ち位置について一〇分ほどあれこれ相談する。

立つ場所の条件としては「できるだけ店員から見えない所で、なおかつお客さんからは見える所」になるのだが、これが難しい。ヒロユキはこの道一〇年の経験を持つが、立ち位置については毎回、苦悩するのだという。ほぼ立つ前の儀式のようになっている。

まずはヒロユキから立つが、二五分たってようやく一人から喜捨。今日は少ないのかもしれないと不安になる。

三〇分後に交代する。

私にとって、初めての托鉢体験である。

じっと立つことに慣れていないからか、身体がふらふらとして落ち着かない。自分の菅笠はどこかの寺に置いてきてしまい持っていなかったので、ヒロユキの菅笠をかりてかぶる。

うつむき加減で顔は隠しているので恥ずかしくはないが、ただ立っているだけのつらさが、波のように押し寄せてくる。ふっと楽になるときもあれば、持病の坐骨《ざこつ》神経痛が痛み出してつらくなるのが交互にくる。

ふと気が付いたのだが、ヒロユキの菅笠の前部分に小さな穴が開いていて、そこから歩いている人が見えることに気づいた。便利だったので使わせてもらうことにした。

目線が難しい。基本的に下を向いていたが、前を向いた方がいいのだろうか。

「ぼくは基本的に前を向いてる。下を向くと、陰気に感じられてしまうからだけど、身体が大きいとか、威圧感のある人は下を向いた方がいいかもしれない。ぼくの場合、人に顔が見えた方が安心感を与えるような気がしてね。実際、前を向いて立った方が、喜捨が多いような気がするな」

ヒロユキはそう言うが、私は前を向くのはちょっと無理だと思った。このあたりが生活を賭《か》けている者と、そうでない者との境界線なのだろう。

立っていると、後ろに柱があるのでもたれたい誘惑にかられる。最初の一〇分間が長く、次の一〇分間はわりと楽になるが、最後の一〇分が異常に長く感じられてつらい。

筆者も挑戦。短時間でも大変だった

最初の三〇分で、なんと五人から喜捨があった。うち一人のおじいさんが「お気をつけて」と声掛けしてくれたのだが、涙がでるほど嬉《うれ》しかった。

金銭の多寡にかかわらず、喜捨があると元気になるから不思議なものだ。入れてくれる人がいると頑張れるのだが、全く入らないと立っているのがとてもつらくなる。やはり現金には、魔力が宿っていると感じる。

正午でいったん終えることにする。

午前中だけで二人合わせて合計九人からの喜捨で二一一〇円。これは中々の好成績だそうで、しかも三分の二は私のときだった。初めての托鉢でこれは嬉しかったが、いわゆるビギナーズ・ラックというものだろう。ヒロユキは少々面白くないような顔をしていた。

休憩しながら話をした。

「スーパーでの托鉢では、おばさんがよく入れてくれるイメージがあるけど、実際は男の人も多い。不思議なんだけど、なぜか女性がくれるイメージがあるんだよな。あと最後になって大きい喜捨があることが多い。それでもっと頑張ろうと長い時間立っても、今度は全然はいらなくなるんだよな。なぜかはわからない」

ヒロユキはそう言うが、最後に多くはいるのは、もしかしたら前半から見ている人が入れてくれるのかもしれない。

スーパーではさっさと買い物して帰る人も多いが、何となく一時間ほどぶらぶらしているような人もいるからだ。これは先日、見学しているときに気が付いたのだが、托鉢している当人にはあまりよく見えていない。

いただいた喜捨は、いったん二人分に分けて、私の分だけ「お接待です」と言ってヒロユキに渡した。ヒロユキは「托鉢をしたんだから、ぼくに施すんじゃなくて、遍路で使うべきだ」と言う。

確かにそれが本筋だろうとは思ったが、やはり取材で托鉢しているのだから、これは貰《もら》えない。そのため、このようにいったん分けてからお布施として渡すことで決着がついた。遍路と托鉢が精神的行為といわれる所以《ゆえん》であろう。

途中で中止する

午後三時三〇分より、場所を変えてまた托鉢する。ただ今度のスーパーは、さっきの所より小さく客も少ないようだ。

「人があまりいないですね……」

私が不安げにそう言うと、

「そうなんだけど、人が多いとか少ないは、意外にあんまり関係ない。どうしてなのかはよくわからないんだけど、ようは運次第なんだ」

再び、最初はヒロユキから立つ。

三〇分で二名から喜捨だから、確かに思ったより少なくはない。ただ金額は、終わってから計算するまでわからないから、まだ何とも言えない。

私の番が来て立っていると、子連れの主婦が入れてくれた。こうした場合、だいたい子供に喜捨させる。

ヒロユキはこれが不思議なようで「教育的観点からだろうか」と言うのだが、私は「いや、単に子供の方があげたがるからだと思いますけど」と言った。どちらにせよ、各々によって事情が違うから、これといった答えはでない。

あと一〇分でヒロユキと交代しようかというところで、警察がやってきたのでびっくりした。

これはマズイかなとヒロユキの方を見るが、彼はじっとして考え事をしている。警察官が数人と、スーパーの社員までが外に出てきた。なぜかテレビカメラや役人らしき人もきて、十数人が集まってきた。

どうも托鉢を注意しに来たのではないようだが、ちょっと場違いな感じになってきた。「困ったなあ、どうしようか」と呟《つぶや》いていると、ヒロユキがやって来た。

「お店のパートさんに聞いたら、交通安全のイベントをこれからやるそうなので、今日はこれでやめておこうか。迷惑かけても悪いし」

私は内心、安堵《あんど》して移動した。

その後よく見ると、スーパーの隣は警察署だった。

「これは危ないのでは」と訊《き》くと、ヒロユキは笑った。

「いや、べつに警察署が近いからって注意されることはないよ。お店の人が通報したら別だけどね。それよりも、実は、以前にここを追い出されてるんだよ。店長から耳元で『できたら敷地外でやってもらえませんかね』ってネチネチと言われてね。それで今回は二人だからどうかなと思ってしてみたんだけど、店長が若い人に代わっていたからか、追い出されなかったね」

二人だから試してみたのだというが、追い出されるかどうかは店長の裁量のようだから、これは確かに運次第だと思った。

喜捨を数えてみると、ヒロユキ二人に私も二人で計四人、九五〇〇円だった。午前と合わせると三〇六〇〇円で、悪くはない。

過去の同じ場所の托鉢メモを見せてもらうと、二〇一九年六月二二日は午前中一三人で二三二九円、午後はこのスーパーで九人四〇四〇円、合計すると六三六九円とかなりの喜捨があった。

その後、翌年一月にここで追い出されてしまったので、もう一度挑戦してみたのだろう。だいたい一日三〇〇〇円の喜捨があると成功で、六〇〇〇円も喜捨があるのは大変に珍しいから、再挑戦したい気持ちもよくわかる。

「以前に計算してみたんだけど、托鉢はだいたい平均すると一日一五〇〇円くらい。だけどここ最近は新型コロナ騒動のせいなのか、貰いが多くなっている。遍路がまず激減したし、托鉢する人も少なくなったからかもしれない。旅行に行けなくなったから、スーパーに来る人も多くなったという報道もあったしね。正確な原因はわからないけど、喜捨が多くなったのは助かるな」

一日で計四時間ほど立つから、平均一五〇〇円だと、時給に換算すれば四〇〇円もない。

また新型コロナの影響で喜捨が多くなっていることを考えても、平均すると時給五〇〇円から六〇〇円くらいになる。地方でも一時間の最低賃金は八〇〇円以上あるから、効率で考えると非常に悪い。

ただヒロユキの場合、七〇歳を越えているから、これから仕事に就けるかというと難しい。また後々わかるのだが、対人コミュニケーション障害を抱えていることから、普通の仕事ができない。だから自分の力だけで生きようと思うと、托鉢しか手がないのだった。

同じ草遍路でも、先輩格だった幸月が、托鉢をしなかった気持ちがわかるような気がする。幸月の場合は、大工や型枠職人をしていたから、手に職をもっていた。托鉢や門付など、効率が悪い割に屈辱を受けることが多い修行より、多少の接待と合わせて働かせてもらった方が精神的にも楽だし、割が良いと考えたのだろう。

「幸月さんは器用だったからね。ぼくは大阪の釜ヶ崎時代も、人と接するのが駄目で、日雇いで働くのがものすごく苦手で苦しかった。後半は自転車修理の仕事もらってたけど、それも無くなってしまったから、四国遍路しようと思ったんだよ」

自転車修理は、理解ある自転車屋に手伝わせてもらっていたのだが、そこが潰《つぶ》れて、ついに立ち行かなくなったのだそうだ。

この日も、近くの公園の東屋で野宿する。

初めての門付

翌日、ヒロユキとは途中で別れ、しばらくはそれぞれ別行動をとっていたのだが、どこかで門付もしたいと私がお願いしていたので、ちょうどヒロユキが歩いていた観音寺《かんおんじ》市で落ち合って門付をすることになった。

私も取材と歩き遍路を中断し、電車を乗り継いで前夜に観音寺にはいり、翌早朝、市内の琴《こと》弾《ひき》公園で野宿していたヒロユキと合流した。

連絡は相変わらず、ヒロユキが公衆電話で私の携帯にかけるという一方的なものだが、それでもけっこう正確に落ち合えた。とはいえほんの二、三〇年前までは皆、大体そのようにして連絡し合っていたのだが。

約束の朝八時に琴弾公園に行くと、まずはヒロユキの台車を捜したのだが、これが目立つのですぐに見つけることができた。ベンチに座って朝食をとりながら打ち合わせする。

スーパーでの托鉢と若干違って、門付は朝九時頃から行う。昼頃になると住民が忙しくなるからだ。今日は午前八時四五分から二時間ほど門付することになった。

門前に立ってチリリンと鐘を鳴らし、般若心経を唱え終わったらまた次の家で同じことをする。

こんな簡単なことが、いざとなると尻込みしてできない。四国遍路では門付のことを「お修行」と呼ぶが、まさに修行だと思う。ヒロユキも「あんまりやりたくないなあ」とこぼしている。

コツはできるだけ住宅街ですることとくらいか。回っているうちに他の家にも気づいてもらえるからだ。

いろいろと相談した結果、ヒロユキが前で数珠を片手に読経し、その後ろで私はお椀を持って、般若心経のコピーを見ながら読経することになった。般若心経を唱えるのは初めてだ。

せっかくの機会なので読み下し文や解説も読んでみたが、何だかわかったような、わからないような内容だと思った。信仰がない者は、それゆえ経に対して偏見をもって読むので理解し難いのだろうと思うことにした。

午前八時四五分に、まずは川沿いの住宅街で始めた。

「インターホンを鳴らす人もいるけど、ぼくはしない。鳴らした方が確実に気づいてもらえるからいいのかもしれないけど。うーん、まあ鳴らさないでいきましょう」

さすがに「人に気を遣いすぎて、ヘトヘトに疲れてしまう」と言うだけあって、ヒロユキは細やかだ。門付するには、どこか鈍感でないとやっていけない。

さらに托鉢や門付には、ある程度の強引さが必要となる。

たしか俳優の小沢昭一《おざわしょういち》が、門付芸人について門付をしたときの経験から「少し怖くやるのがコツ」と書いていたことを思い出す。ぞんざいに扱って呪いをかけられてはたまらないと、訪問先に思わせなければならないのだ。

だから気を遣いすぎて控えめにやると、逆効果になって喜捨をもらえない。ヒロユキは万事控えめなので、門付が苦手なのは見ていてもよくわかる。

回りながら、しきりに「うーん、インターホンを鳴らした方がいいのかな」とか「お金もらったら、お経は止めた方がいいのかな」などといつまでも逡巡《しゅんじゅん》しているから、確かに性格的に合っていないなと感じる。

五軒目あたりから、少しずつもらえるようになった、
当初、ヒロユキから「門付はもらいが少ないからなあ」と聞いていたので、これは意外だった。喜捨があると俄然《がぜん》、やる気が起こるから不思議なものだ。本当に金にはある種の魔力が宿っているなと、何度も実感してしまう。

門付をするヒロユキと筆者

それでも三〇分もすると、かなり疲れてくる。私は読経の最中、蚊に刺されて難儀した。ヒロユキは高齢なのと、虫刺されには慣れているので気にしていない。この辺りは年季の差がでる。

少し休憩していると、蜜柑《みかん》をたくさんもらったので、何とか元気が出てくる。

住宅街を一時間ほど回った後、今度は商店街に移動して再開する。店の前でするのは気が引けたが、商店街の方がもらいが多いと聞いて頑張ることにした。

鐘をチリリンと鳴らしてから読経し、もらえないとそのままお辞儀して次の店に向かう。しばらくの間、ヒロユキは喜捨があっても、お経をすべて唱え終わるまで立っていたが、これだと先方が迷惑がっていると察して、途中からはもらえるとすぐに立ち去るようにした。

ヒロユキは般若心経を信仰していることもあり、ありがたいお経と信じているので、最後まで唱えるのが筋だと思っていたのでそうしていたのだが、確かに先方には迷惑なだけだろう。喜捨したのに立ち去らないヒロユキと私を、住民が不思議そうな顔で見つめていたのが印象的だった。

ヒロユキと読経していて気づいたのだが、途中で四行ほど抜けている。長年唱えているうちに抜けてしまったらしい。「どこが抜けてた?」と聞いてきたので、正直に申告すると「やっぱりそうか。また勉強しなおさないと」と言って笑った。

やがてわかったのは、お店の前で門付すると、もらえるときはすぐにお店の人が出てきてもらえるということだ。やはり迷惑なのと、お店の方が住宅街よりもすぐに気づいてくれるからだろう。

住宅街で一時間、商店街で一時間してようやく終わる。

計算してみると、計三六軒まわって一一人、一八〇〇円の喜捨があった。これは半日としてはまずまずだ。時間給にすると一時間九〇〇円ということになる。しかしこれが毎日あるわけもないから、できる人はアルバイトをした方が効率的ということになる。

道端で座りながら話していると、ヒロユキが溜息《ためいき》と共にこうつぶやいた。

「遍路を始めた頃、門付をやろうと思っても、中々できなかったんだけど、本当にお金が無くなったらようやく門付できるようになった。少しでもお金があるとできないんだよね」

托鉢の現実

翌日から数日間はまた自由行動にして、私は街で用事を済ませてから合流した。

ヒロユキによるとその間に一度、午後だけ托鉢したのだが、五人六五〇円しか喜捨がなかったので、夜の繁華街で午後六時から八時まで辻立《つじだ》ちしたら三〇〇〇円の喜捨があったそうだ。辻立ちとは繁華街の角に立つことをいうが、週末の酔客を狙ったら当たったのだ。ただし昨日立ったスーパーでは、久しぶりに追い出されてしまったという。

少し歩いて移動して、午後からまたスーパーで托鉢することにした。

托鉢する日と、移動日は分けるという話だったのだが、どうも私が同行したことによって、変化をつけてくれているようだ。ヒロユキは草遍路にしてはとても気遣いをするので、これは確かに一人になりたいだろうなと感じる。

午後から托鉢に立ったが、数日あけて立つと調子が悪い。私は坐骨神経痛をもっているので、じっと立っていると神経痛でつらい。あまり眠れていなかったこともあり、眠くてフラフラして困った。

気分も滅入《めい》って仕方ない。喜捨が少ないから滅入るのか、気分が滅入っているから貰いが少ないのか、判断がつきにくい。ビギナーズ・ラックがもはや通用しなくなったようだ。

結局、この日は合計で六人、一二〇七円しか喜捨がなかった。最後になってバタバタと喜捨があって助かったが、それまでは二〇〇円しか貰えてなかったので本当につらかった。

辻立ちも経験してみたかったので、週末ということもあって午後六時頃に街の繁華街にも出てみたのだが、ここは人通りがほとんどない。コロナ騒動でもともと人が少ない上に、店が早仕舞いしてしまっているからだ。仕方なく移動して、夜の公園でまた野宿となる。

朝は八時に出発し、国道を少し入ったところにあったスーパーで午後から托鉢する。

このスーパーは大きいので、二手に分かれてすることにした。今日から私もついに二時間の托鉢をすることになった。

午後三時から立ったが、一時間たってもまったく喜捨がない。

二時間立ちっぱなしというのは、思っていたよりかなりきつい。まだ労働している方が良いと感じる。特に喜捨がないと、羞恥《しゅうち》心とつらさが入り混じって惨めな気持ちになる。

結局、私は二人二〇〇円とベビーチーズ一個。ヒロユキは一五八〇円とこれもチーズ一個だった。チーズをくれたのは同じ人だったのだろうか。

同じスーパーで同時に立ったのに、なぜかヒロユキだけ喜捨が多い。ヒロユキは非常に喜んでいたが、そろそろ年季の差が出て来たようだ。

パフォーマンス

翌朝、この日はついに同行取材最終日となった。

午前八時に出発し、今度は別々のスーパーで午前一〇時から立った。

今日も喜捨が少なく、一時間たっても一人も喜捨がない。

どうも完全なスランプに陥ったようだ。

正面入口に立っていたのだが、駐車場は横にあるので、立ち位置が悪いのだろうかと思い、横の駐車場に向かって立つことにした。後半の一時間でようやく三人、二一〇円の喜捨。ヒロユキは八人、二一〇〇円もあった。

この違いは何なのだろうか。私は徒労感から茫然《ぼうぜん》となったが、そのわけは最後にわかることになる。

トボトボと歩いて移動し、午後はチェーン店の牛丼を食べる。ヒロユキは滅多に外食しないが、するときは牛丼が多いという。

最後の托鉢は、同じスーパーで分かれてすることにした。

ヒロユキは私の喜捨が少なかったこともあり、気を遣って大きな入口の方をあてがってくれた。

午後三時三〇分から始めたが、まったく人が寄ってこない。

私は最終日ということもあって疲れてしまい、やや投げやりになっていたので、その態度が出ていたのかもしれない。だんだん暗くなり、終了時刻の午後五時三〇分には真っ暗になってしまった。結局この日も四人、三一〇円しか喜捨がなかった。

ヒロユキの方へ移動すると、驚いたことに、ヒロユキの立つ場所だけが煌々《こうこう》と明るくなっている。

明るいうちから始めたときは人通りが少なかったのだが、陽が傾くと、入口横にあったゲームセンターの灯がつき、こちらの方が場所的に良くなっていたのだ。

さらにヒロユキは、暗くても目立つようにと、電飾を首からぶら下げて踊っていた。般若心経を素《す》っ頓狂《とんきょう》な声で読経しながら踊り、やってきた買い物客の注目を集めていた。

私が声を掛け「三〇〇円ほどしか喜捨がなかった」と言うと、「一〇人から二五〇〇円あったッ」と、さらに歓喜の声をあげて踊りだす。

どうもここ数日、分かれて托鉢するときはパフォーマンスなどして集客に躍起になっていたようで、それで差がついたのだと気が付いた。

実はヒロユキは釜ヶ崎時代、一時期「橘 良純《たちばなよしずみ》」という名でパフォーマーとして活動していたこともあるので、こうしたパフォーマンスは得意なのだ。

遍路姿で般若心経を唱えながら踊り狂うヒロユキは、やがて「タクハツはバクハツだッ」と叫んでから、ハアハアと息を切らしながらガックリとうつむいた。

どうも三〇分交代で托鉢していたとき、私に喜捨が多かったのでプライドを傷つけられ、実は相当、落ち込んでいたようだ。

二日ほど前に「同行取材はもう嫌だ」とストライキを起こし、また説得したことがあった。それからは分かれて托鉢したのだが、これは私の貰いが多いことに憤慨していたのだと、このとき初めて気が付いた。

事前に電飾まで用意していたとはしかし、何という負けず嫌いだろう。ヒロユキが草遍路の生活を選んだのは、この負けず嫌いな性格もあったのだなと気づかされた。

ヒロユキが喜びのあまりスーパーの入口で飛び跳ねてるのを見ていると、「托鉢の大先輩なのだから仕方ない、完敗だ」と苦笑いするしかなかった。

夕食はスーパーへのお礼もこめて、イートインにあるうどんを二人ですすった。

「最初はこちらの方が暗かったから、これは負けると思ってパフォーマンスを始めたら、子供が寄ってきて喜捨が集まったんだ。でも後半の一時間はまるで無くなった」

さすがのヒロユキ師匠も、疲労の色が隠せない。

七〇歳なのだから当然だ。私ですらここ数日の徒歩行と一日四時間の托鉢で、足が棒のようになって疲労が激しい。

これも後にわかったのだが、ヒロユキは私のために変化をつけていたのではなく、私が同行取材を諦《あきら》めるように、わざと移動しながら托鉢して、疲れるように仕向けていたようだ。

スーパーで明日の朝食のパンを買って出発し、真っ暗な中を国道沿いに五キロほど歩いてから、大きな銅像の下の東屋でテントを張った。この日はやや暖かかったので、ヒロユキはテントを張らないで寝袋だけで寝るという。

この場所はコンクリート製の古い東屋だが、遍路がよく泊まるそうで、隣にある公衆便所は近所の人によってきれいに掃除されていて、驚いたことに温水洗浄便座だった。

さらにテントを張ったときは東屋も便所も真っ暗だったのに、しばらくヒロユキと話していると、便所の方の電気がついた。どうも近所の人が、遍路が泊まっているので電気をつけてくれたようだった。

「ここを管理してるのは向かいの家の人らしいから、朝になったらちょっとご挨拶だけでもしておかなくちゃな」

ヒロユキは朝四時ごろに起きてきたが、私は疲労から、まだ寝袋にくるまっていた。

その間に東屋と便所を掃き掃除して、向かいの家の人が出て来たのを見計らってお礼を述べたようだった。

目を奪われたひまわり畑

第五章

辺土紀行

松山——香川

石田波郷のこと

四国の町は大小問わずどこでも好きだが、特に選べば高知と松山になる。いずれも良い行きつけの店があるためで、高知はただ酔うために滞在するようなところがある。

一方の松山は、どことなく文化的な雰囲気が感じられ、滞在していても気持ちが良い。どこかお高いような、官僚的に感じられることもないではないが、東京の比ではないので旅人にはあまり気にならない。夏目《なつめ》漱石《そうせき》の作品では、松山を描いた『坊《ぼ》っちゃん』をもっともかっているので、私の松山贔屓《びいき》はそのせいかもしれない。

松山では正岡子規《まさおかしき》が特に有名だが、私にとって松山の俳人といえば、路地から出た石田《いしだ》波郷《はきょう》になる。

波郷は東京の江東《こうとう》区砂町《すなまち》に長く暮らして「第二の故郷」とまで言っているが、私も大阪を出てから江東区冬木《ふゆき》に五年ばかりいたことがあるので、親しみを感じている。路地から出て、他《よ》所《そ》の土地で暮らしている点が同じだったからだ。

石田波郷は大正二年（一九一三）に松山で生まれ、東京に出て水原秋桜子《みずはらしゅうおうし》に師事。「俳句は私小説である」とし、生活に根差した俳句で知られた。昭和四四年に五六歳で東京に没している。

バスを待ち大路の春をうたがはず

君たちの恋句ばかりの夜の萩

雪はしづかにゆたかにはやし屍室《かばねしつ》

波郷のふるさとの路地は現在、空港になってしまっている。

波郷の生家跡、といっても、もちろん空港建設後に移転したのだから正確な生家ではないのだが、そこは現在、洒落《しゃれ》たカフェになっており、松山に来たら私はここでお茶をすることに決めている。ここで雑談しているとき「波郷のルーツはもともと武士の出だけども、落ち武者としてこの地に流れて住み着いたようです」と聞いた。

俳人では、小林一茶《こばやしいっさ》の方が路地をよくテーマに取り上げており、逆に波郷は、路地を直接的にテーマにすることはなく、一九歳で上京した後もほとんど帰郷しなかった。

秋いくとせ石鎚山を見ず母を見ず

故郷をあまり取り上げなかった事実は、俳人と故郷の関係、波郷が「人間探求派」と呼ばれるようになったわけを表しているようでもある。

遊郭跡と劇場

道後の宝厳寺《ほうごんじ》には、松ヶ《まつが》枝町《えちよう》遊郭がある。

元々は旅館で湯女《ゆな》（娼婦《しょうふ》）を出していたが、風紀上よくないため明治一〇年に遊郭がつくられ、戦後は赤線街となり「ネオン坂」と呼ばれた。夏目漱石の『坊っちゃん』に「山門のなかに遊郭があるなんて、前代未聞の現象だ」と書かれた所である。

訪ねてみると、確かに宝厳寺の参道に、廃墟《はいきょ》となった遊郭跡が残っている。横浜《よこはま》の黄金町《こがねちょう》などと同じく、警察による取り締まりなどで潰《つぶ》されて久しいようだ。代わりに、道後温泉を挟んだ逆方向に風俗ビルができているので、風俗街としての機能はそこに移っている。

宝厳寺は一遍《いっぺん》上人の生誕地だが、これも最近火事になって貴重な収蔵物のいくつかを失っている。境内には正岡子規が、漱石と一緒に寺の階段から遊郭を眺めながら詠んだ「色里や十歩はなれて秋の風」という句の石碑が立っている。廃墟が取り壊されて再開発されれば、この石碑が名残を残す唯一の跡になるのだろう。

廃墟の間に営業しているらしいスナックなどもあるが、大半は取り壊されつつある。中には壊すには惜しい見事な建築もあるが、なにぶん長年廃墟となっているので、改装するにも難しいだろう。「カフェー」という鑑札もまだ残されている家もあり、かつての苦界とはいえ、趣すらも消えつつあるのは少し惜しい気がした。

道後温泉を通って商店街を抜け、風俗ビルの方へ歩くと「ニュー道後ミュージック」というストリップ劇場がある。これも息絶え絶えだが、立派に営業されている。もとは「ちくぜんや」という木賃宿だったところで、山頭火が滞在したこともあったという。客席は三〇ほどの小さな劇場だが、ストリップ劇場自体が無くなりつつあるため貴重な存在で、もちろん四国では唯一の劇場になってしまった。

ここには以前、花電車芸人のファイヤー・ヨーコさんが出たときに見に行ったことがある。最後の幕で、私一人だったら外に出ようかと思っていたとき、まだ少年らしきあどけなさを残した二人がはいってきた。

「あんたら初めてきたの」

ヨーコさんが舞台から声をかけると、少年らしき二人はコクコクとうなずいていた。どうも近くに住んでいて、原付バイクに乗って勇気をだして見に来たらしい。

「もうラストは出番がないかと思ってたのに、三人もいたらしゃあないな。よう見ていきや」

ヨーコさんはそう啖呵《たんか》をきると、一通りの花電車芸を披露してくれた。性器で鉛筆を折ったり、火をふいたりする芸で、私を含めたった三人のためにしてくれたので、何とも申し訳なかった。

少年たちにとってはこれも一つの性教育というか、社会勉強になるのだろうか。あまり実生活では役に立たない勉強だろうが、一生忘れられない記憶になったことは確かだと思う。

道後温泉の馬湯

松山に来たらぜひ寄りたいと思っていたのが、道後温泉の「馬湯」跡だった。

道後は「日本最古の温泉」と呼ばれるほど歴史があり、温泉地の少ない四国では珍しく豊富な湯量を誇っている。

明治初期まで士族僧侶《そうりょ》は一の湯、女は二の湯、庶民男子は三の湯などと身分で分かれており、女や旅人のためにさらに細かく分けられていた。一の湯は使用後に、牛馬のための「馬湯」に流れるようになっており、大正二年（一九一三）の記録にはこう紹介されている。

「他の湯には屋根がありますが、馬湯は青空で池の大きな様なものです。一番湯の終いの流れをこれへ引きましたものです。そこへ馬を洗いに参ります。穢多が湯に入りたいと思いますと、やはり馬とともに馬湯の中へはいったもので、もっとも穢多でありましても必要がなければ馬とともにはいりませぬが、病をえて温泉でなければ治らぬという時には仕方がないので馬の中に挟まって男女とも馬湯で温泉の効能をえたものであります。私たちも穢多が馬湯にはいっておったのを終始見ておりました。畜生にまず一等を加えた待遇という位なものです。これが維新までの扱いであります」（一部要約。五藤孝人「道後温泉史に見える被差別民の諸相」『しこく部落史』四国部落史研究協議会、二〇一六年、以下同）

明治になって解放令が出た後、さすがにここまでのむごい待遇はなくなったが、大正一一年頃までは、路地の者が温泉や銭湯にはいるのを経営者側が拒否するなど、騒ぎになることがまだあった。

明治三〇年（一八九七）の記録には、一年で牛二〇一八頭、馬一五三二頭が入浴したとあり、その名称とは違って馬よりも牛の方が多かったようだ。一日平均にすると、牛馬合わせて一〇頭ほどがはいっていたようだ。

この馬湯がいつまであったのか詳細はわかっていないが、一九六〇年代半ばまではあったようだ。現在でいうと道後温泉の本館から少し離れたところにある共同湯「椿の湯」辺りに馬湯があったと伝えられている。

なぜ馬湯に路地の者がはいるようになったのかはわかっていないが、その時代的な経緯は、資料によって明らかにされている。

歴史をさかのぼると、寛永一五年（一六三八）にはすでに乞食《こじき》が馬湯にはいっていた記録が残されており、それから約五〇年後の貞享四年（一六八七）に出版された四国遍路の案内書『四国邊路《しこくへんろ》道指南《みちしるべ》』には、各湯の解説の後に「第五の湯（馬湯）は非人と牛馬が入ります（現代語訳）」と書かれている。ただ、この非人というのは厳密な意味での非人身分の者ではなく、乞食など無宿人という意味だと考えられている。

それから約八〇年後、宝暦・明和《めいわ》年間（一七五一～一七七二）に出された『伊予道後温泉略案内』には「穢《けが》れある者は馬湯にはいり、洗濯もする」とあり、寛政《かんせい》四年（一七九二）には「馬湯には乞食賤民《せんみん》がはいっていた」と報告されているため、この頃から路地の者の入浴は馬湯になっていたようだ。おそらく、ゆらいできた身分制を維持するため、この頃より厳しく決められたのだろう。

その後は文政《ぶんせい》四年（一八二一）に出版された十返舎一九《じっぺんしゃいっく》の『四国偏路旅案内』（金草鞋《かねのわらじ》第一四編）の絵図にも、柵《さく》に囲まれた馬湯が描かれている。ただそこに牛馬はなく、五人の人物がはいっていて「乞食と牛馬が入る」と書かれている。

また「乞食客」と自称し、貧乏旅をしていた俳人の小林一茶は、寛永七年（一七九五）二月一日、道後温泉に立ち寄った際の句を次のように詠んでいる。

寝ころんで蝶泊まらせる外湯哉

外湯とは露天風呂のことで、この当時、露天風呂だったのは馬湯しかない。また蝶が泊まると表現されていることから、蝶は一茶自身のことだと考えられる。

一茶には路地の人々を描いた俳句が二七〇ほどあることから、放浪の旅のなかで一茶は、自ら馬湯にはいって泊まったようだ。このあたり「しなのの国乞食首領」などと自称した俳人小林一茶の、凄《すさ》まじいまでの矜持《きょうじ》が垣間見《かいまみ》えるかのようだ。

一方、道後温泉では遍路はもちろん、ハンセン病者もはいることができた。遍路狩りをするなどして厳しく遍路を取り締まった土佐に比べ、道後では遍路は優遇されていたという。元禄《げんろく》五年（一六九二）、全ての遍路は三日間温泉が無料になり、それから一〇年後には自由に一泊することもできるようになった。

安政二年（一八五五）には遍路はもちろん、通りがかりの者も三日間は湯治無料と規定された。元禄五年（一六九二）から明治二二年（一八八九）頃まで、二〇〇年ほどは優遇政策がとられていたことになる。

またハンセン病者に対しても寛大で、江戸初期頃から「下の湯」、中期頃からは「養生湯」、明治からは「薬湯」が病者の湯として指定されている。入浴時間は午前六時から午後八時まで

（旅人や療養者はいつでも利用可能）で、実際に温泉の効能として明治五年（一八七二）には「癩病又なまずによろし」と記されている。なまずというのは重度の慢性皮膚病のことだ。ハンセン病者のはいる湯は長らく無料だったが、昭和四年（一九二九）の無癩《むらい》県運動の頃に薬湯自体が廃止されたという。

道後では身分別に入浴していたが、実際にはあまり厳格なものではなかったようだ。天保四年（一八三三）に讃岐《さぬき》の遍路が、当時の藩主もはいっていた一の湯を見学させてもらった際、足を浸《つ》けて「誠ニ湯かげん暑さたへがたく候」と記し、嘉永《かえい》二年（一八四九）には浄瑠璃《じょうるり》の六代目竹本染太夫《たけもとそめたゆう》が、家族とともに外から一の湯を覗《のぞ》いていたところ、はいっていた侍から声をかけられ家族全員がいれてもらっている。

温泉というのはもともと、俗世間から離れた異界という側面があり、道後にも開放的な面があったようだ。それがハンセン病者を受け入れ、遍路を優遇することにつながったのだろう。現在その名残はないが、コロナ騒動が収まってからでも、その伝統を踏襲して「遍路装束の者は入浴無料」とやれば、もっと人気が出るのではないだろうか。

馬湯の痕跡《こんせき》は何も残されていないが、私は地元の人に案内してもらって、その馬湯に立っていたという石標を見に行くことにした。

道後温泉から歩いて風俗ビルを越えると、松山の路地にはいる。

現在は閑静な住宅地で、ちょっと高級な雰囲気すら感じさせ、まったく路地とはわからない。

そのうちの一軒の家の軒先に、馬湯にあったという石標が立っていた。

「どうも馬湯が壊されるときにもらってきて、自分で勝手に移設したみたいだね。以前に大っぴらに訪ねて怒られたことがあるので、こっそりとしか見られないんだよ」

案内してくれた人はそう言って困った顔をした。

白っぽい円柱になっていて、かつてはここに牛馬につけた紐《ひも》などを括《くく》り付けたようだ。大きな地蔵くらいの大きさで、ただ通っただけでは見つけられなかっただろう。

石柱の中心には、なぜか「温泉安全」と彫られている。

案内してくれた人に訊《たず》ねると、こう話す。

「これは推測だけれども、おそらく当時の牛馬は農耕の他に、荷物や人を運ぶのに使っていたから、交通安全の意味で付けたのではないか」

その意味では「温泉安全」という文字は、確かに馬湯にあったものなのだなと納得である。貴重な史跡なのだから、馬湯があったとされる共同浴場「椿の湯」あたりに保存できないだろうかと思う。ただ「馬湯跡」として紹介して、石柱を移せば良いだけなので、可能だとは思うのだが。

本館ではなく、馬湯のあった辺りにできた地元の人向けの「椿の湯」にはいってみた。本館よりも、こちらの方が大浴場で庶民的だが、あまりに広く綺麗《きれい》だったので、何だかかえって落ち着かない感じがした。

女相撲

松山をしばらく歩くと、やがて北条地域にはいる。

ここには以前、女相撲をやっていた人の息子が料理屋をしていたので立ち寄ったのだった。

女相撲というと、いまでも相撲の盛んな地方で行われる草相撲に女性が参加したものとして、時々ニュースで目にすることもあるが、それとは違い、かつて興行としての「女相撲」が盛んに行われていた時代があった。

女相撲とは、明治時代に山形県天童《てんどう》市で石山兵四郎《いしやまへいしろう》という人物によって興行として起こされた遊行芸の一つだ。

遊行の芸なのでお色気ものだと思われがちだが、実際には本格の芸であった。神社の境内や空き地などを使い、土俵と観客席が設置され、それから町内で興行の宣伝が行われ客の呼び込みをする。戦後しばらくまでが女相撲の最盛期で、どこでやっても人気があったという。

山形からは三つの女相撲団体が生まれ、日本全国はもちろん台湾、サイパン、ハワイにまで遠征した。そして昭和三〇年（一九五五）頃、女子プロレスと交代するかのように消えてしまい、現在では「幻の芸」として一部の人々の間で語られるだけである。

女相撲の代表的な興行内容は、まずは女力士全員が華やかな化粧回しをつけた土俵入りから始まる。通常の女相撲は胸を露出せず、胸にはさらしを巻き、上下の肌着を着てその上からまわしを付けた。その他は髷《まげ》も結っていて普通の相撲と同じだ。男しかできない相撲の格好を、女性がしているところに滑稽《こっけい》さがあった。

そして取り組みを何番か取った後、歯力、五人持ち、腹上での餅《もち》つきなどの力芸が披露される。一歩間違えば怪我人がでる大技で、その危険度から後年はほとんど行われなかったという。最後に女力士たちによる三味線つきの手踊り、コミカルな相撲甚句の唄《うた》で〆《しめ》て終わる。これがだいたいの女相撲である。

特にコミカルな女相撲甚句は、現在でも山形をはじめとする各地の老人会で継承されているほどで、家出してまで相撲取りになりたいと志願してくる少女も少なくなかった。

女相撲には数々のスターが存在したが、石山興行の女大関「若緑《わかみどり》」もそのスターの一人であった。この若緑という名は、明治初期からある由緒あるしこ名なので他団体でも使われているが、中でも石山興行に所属した若緑は、その美貌《びぼう》と豪傑ぶりで有名であった。

若緑は本名を遠藤志げのといい、大正六年、山形県南陽《なんよう》市に生まれた。商店の娘として育てられたが、ちょうど興行にきた石山興行の女相撲を見て感動し、家出をして女相撲に弟子入りしている。容姿端麗で力持ちだったこともあり、すぐに大関に抜擢《ばってき》。石山興行の主役格として人気を博した。

第二次大戦が始まると、女相撲の興行も中止を余儀なくされ、石山興行も一時解散する。解散と同時に若緑も力士を廃業。その後はタニマチの紹介で四国に住み、北条町（現松山市）で小料理屋を開いて余生を送った。

この若緑の子息である遠藤泰夫《やすお》は、母のことをこう語っている。

「相撲をとっている頃のことはよく知らないのですが、とにかく度胸があって力が強かったです。晩年でも二〇貫（七五キロ）はありましたね。私なんかは何度もぶっ飛ばされてね。今だったら虐待と言われるかもしれないほどの激しさでした。面白いのは、ヤクザ相手だと一歩も引かないのに、血が苦手で、出血とかしたらおろおろする。一度、テレビに出たこともあるのですが、そのときも恥ずかしがって一人では嫌だと駄々こねたりもしました。でもヤクザには強かった。娘だった頃に家を飛び出して相撲取りになるくらいだから、何とも豪快な母でしたよ」

引退して北条町で小料理屋を開いていた昭和三二年（一九五七）、若緑こと志げのは、女性はタブーとされる大相撲の土俵に上がることになる。

江戸時代から続く大相撲は神事であることが前提なため、土俵は神聖な場所とされており、女性は基本的に上がることができない。

血を穢れととらえる考え方は広くアジア全般にあるのだが、女性は生理があるため禁制なのだ。近年でも大相撲大阪場所で当時の太田《おおた》房江《ふさえ》大阪府知事が、表彰のために土俵に上がりたいと相撲協会に要望を出し、賛否両論が噴出したことで、この土俵の女人禁制はよく知られるようになった。

息子の遠藤泰夫は、元女力士とはいえ、女性の志げのが巡業にきた相撲の土俵に上がることになった経緯をこう語る。

「ちょうど前の高砂《たかさご》親方と母が懇意だったんです。母がまだ相撲をとっていた頃、親方に稽古をつけてもらったりしたこともあったようで知り合いだったんですね。それで高砂一門が松山へ巡業に来たとき、母が勧進元（主催者）として土俵に上がることになったんです」

高砂部屋は横綱 朝青龍《あさしょうりゅう》がいたことで知られる部屋だが、このときの高砂親方は四代目にあたる。この四代目高砂親方（元前田山《まえだやま》）は、破天荒かつ豪傑で知られた。

現役時代は暴れん坊の「喧嘩《けんか》張り手」で知られ、ドスをもったヤクザでも張り手一発で倒した。後にプロレスに転向した力道山《りきどうざん》が酔って暴れたときも、得意の張り手で失神させたと伝えられている。

太平洋戦争中の混乱期でも長く大関を務めた功労から、戦後は横綱に昇格。しかしそのときも「もし粗暴の振る舞いあればこれを取り消す」という但し書を協会から付けられての昇格だったから、尋常ではないことがわかる。

引退も普通ではなかった。

大腸炎で場所を休場中、後楽園で巨人対サンフランシスコ・シールズの日米野球を観戦、オドール監督とにこやかに握手した写真が新聞に掲載されたため、相撲協会が激怒。そのため責任をとっての引退だった。後の朝青龍の暴れん坊ぶりなどは、高砂部屋の伝統であるともいえる。また元人気力士の高見山《たかみやま》をハワイから連れてきたのも、この四代目高砂親方であった。

その四代目高砂親方が四国を訪れたとき、引退していた若緑と再会した。「わしの兄と結婚してやってくれよ」と高砂親方が頼むほど仲良しだったこともあり、巡業の際に元若緑の志げのを土俵に上げることになったのだった。

相撲のしきたりに通じていた志げのは「これは問題になる」と反対したが、四代目高砂親方はこう言って説得したとされる。

「これは若緑のための取り上げ相撲（引退興行）だし、あんたが貧乏も苦労もしてきたことは聞いてよう知っとる。だからこそ子供さんのためにも、あんたが凄《すご》い女であったということを見せたいんじゃ」

本場所ではなく、巡業だから大した問題にならないとの判断だったのだろうが、確かに破天荒な親方であったようだ。

本妻でなかった志げのは、だからといって誰に食わせてもらうでもなく、貧困のなか女手一つで三人の子を育てていた。その事情を知っていた高砂親方は、志げのをぜひ土俵にあげてその苦労に報いてあげたいと考えたのだ。「全責任は自分がもつ」とまで親方は言ったという。

こうして女大関若緑こと志げのは、女性で初めて土俵に上がり、多くの人の前で挨拶《あいさつ》をしたのだった。昭和三二年（一九五七）のことだった。息子の泰夫はまだ一〇歳の子供だったが、母が土俵にあがって挨拶するのを見たときは誇らしかったそうだ。

「私たちにとって、まさに母はゴッドマザーでした」

昭和五二年（一九七七）、六〇歳で志げのは亡くなる。一人の女の、精一杯の生き様であった。

私は一〇年以上前に、こうした話を泰夫さんから聞いていたのだが、立ち寄ってみると料理屋はすでに閉められていた。近所の人によると、泰夫さんも七〇歳を過ぎて高齢になったので廃業したのだという。

女相撲を取っていた人で生存している人は、現在ではもういないとされている。

八八ヵ寺騒動

今治を越えて西条市《さいじょう》にはいると、六二番の宝寿寺《ほうじゅじ》に出る。

ここは二〇一五年から一七年にかけて、「八十八ヵ所霊場会」という四国八八ヵ寺でつくられている会と揉《も》めて裁判となり、最近まで八八ヵ所から排除されていた。だから私が歩いていたときは、その手前の寺だったかで、代理の納経を受け付けていた。こうした状況が三年ほど続いていたが、最近ようやく解決して寺も霊場会に復帰している。

まだ排除されていた当時、住職に話を聞きたいと申し入れていたのだが返事がないので、仕方なく納経所の人に立ち話のようにして事情を訊《き》いてみたことがあった。

「住職はちょっと変わり者というだけなんです。元々は私たち、納経所で働いている者の労働条件を良くしたいということで、納経のできる時間を少し短くして、昼休みも作ってくれたのです。それが霊場会としては気に入らなくて、一律に午前七時から午後五時まで納経しろ、でないと退会しろとなった。まあ、他にもいろいろありますが、簡単に言えばその程度のことが大きなことになり、仲間外れにされたのです」

個性的な住職だったため、その他にもいろいろと揉め事が絶えなかったようだ。そして当の住職が辞めたうえで、宝寿寺は霊場会に復帰したようだ。一応は解決したのだが、どうもすっきりとしない一件となった。

ただ四国遍路の長い歴史の中では、こうした寺同士の揉め事は珍しいことではない。八八ヵ所に入っているか否かは、寺の経営に大きな影響がでるからだ。まあ、納経をしない私のような不良遍路にはあまり関係のない話ではある。

八八ヵ寺を回るにあたり、納経帳に各寺の判をつき、一筆もらう納経について、私はただのスタンプラリー以上の意味を見出《みいだ》すことがどうしてもできず、今回の旅では納経しないでいた。遍路は通常であれば、一年でおおよそ二〇万とも三〇万人とも言われている。大多数は車やバスでのお参りだが、例えば年間二〇万人が納経したとすると、納経代は一つの寺で三〇〇円だから、単純計算で一つの寺あたり六〇〇〇万の儲《もう》けとなる。

そのうえ杖《つえ》、白衣《びゃくえ》などを揃えると、その信仰心に依《よ》った集金システムが、私にはどことなく新宗教よりも巧妙でえげつなく感じられてしまうのだった。

納経代は一ヵ所三〇〇円だから、それだけだと妥当な気がするけれども、八八ヵ寺となると二万六四〇〇円かかり、その他にも納経帳が二〇〇〇円ほどするから、だいたい三万円ほどの負担となる。

私は大阪の商売人の子だからか、すぐにそのように計算して厭《いや》になってしまい、納経帳については瞬時に諦《あきら》めてしまっていた。今回の旅は寺よりも、路地への巡礼をテーマにしていたという事情もある。

ただこれについて、旅も後半にはいって少し後悔している。

まず私が話を聞いた草遍路たちは、だいたい納経しているからだ。草遍路にもいろいろあるが、真面目な人ほど寺への礼として納経をする傾向がある。

私も四国遍路を歩くにあたり、納経所の人たちと話すきっかけという意味で、しておいた方が良かったかなと思うようになった。ただ、どちらが良かったのかは、今でもよくわからない。おそらく己が吝嗇《りんしょく》のため、そのようなことをくよくよと悩むのだろう。

結願

隣町の新居浜の旧街道沿いに「萩生庵《はぎゅうあん》」という善根宿がある。

元は畳屋をしていたようで、看板がまだ置いてある。休ませてもらっていると、やがて三〇代から五〇代くらいの三人の男が集まってきた。

話してみると、遍路していたときにこの萩生庵のおばあさんに世話になったので、遍路を終えた今でも、時々遊びに来ているのだという。

何でも近くにビール工場があって、見学の際には二杯ほどビールをただで飲ませてくれるので、ここに来たらビール工場で二杯だけ飲んで、夜はこの善根宿に泊まるのだという。そうして時々、遍路で知り合った人と合流して語り合うのだそうだ。

その人たちの話によると、この善根宿に泊まると近くの弁当屋が海苔《のり》弁当を一つ接待してくれるのだが、実はそのお代は、この善根宿のおばあさんが後日、支払っていたのだという。

私もそのおばあさんに会ってみたいと思ったのだが、私が立ち寄ったときにはすでにもう寝たきりで顔を出すことはなく、後日、この善根宿は閉じられてしまった。

高松を過ぎると、あとは山越えをして結願《けちがん》の八八番を残すだけとなる。八七番長尾寺《ながおじ》に参ってから、帰りの電車の時間を確かめておこうと思い、長尾駅に寄った。八八番に着いたら、そのまま徳島側には下りず、バスで高松に戻ろうと思っていたからだ。

電車は高松からきて長尾駅が終点となる。そこから折り返し運転するのだが、ちょうど電車が来たので見ていると、運転手は電車のハンドルを取り外して最後尾の車両に移動し、またハンドルを固定して高松へ出発していった。何とものんびりとした光景だ。

電車の時刻表を確認していると、恰幅の良い駅員が話しかけてきた。

「これから長尾寺ですか」

「いえ、長尾寺はもうお参りしたので、これから大窪寺《おおくぼじ》に向かいます」

「大窪寺までは大変な山越えがあるから、ここからバスで行った方がいいですよ。私なんか友人と二人でバイクに乗って行ったとき、エンジンが焼きついて壊れたほどですからね。バスで行った方がいいですよ」

私は笑いながら礼を言って、八八番大窪寺へと歩き始めた。バスなら二〇〇円ほどで、山の上にある寺まで運んでくれるので、駅員は親切心からそう勧めてくれたのだろう。

旅につかれた私には、先ほどの駅員たちのようにのんびりした仕事が羨《うらや》ましくて仕方なかった。とはいえ、一見のんびりしているように見えても、他者にはわからない気苦労があるのだろう。

大窪寺に向かうには、険しい山道とアスファルト道、二つの道がある。

私はカートを引いていることもあり、アスファルトの遍路道を選んだ。アスファルト道になっているとはいえ、こちらの方が古くからの遍路道なのだった。歩いて楽しいのは山道だが、どちらかというと山道の方は修験道であり、若い人や外国人は好んで山道を選ぶようだ。

一時間に一度くらいの頻度で休憩するのだが、休んでいて出会った六〇代の女性は、装備だけは歩き遍路であったが、バスに乗ることもあれば歩くこともあると話した。

やがて歩き遍路がよく野宿することで知られる道の駅ができて、その向かいに「前山《まえやま》おへんろ交流サロン」があった。

遍路関係の資料がまとまって常設展示されている貴重な施設だが、歩いて遍路をしたという認定書がもらえることで一般的に知られる。立ち寄ると「まあ、お茶でもどうぞ」と、最後の接待を受けることになった。中では何人かの遍路が座って、認定書を作っている。

「歩きの遍路さんの数は、最近では増減ありますか」

お茶を戴《いただ》きながら係の人に訊ねると「最近はちょっと少ないかな」と言う。

「ちょうど二〇一四年が四国遍路の開創一二〇〇年記念にあたっていたので、いろいろイベントもあり、そのときに来られる方が多かったです。だからここ数年は、反動からかちょっと少ないですね。だいたい二〇〇〇人くらいかな」

「最近の歩き遍路は、外国人も多いそうですが」

「そうですね、三割くらいが外国の方です。なぜかフランス人がもっとも多いんですよ。どうもフランスで最近、四国遍路の決定版のような本が出版されたらしくて、それで人気あるのかなと思うのですが、はっきりとはわからないです。逆に中国人の方は、観光客は多いんですけど、歩き遍路はほとんどいないですね。これは宗教上の理由じゃないかな」

これは私が初めて歩き遍路を一周したときの会話で、二〇一九年秋頃の話だ。翌年からコロナ禍で外国人どころか、遍路そのものが激減するなどとは、思いも寄らないことであった。

そこからさらに登り坂を詰めると、八八番大窪寺に着いた。

この大窪寺は、死霊の集まる寺とされる。

そうした寺は他にもいくつかあり、中でも一〇番切幡寺《きりはたじ》、一二番焼山寺、二〇番鶴林寺《かくりんじ》、二一番太龍寺《たいりゅうじ》、二四番最御崎寺《ほつみさきじ》、三二番禅師峰寺《ぜんじぶじ》、四五番岩屋寺《いわやじ》、六〇番横峰寺《よこみねじ》、七一番弥谷寺、そして最後の八八番大窪寺が、霊との関連がとくに深いとされる。

大窪寺が死霊の集まる寺だとされるのは、恐らくここが結願の寺であるからだろう。四国遍路に出る人の動機でもっとも多いのは「死者、または祖先の供養」だから、通常の順打ちの場合は、この寺で打ち止めとなり、それが死者の供養となる。そうしたこともあって「死霊の集まる寺」と伝えられるのだろう。

実際の大窪寺はしかし、そのようないわれなどまったく感じさせない、山奥の豪奢《ごうしゃ》な寺である。本堂の前には線香が盛んに焚《た》かれ、山門の前には茶店が二軒あって賑《にぎ》わっている。

中でも「八十八庵」という店では打ち込みうどんが知られており、私もせっかくなので食べてみた。ただ鉄鍋《てつなべ》で煮込まれた太いうどんというだけのものだが、確かに美味《おい》しい。一番から歩きとおした人にとっては、格別の味である。料理というものの本分は、半分は精神性にあると思われるから、それも当然のことではある。ここの打ち込みうどんの本当の味は、ここで結願した人でないとわからない。

大窪寺で死者を弔った歩き遍路は、さらに山を越えて徳島県側にある一番の霊山寺までお礼参りすることが多い。そうすると四国一周したことになるからだが、私はそのようなことには興味なかったので、ここから高松に戻ることに決めていた。

大窪寺には、ここで打ち終わった遍路が残していった杖が無数に奉納されている。信仰心の欠片《かけら》もなく、どこまでも卑しい性分の自分としては、その杖を譲ってもらえたら杖代が浮くのにと思わずにいられなかったが、よくしたもので遍路では「他人の杖を拾って歩くと、その人の業まで引き受けることになる」ということになっている。

その夜、高松に戻って繁華街のみそ汁の旨《うま》い店で飲んでいた。

もはや野宿とも、托鉢《たくはつ》とも縁が切れたので、ボトルを入れて杯を重ねた。飲みながら私は、新居浜で会ったある女性の話を思い出していた。

――一三歳のとき、母が手術するので半年間、養護施設に預けられたことがあったんです。父はもう、そのときはすでに亡くなっていたので、仕方なかったとは今は思えるのだけど、当時は寂しくて毎晩、泣いていたんです。

そしたら小学校三、四年くらいの女の子がベランダから見える夜空の星を指さして、『お母さんも同じもの見てるから』と慰めてくれるんです。その子はもう長い間預けられていて、同じように言われて育てられたんでしょうね。私はもう中学生になっていたので別にそう言われても感じることはなかったんですけど、小さな小学生が慰めてくれたということだけは覚えていたんです。

それから一〇年ほどして、私はサラ金の取り立てをやっていたんですけど、あるときスナックに取り立てに行ったら「ようこちゃんと違う？」とカウンターの女の子に言われたんです。私はまったく覚えてなかったんですけど、話してみると、それはあのとき慰めてくれた子だったんです。取り立ては仕事なのでしましたけどね――

ゆっくり遍路をしていると、いろいろな話を聞くことになる。

これはその内の一つだったが、なぜか強く印象に残った。

福田村事件

高松から四〇キロほど戻ると、三豊《みとよ》市に至る。

寺でいうと七〇番本山寺《もとやまじ》の辺りで、遍路道から少し横道にそれると三豊市の路地に着く。ここがいわゆる「福田《ふくだ》村事件」の被害者がいた路地であった。

私はこの事件をもう少し詳しく調べたかったので、遍路を終えた後、また戻ってきたのだった。

福田村事件とは、大正一二年（一九二三）九月六日、千葉県の福田村（現在の野田《のだ》市）を流れる利根川付近で、三豊の路地からきた薬売り一五名が地元自警団などから襲撃を受け、うち妊婦と幼児を含む九人が殺された事件だ。

事件五日前の九月一日には関東大震災があり、「朝鮮人が井戸に毒をいれた」「朝鮮人が武器をもって暴動をおこした」などというデマが飛び交い、各地で自警団が結成され、白昼堂々と朝鮮人狩りが行われた。殺害された朝鮮人は一説には六〇〇〇人にのぼると言われる。さらに同時に約二〇〇人の中国人、数十人の日本人も朝鮮人と間違えられて殺されたとされる。

映画監督の黒澤明《くろさわあきら》は、震災当時中学二年だったが、当時の様子をこう記している。

——関東大震災の時に起った、朝鮮人虐殺事件は、この闇に脅えた人間を巧みに利用したデマゴーグの仕業である。

私は、髭を生やした男が、あっちだ、いやこっちだと指差して走る後を、大人の集団が血相を変えて、雪崩のように右往左往するのをこの目で見た。

(中略)

町内の家から一人ずつ、夜番が出ることになったが、兄は鼻の先で笑って、出ようとしない。

仕方がないから、私が木刀を持って出ていったら、やっと猫が通れるほどの下水の鉄管の傍へ連れていかれて、立たされた。

ここから朝鮮人が忍びこむかも知れない、と云うのである。

かつて虐殺が起きた利根川の現場

もっと馬鹿馬鹿しい話がある。

町内の、ある家の井戸水を、飲んではいけないと云うのだ。

何故なら、その井戸の外の塀に、白墨で書いた変な記号があるが、あれは朝鮮人が井戸へ毒を入れたという目印だと云うのである。

私は惘《あき》れ返った。

何をかくそう、その変な記号というのは、私が書いた落書だったからである。

私は、こういう大人達を見て、人間というものについて、首をひねらないわけにはいかなかった（黒澤明『蝦蟇の油』岩波現代文庫、二〇〇一年）――

この関東大震災関連で、朝鮮人に間違えられた日本人殺害事件として最大級規模となったのが、一度に九人が殺された福田村事件であった。

加害者は福田村と田中《たなか》村の者で、それぞれの村から四名ずつ計八人が逮捕された。裁判でそのうちの一人は、次のように演説した。

「私は、実際相手を斬ったにかかはらず、予審で三回も否認したのは、摂政宮殿下には玄米を召し上がられている際、不逞鮮人のために国家はどうなることかと憂れへの余りやったやうな次第ですが、監獄に入れられたので癪にさはったから、事実を否認したのです」（東京日日新聞　大正一二（一九二三）年一一月二九日）

つまり国家のために朝鮮人を殺したのに牢屋《ろうや》に入れられたので、憤りからこれまで否認していたのだと主張したのだった。

ただ朝鮮人を殺すだけでも大きな問題だが、間違えて殺してしまったことも反省せずに開き直っているところに、この問題の根深さが垣間見える。

田中村では逮捕された四名に対して、各戸から徴収して加害者一名あたり弁護士費用九〇円と見舞金一〇〇〇円前後を配っている。つまり被害者に見舞金を送るのではなく、加害者の家族に金を配っているのだ。村としても被告人は村人を代表して罪をかぶった者たちであるという意識だったようで、それが加害者の態度の背景にあった。

結果的には八人の加害者は懲役一〇年から三年までの刑で服役したが（一人は執行猶予三年）、大正天皇が判決の二年後に逝去したため、恩赦がでて二年ほどで全員出所している。田中村では、懲役三年ではいっていた者が後の村長、市会議員にまでなったという。

事件の再発見

その後、数十年にわたって、事件は闇に葬られていた。

それが再び注目されるようになったのは、関東大震災における朝鮮人虐殺の調査が市民団体でおこなわれるようになった過程で、事件が再発見されたからだった。日本人が朝鮮人に間違えられた殺害事件の中でも、一度に九人も被害者が出た大きな事件として注目され、初めて調査が進められたのだった。

事件から六〇年後の一九八三年、香川の教師で歴史教育の専門家であった石井雍大《いしいようだい》に、被害者側の調査依頼連絡がきたのが始まりだった。

「連絡があったのは千葉県の市民団体で、その人たちは関東大震災当時に殺された朝鮮人の遺体が埋められていた場所を発掘して荼毘《だび》に付し、お弔いをされたり、追悼碑を建立したりする活動をしているということでした。そのメンバーの方から福田村事件のことをお聞きし『現地の人は、被害者は石川県の人たちだというので石川県で調べてもらっていたのだが、どうも香川県の人らしいので、そちらで調べてもらえないか』ということでした。どうしてこのような間違いが起こったのかというと、現地の人が香川のことを『加賀《かが》の国』と聞き間違えて記憶しておったようです」

手がかりは、被害者が香川からきた売薬の行商人グループであることと、その親方の名が「亀助《かめすけ》」ということだけであった。

知り合いの研究者に情報提供を呼びかけると、翌年には三豊市の人らしいという情報が寄せられ、石井は調査のために現地へ向かう。そこは三豊市の路地（同和地区）であった。

路地の老人たちは事件のことをよく覚えていて、被害者の位牌《いはい》を見せてくれた。行商人の親方の位牌には「大正一二年　俗名亀助　法名釈教芳　旧七月廿六日　二十九才」とあり、その裏には次のように記されていた。

——大正一二年　千葉県ニ於テ震災ニ遭シ三堀渡船場ニテ惨亡ス

石井は死亡原因が記されている位牌を見て少し奇異に思い、寺の住職をしている友人にこの話をすると、友人の住職は驚いてこう言った。

「これは大変なことだ。普通、寺の住職はどのような理由で亡くなったかなど書かない。太平洋戦争で亡くなったら『南方方面で戦死』とか『フィリピンにて戦死』と書くことがあるが、どんなことで亡くなったなんてことは、通常では書かない。この位牌には住職の思い、怒りが込められているように思う」

この友人の住職の話に衝撃をうけ、石井はできるだけ調査し供養してあげたいと思うようになる。

位牌を整理すると、被害者グループには二家族いたことがわかった。一つはリーダーの亀助夫婦と六歳の息子、四歳の娘。政一（政市、と表記する資料もあり）夫婦と二歳の男の子の計七人。これで九人の被害者のうち七人までがわかった。一人は位牌があったので後に一八歳の男性と判明したが、もう一人は位牌がないのでわからなかった。

そこでさらに調べると、位牌のない故人を知っている人が隣町にいた。

その八一歳の老人は、こう言って泣いた。

「すぐ近所に住んでいた。奥さんと娘さんは殺害をまぬがれて帰ってきたが、故人の母親は何日も泣いて人が変わったので、ここらの人はみな心配していたことを覚えとる。残された母子は里に帰ってしまったので家が絶えてしまい、位牌もなければ墓もない」

つまり残る一人は無縁仏になっていることがわかり、これで九人の犠牲者の内訳「子連れ家族二組（計七名）と男性二名」がようやく判明したのだった。

生存者の話Ⅰ

その後、二人の生還者が生存していたことがわかる。

死亡した一八歳男性の兄である喜之助《きのすけ》（当時二一歳）と、事件当時一三歳（又は一四歳とも）だった春義《はるよし》が生存していたのだ。

八三歳（一九八六年当時）になっていた喜之助を訪ねると、彼は行商の親方、亀助の妻の弟にあたることがわかった。つまり喜之助は、一度に兄弟と親戚《しんせき》の五人を目の前で殺されていたことになる。そのためか、故郷に戻ってから一緒になった妻にも、事件の話は一切していなかった。

石井雍大が何度か通って話を聞いているうち、喜之助は仏壇の下にある引き出しに入れてあった手記を出して見せた。

それは事件から帰郷した後、丸亀《まるがめ》の検事から事情を訊かれた際に作成した手記で、そこにはこう書いてあった（カッコ内は筆者註《ちゅう》。現代文にして一部要約）。

――野田をたって、福田村三つ堀の渡し場二町くらい手前で、寺と神社のある鳥居のそばで休んでいたところ、福田村の駐在巡査が先に立って、後ろから青年会、消防団、在郷軍人が一〇人くらいきて寺の鐘をつきました。最初に巡査が、君らは何処からきたと言って持参の品物や、鑑札を調べると言いました。

それから大勢の消防や青年がきて荷物を調べたあとで「この人は日本人じゃ」と言う人もいたし、また「鮮人じゃ」という人もいた。巡査がそれなら野田の警察署で照会しようと言って照会した。巡査は「これは日本人であるから一時、野田に帰してくれ」と言った。それでも青年や消防は「これは鮮人じゃ。警察ごときを相手にすることない、やってしまえ」と言っていた。中には「これは日本人だから野田の警察へ渡そう」と言う人もいたが「この場で殺してしまえ」と言う人も多かった。また「野田へ帰すことにして騙《だま》し討ちにしよう」などと所々で相談していた。「帰らせ」「帰らさん」と巡査、消防、青年はしばらく言い争っていた。

すると（行商支配人の）亀助が黒紙の扇子を持っていたので「これは日本人の扇子ではない、鮮人か支那《しな》人がもつ扇子だ」と言うので、亀助は「これは支那人が販売していたのを冷やかしていたらまけてくれたので買うたんだ」と言いました。それでも聞き入れてくれず、やがて捕まっていた政一（二九歳）が抵抗したんで、棒やとび口で政一の頭へぶち込んだ。政一は悲鳴をあげて少し下の松林の中へ逃げ込むと、あとから追いかけていって政一をくくって上がってきたときは、両手をやられていた。それから川へ連れていかれて、そのとき私は垣根につながれていました。亀助と政一が太い綱でくくられて川の方へ連れていかれるのを見ていました。少し遅れて私も川で調べると言って連れていかれました。

一町ばかりいくと銃声が二発聞こえました。堤防へいくとバンザイの声があがりました。私が川へ連れられて行くと、はや私の連れの九人は一人もいなくなっていました（殺されて川に流されていた）。私は最初、太縄でしばられていたのをさらに針金でしばられて、相手の人がバンザイを唱えていて「お前もバンザイと言え」とか言われていると、野田村の警察の部長さまが来てくれまして「これは日本人だから殺すことはならん。川の中へ放り込んだ者を上げい」と部長さまが言いました。それにもかかわらず、荷車に載せていた荷物はすべて川へ放り込まれてしまいました。

部長さまに連れられて寺の前にきたとき、私は縛られた手が苦しいと言ったら、部長さまが「解いてやれ」と他の人に言いつけて解いてくれました。それから福田村駐在所へ連れていかれました――

生存者の話Ⅱ

また事件当時一三歳の少年だった春義は七六歳になっていたが健在で、おおよそ次のように事件のあらましを語った。

——今でいう小学校六年から行商に出ました。東京へ行ったり帰ったりと転々としていました。月給は一五円くらい（現在で換算すると七万円ほど）で、当時は高給だったらしいです。そうとう年配の人でも二〇円とか二五円でしたね。安い薬品を販売する行商人は「ジコタ」という符丁で呼ばれていました。扱うのは主に征露丸で、他に頭痛薬、風邪薬、湯の花とかでした。

支配人（亀助）は非常に意志の強い人で、売り子に対しては非常に厳しかったです。彼は一日も休ませてくれませんでした。彼は宿にいて販売には出ませんが、奥さんは子連れで売りに出ていました。四歳くらいの娘さんは彼がみて、二歳くらいの息子さんをおぶって奥さんは行商に出てました。泊まるところは木賃宿が普通でした。

それで事件の前は大阪から京都、群馬へと行商しながら移動して、群馬から千葉の野田に来ました。群馬の前橋では一ヵ月ほどいて、そこから徒歩と列車で野田にきて、一ヵ月ほどいたときに震災にあいました。九月一日の地震のとき、私は利根川周辺で行商に行ってましたが、がいに（ひどく）揺れました。地面が割れて、どうなるかと思いました。一週間くらい余震がありました。（宿にいると危ないため）宿の裏に藪《やぶ》があって、そこを刈り取って戸板を敷いて蚊帳《かやっ》を吊って藪の中にいました。

私たちが各戸に訪問しますと、消防団とか警備員とかがずっとついてきて、家に入ると三人くらいが竹竿を持って「おまえ、どこから来たのか」と聞くので、鑑札を見せ、信用してもらって奥で話をしました。家の人も「この人は朝鮮人ではないと思います」と言ってくれました。このようにして宿へ帰ってきたことが何回かありました。
茨城県の方へ転地（場所替え）しようと、野田の宿を出たところで事件になった。（それまで泊まっていた）宿の主人が「余震もあるし、朝鮮人の混乱で過ちが起きやすい時だから、料金は少し延びても構わないのでもうしばらくおりなさい」と言ってくれたですよ。でも支配人は強硬で「日本人に危害を加えるならおらんでやる（大声で叫んでやる）」と。旅館の主人に荷車を借りて、一五人が荷物を満載にして徒歩で利根川の渡船の渡し場へ行きました。利根川の本流で「坂東太郎《ばんどうたろう》」という名がついてました——

特にここは流れが激しいため「ガマン」という名でも呼ばれていた、流れのはやい場所であったという。

——そのときに船頭さんと支配人が相当、争いました。支配人は「荷物を載せたまま船に乗せてくれ」と。船頭さんは「荷物を下ろして渡れ。二回に分けて、荷車を引く者と押す者は一緒に乗ってもらって、一三名は後の船で」と言いました。
そのとき船頭さんが「どうもお前たちの言葉づかいが日本人でないように思うが、朝鮮人と違うのか」と言い出して、寺の鐘をついたわけです。そうすると警備していた皆さんが、日本刀や竹槍《たけやり》、猟銃を持ってウンカのように集結してきました。助かった私たち六名はお宮さんの鳥居の石台に座っていて、殺された九人が床几《しょうぎ》（野外の腰掛け）のところにおりました。

土地の駐在さんが「本官は日本人と見なす」と言ってくれて、青年団の団長も「全員が日本人だ」と証言してくれました。「こういう方言を使うんだ」と青年団の団長さん、消防団の分団長、村長さんとか駐在さんも言ってくれたけど、「こいつらは朝鮮人に違いない」「殺《や》ってしまえ、殺ってしまえ」という野次が多かった——

当時の讃岐地方の方言が、現地の人々に聞き慣れない言葉だったことが事件の遠因の一つになったともいわれている。

——それで「日本人やったら野田署の判断を求めたうえで、皆さんに納得してもらうべきだ」ということになり、駐在さんは野田署へ行ったわけです。野田署からは部長さんがオートバイで来ておったんですが、途中で故障して農家で馬を借りてこちらに来ました。一時間くらいかかり、その間に私たちは太い針金で首をくくられて、両手を縛られたんです。

隆一《たかいち》さんと實《みのる》さんが、事件の発端になりました。實さんは床几に座っていたんだけど、立ち上がって近くの農家に煙草の火を借りに行こうとしたんです。それを「逃げよるー」となったもんだから「殺ってしまえッ」ということになり、私の目の前で最初に實さんの頭に鳶口《とびぐち》が打ち込まれ、血柱がパーッとあがりました。隆一さんは松林の中に逃げ込みましたが、すぐに追い掛けられて殴ったり突いたりして殺されました。政一さんは日本刀で肩を落とされ、(後で聞いたところでは)片腕で川の中間まで泳いでいったそうです。女子供も殴られたり、突かれたりして息たえだえでした。鳶口なんかでみんな絶命しましたが、一部の人は藪に逃げて猟銃で撃たれました。これはエライことになったと思いました——

別の証言では、腕を切り落とされた政一は川に飛び込んで逃げたが、それを住民が船を出して追跡し、対岸で止《とど》めをさして川に流したという。

——一人に対して一五人も二〇人もかかってきました。だから同士討ちみたいでした。持ってる武器がぶつかりあって「カチン、カチン」と音をたてていました。生き延びようとした人は全員、利根川に放り込まれました。

小児まひで足が不自由な人もいました。「私はこんな体だから逃げろと言われても逃げられない。ここにおりますから、皆さんの方で楽に殺してくれるなら殺してください。逃げも隠れもしないから子どもは助けてくれ」と言ってました。その間に九人が殺されました。

私は少年でしたからもう狼狽《ろうばい》して、意識が朦朧《もうろう》としていました。目の前で残虐行為をやられても怖いとも全然思いませんでした。つらい、悲しい、怖いという気持ちも全然ありませんでした。だけど最後には殺されるのではないかとも思うし、逆に助かるんじゃないかという気もしました。気分が動揺していましたから。

部長さんがこられたので私は間一髪、助かりました。一秒でも遅れたら首を切られていました。

そのあと一週間、警察で保護されていたと記憶にありますが、吉田さんという刑事がおって、私が一番最年少でしたから「うちに同じ年の息子がいるから家へいかんか」と言ってくれました。二晩ほどその刑事さんの家に泊めてもらい、息子さんとも遊びました。「ありがとうございます。でもやっぱり郷里に帰らしてもらいます」と言って帰ってきました――

この親切な刑事の名が「吉田」というのは記憶違いで、当時二七歳の篠田《しのだ》金助《きんすけ》という、松戸《まつど》署所属の巡査だと後日判明している。篠田巡査は、松戸署管内の朝鮮人虐殺を阻止することに奔走した人だったと伝えられている。

――銭は全部、親方に渡していましたので、帰りは警察で「これをお小遣いにして帰りなさい」と、若干出してくださいました。

避難民は、交通費は無料でした。東京市内の災害にあった人たちの遺体が、江戸川に材木のように流れていました。各駅で婦人会の方が、列車が通るたびに窓から食料を差し入れしてくれました。帰る途中は皆さんが親切にしてくれて、何の不自由もありませんでした。帰って一週間か一〇日ぐらいたって、丸亀の区裁判所へ来なさいという連絡がありました。検事さんから「よう助かって帰ってきたな」と言って頂きました。

支配人がもう少し穏健だったら、私らは助かったと思います。宿の主人が「今のところは静まっていないから、茨城へ転地するのを見合わせたら」と言うのに、無理をするんですね。それが災いの原因です。宿の主人の言うことを信じておったら、こういう不幸な目に遭っていないと思います——


結果的には確かにその通りなのだが、九月一日の震災以降、行商がほとんどできず、一五人が六日間ほど木賃宿で無為に過ごしていたことを考えると、支配人の亀助は宿泊費などがかさむことに悩まされていたと考えられる。もはや千葉県側では商売が成り立たなくなったため、少しでも被災地から離れようと、急いで茨城へ商売替えしようとして、事件に遭遇したのだった。

生還した春義はその後、東京の大学を出て、西陣《にしじん》の織物や呉服の行商人となり故郷で暮らしたという。

事件現場の反応

また、殺された政一の妻イソは妊娠中で、もうお腹も大きくなっていたことがわかった。

事件のあった現場近くの寺を訪ねた石井雍大は、住職にお願いして犠牲者を供養してもらい、イソと共に殺された胎児にも「無量寿院夢幻水子《むりょうじゅいんむげんみずこ》」という戒名をつけて供養してもらったそうだ。

かつて、その住職はこう語っていたという。

「もう三、四代あまりも前の事件ですが、この地域の人にとっては恥部に属する出来事ですから、自分たちが、みんなそういうことに加担した祖先をもったということを恥じ、世間に喧伝《けんでん》されることを恐れ、そこに触れないできたという伝統があります」（辻野弥生『福田村事件』崙書房、二〇一三年）

千葉県在住という関係から、この事件を現地取材した辻野弥生《つじのやよい》は「いろんな人に片っ端からお電話したんですけど、ほとんどの人が何も話してくれませんでした」と語る。

——私はもともと九州福岡の出身で、近くに同和地区もあったのですが、父母が「差別はしちゃいかん」、「もし同和の者と結婚することになっても許す」と公言するような人だったので、興味は前々からあったんですね。千葉には一九八一年頃から住んで郷土史に関係していたこともあったので、事件の調査を始めたのです。

お電話ではなかなか話してもらえないので、お手紙を書いたりしたのですが、たいした内容は得られませんでした。

例えば、「あの人なら証言してもらえるはずよ」と紹介してもらっても、電話してみると

「何言っているんだ」という感じで、怒鳴られたりしました。お会いする約束をしても、直前に連絡が途絶えた人もいました。やっぱり、いざ取材となるとみんな黙っちゃうのです。

取材当時の住職さんは良い方だったのですが、次の代の住職さんになると位牌も見せてくれなくなりました。

また私がやっている同人誌に福田村出身の方が参加されていたのですが、私が出した本（『福田村事件』崙書房出版）についても、「絶対に読みたくない。こんな本を出すのは反対です」と言って未《いま》だに読んでくれません。

新しく会員になった野田市在住の方が、福田村事件が映画になるという話を聞いたら怒りだして「ぼくは映画化には反対です。それをしたら野田がいつまでも、そういう目で見られてしまう」と言うのです。現地の拒絶感は凄まじいものでした——

事件の概要は生存者の証言によって明らかになったが、裁判の結果など詳しいことは被害者たちにほとんど知らされていなかった。もちろん損害賠償や謝罪なども曖昧《あいまい》なままであった。

しかし香川県側、千葉県側双方の協力者の尽力によって、事件から八〇年忌にあたる二〇〇三年九月六日、事件現場からほど近い円福寺《えんぷくじ》大利根霊園に「関東大震災福田村事件犠牲者追悼慰霊碑」が建立された。

事件を再発見するきっかけとなった石井雍大は、事件の概要を記した碑文の原案を用意していたが、現地の住民感情に配慮して、事件を説明する碑文はついに刻まれることはなかった。

私がその石碑にお参りしたとき、まだ真新しい石碑は、自分の姿を映せるほどよく磨かれて光っていた。

裏を見ると「本碑ヲ以テ慰霊ノ場トシ幽魂ノ墓ヲ兼ネルモノ也」とあり、犠牲者の名が列挙されていた。犠牲者たちの怨念《おんねん》が「幽魂の墓」と表現されていたのが印象的だった。

犠牲者の遺体はすべて川に流されたため、今も香川の路地にある墓には遺骨が入っていない。

被害にあった路地

香川県三豊市にある被害に遭った路地は、遍路道の近くにあり、昔の街道付近に位置している。

言い伝えによると、元々は明応《めいおう》五年（一四九六）、京極《きょうごく》氏の家来であった佐々木史郎の子、谷四郎《やしろう》が近江《おうみ》から四、五人を連れて、現在の観音寺市高屋《たかや》あたりへ移住してきたのが始まりだとされている。

彼らは当時、武具として需要が高かった皮革製造の技術者集団で、三〇年後には二、三町歩の土地をもつほどになったという。約五〇年後の天文《てんぶん》八年（一五三九）に、現在路地がある場所近くの街道沿いに移住し、死牛馬の処理を始めている。

街道沿いで皮などを天日干ししていたのを、当時の天霧《あまぎり》城主だった香川氏が目撃、驚いて場所替えを命令したため、天正二年（一五七四）九月、街道から少し引っ込んだ原野を開墾し、現在地に定住することになったようだ。ちょうど織田《おだ》信長《のぶなが》が室町幕府を滅ぼし、天下人となった時期にあたる。

その後は主に革製品の製造販売をして暮らし、そこには死牛馬の処理場もあったようだ。一九五五年ごろに排水工事をしたところ、馬の骨がたくさん出てきたという。西日本は熊本など一部を除いて大まかには牛文化に分けられるので、馬の骨がたくさん出てきたのは興味深い。発掘調査すればもっと多様な発見があったかもしれない。

革製品を主に作っていたが太鼓などは作っていなかったようで、現在では革製品を扱っていた痕跡すらない。

太鼓作りは、現地の祭りとも関係が深い。

例えば弘前《ひろさき》、秋田、角館《かくのだて》、盛岡《もりおか》など東北の路地では、太鼓作りが主だが、これはねぶた祭や竿燈《かんとう》祭が盛んだったので残ることができた。三豊地方では太鼓作りなどは他の路地が担っていたか、あまり用いられなかったのかもしれない。

そのため近代にはいってからは、小作と土方、そして行商で生計を立てることになる。

ここでは「福田村事件真相調査会」の会長をしていた中嶋忠勇《なかじまただお》さんに話を伺った。八三歳で、耳が少し遠い以外は大変お元気だ。

——ここはいわゆるカワタ系と非人系が隣同士です。カワタ系は皮革関係の職人集団で、昔は屠場《とじょう》もありました。私はこちらの出身です。隣の非人系の地区はいわゆる『隠亡《おんぼう》』といって、死者の埋葬とかをつかさどっていました。

奇妙なことですが、双方の交流はほとんどありません。私もなぜ隣同士で交流がないのかわからないのですが、生まれたときからそうでした。昔から身分の低い者同士を反目させて、団結できないようにさせられていたのでしょうかね。私が生まれた頃くらいから、仕事は小作が三割くらいで、あとは主に行商が盛んでした。土方もありますが、これは主に日雇いですね。福田村事件のことは、一五歳くらいにそういう事件があったということを何となく聞いていました。補償などもなくて、泣き寝入りしたと言うので、私は悔しくて「何で現地に行って抗議しなかったんだ」と言ったら「そんな大勢で寄ってたかって殺されるような所にまた行けるか」と言われました――

中嶋さんは「補償どころか、行商で稼いだお金とかまだ持っていたと思うのに、それも全てどこか行ってしまってわからないとは」と言うと絶句して、ポロポロと涙を流された。同郷であるのはもちろん、中嶋さんも若い頃に行商をしていたので、被害者の気持ちがよくわかるのだという。

――行商というのはつらいもので、今ほとんど見なくなったのも過酷な仕事だからでしょう。私の一家も行商で食べていて、父は結核あがりで病弱だったので、主に母が行商の親方をやって食べていました。私が一八のときに東京新宿に引っ越してからも、ずっと行商していて、私は主に『テンプラ学生』をしていました――

テンプラ学生とは、当時は大学生でも学生服を着ていたことから、大学生と偽って学ランを着て大学に行くことを指す。

つまり「衣は同じだが中身は違う」という意味で使われるのだが、中嶋さんがしていたのは、学ランを着て苦学生をよそおって行商することであった。

――だけど私は、自分が中学もろくに出ていないのにテンプラ学生していることが情けなくて、恥ずかしくてうまくできなかったんです。

いま思えば一八や二〇歳そこらですから、自意識が芽生える年ごろなので当然なのですが、当時はそれをひどく苦にしました。

行商がうまくできないのは仲間内でも死活問題ですから、仕事のできない私はずっとイジメられてしまい、あんまり悔しくて自殺をはかったんです。薬局で睡眠薬を二〇〇錠ほど買い込んで飲んだのですが失敗して、三日ほど寝込んだだけですみました。しかし自殺を失敗したことでさらに仲間内からイジメられたので、しばらくは行商を止めて「玉掛け」の仕事をしていました――

そう言うと、中嶋さんは再び涙ぐんだ。

若い頃の話とはいえ、自殺未遂は大きな岐路となった。

「玉掛け」とは、建設現場などでクレーンを使って資材を運ぶ際に、そのクレーンに資材を掛けたり、外したりする仕事だ。

――玉掛けの仕事をしているときに東京大学出の上司がいて、その奥さんと良い仲になってしまったんです。よく覚えているのは、私が彼女の手を握っても、何も言わずに握り返してきてくれたことでした。その上司の奥さんとは長く続きませんでしたが、そのとき初めて「みんな同じ人間なんだ」と思えるようになって、吹っ切れたんです。どうも若い頃の私は、田舎から一八で家族とともに東京に出てきたからか、中学もろくに出ていないことが強いコンプレックスになっていたようなんです。それが女性の力で吹っ切ることができた。二三歳のときでした。

それからは開き直って、自宅に戻って家族の前で「俺はこれから変わる、独立して頑張るッ」と宣言して、テンプラ学生になって一人で関東一円を回りました。

商いするのは、バッタ物の日用品です。一回使うと毛が抜けてしまうような歯ブラシとかを、うまく言いくるめて売ってしまうのです。コツは、とにかく苦学生になりきることです。「学生の割に年取ってるね」と言われたら「ハイッ、自分は病気をして進学が遅れてしまったものですから」と答えるんです。こう説明すると簡単なようだけど、そうとう開き直っていないと中々即答できないものなんですよ。それがようやくできるようになった。

初めは一日二五〇〇円程度の売り上げですが、コツをつかむと六〇〇〇円ほど売れるようになります。一日一万円を達成したこともありました。当時としては結構な額です。

しかし、稼いだお金はすぐ使ってしまうことが多かったです。なかなか貯めて持って帰ることができない。その頃には結婚してましたから、お金のことではよく揉めました。当時は新宿二丁目が赤線街でしたから、儲けたらそこで使ってしまうんです。やはり刹那《せつな》的な生き方になっていたのだと思います。

三二歳までテンプラ学生をしてましたが、いくら進学の遅れた苦学生という設定とはいえ、そろそろ限界でした。そこで再婚したのをきっかけに郷里に戻って、それからはずっと土方して暮らしてました。当時は建設業も景気良かったですからね――

泥色の川

中嶋さんの話を聞き終えて、私は福田村事件のことをよく考えるようになった。

私が考えたのは、主に「福田村事件と路地は関係あったのだろうか」という点だ。

これは関係者の間でも意見が分かれていて、例えば中嶋さんは「当時の行商人は身分が低いから、被差別部落の人間だと先方は気づいていたと思う。こいつらは部落の人間だから殺《や》ってしまえとなったんじゃないか」と話す。

しかし、その他の研究者はおおむね「現地の加害者は同和の人とはわからず殺している」という意見で一致している。

まず確認しておきたいのは、現地でおこなわれた裁判では「朝鮮人と間違えた」と加害者側は一貫して主張しているが、どうも「日本人だと気づきながら殺してしまった」らしいことだ。

なぜなら青年団の団長など、村の幹部や警察は「これは日本人だ」と説得しているのに、殺気立った村民たちはただ「殺してしまえ」と叫んでいた。一種の集団ヒステリーを起こしているので、朝鮮人か日本人かどうかは、どうでもよかったのだ。

また、当時は「行商人」といってもその中で格があり、例えば「富山の薬売り」は組織だってルールを定め、きちんとした身ぎれいな服装で行商して回っていた。これは「置き薬式」といわれ、使った分だけ後で回収しにくるので効率的なのだが、しっかりした資本がないとできない。香川の路地から来た行商人にそのような資本はなく、基本的に故郷で寄せ集めた人々で回る。親方の亀助の妻のように、乳のみ子を抱いて、住民からの憐憫《れんびん》の情を頼りに売るのである。

つまり事件の被害者は行商の中でも最底辺の人々であり、それは現地でも認識されていて、村民たちは見下した感情をもっていたことが事件の遠因になっている。

では福田村事件において「路地」という要素が関係したかどうかについてだが、私はやはり大なり小なり関係していたと思う。

第一に、現地ではもちろん路地の者だとはわからないまま殺しているのだろう。しかし加害者が路地の人々を意識していなかったとしても、行商人の中でも最底辺の人々だとは見てわかったはずで、讃岐訛《なま》りも含め、貧しい行商人たちを村民たちが見下した結果、事件は起こっている。だから路地に対して直接的な差別ではなかったものの、底辺の行商人に路地出身者が少なくなかった当時の状況を考えると、間接的に影響していたと考えられる。

第二に、事件後の行政の対応の杜撰《ずさん》さである。被害者救済の考えがあまりなかった当時とはいえ、補償はもちろん、法廷での被害者側の証人尋問がなかったのは、やはり被害者が路地の者だったことが関係していたのではないか。

千葉側は「貧しい行商人が朝鮮人と間違われて殺されただけ」としか認識せず、香川側では「路地の者（身分の低い者）が遠方で被害に遭った」という認識でいたことから、被害者不在のまま不公平な裁判がおこなわれた。結果、恩赦を受けて加害者は二年ほどで出所することになる。一度に九人を殺した事件としては、当時としても異例の刑の軽さだ。実際、千葉でおこなわれた公判を前に、検事側からつぎのようなコメントも出ていた。

「（加害者には）何等悪意はないのであるから無罪にしてやりたいが、しかし法を枉《ま》げる事は出来ないので状を酌損して、極軽い刑を求める方針である」（東京日日新聞　一九二三年一一月二九日）

これは時代性を鑑《かんが》みても、偏り方がひどい。加害者を断罪する立場の検察がこの態度では、公正な裁判など望むべくもない。

公正な裁判が開かれ、適切な補償や謝罪がされていれば「大震災後の集団ヒステリー」で終わった事件だったかもしれないのに、そうはならなかった。そのために現在に至るまで、事件の影響が長く尾を引く結果になったといえる。

いってみればこの事件は、最初に揉めた船頭を含めた福田村と田中村の人々による貧しい行商人への蔑《さげす》みから引き起こされ、さらに行政による路地への蔑視《べっし》が追い打ちをかけたのだと私は思う。

大震災時になぜ朝鮮人虐殺が起こったのか。なぜ路地出の行商人たちが一度に九人も殺されたのか。行政のやる気のなさはどこからくるのか。なぜ被害者たちは裁判からも見捨てられ、放っておかれる事態になったのか。

事件そのものは一見すると単純なようだが、実際は、路地を含めた様々な事情が複雑に絡み合っている。それが福田村事件というケースであった。

帰京してから、再び千葉の事件現場に立ち寄った。

うっそうとした草むらの合間から、かつて「ガマン」と呼ばれた利根川の濁流が見えた。現在でもかなり大きな流れだ。ゆったりと流れており、手前にはいくつかのボートが係留されている。

もう少し澄んだ水の流れを期待して訪ねたのだが、利根川はいつまでも泥色のまま、底知れず流れているのだった。

山中にあった廃寺。往時の面影はない

第六章 草遍路たち

ケンちゃん事件

私が遍路をしていて初めて出会った草遍路は、真っ青な作務衣《さむえ》を着て、白髪交じりの長い髪をポニーテールに束ねて歩いている痩身《そうしん》の男だった。

立ち話することもなく、ただすれ違っただけだが、草遍路は出《い》で立ちでわかる。その男は、どことなく道化師のような風体であった。幸月もそうだったように、草遍路はある程度は目立たないと接待にも与《あずか》れない。草遍路ばかり集まる野宿場やキャンプ場があり「どこそこはもらいが少ない」だの「ここに行けば施しが多い」などと情報交換しているというが、ここまでくれば確かに乞食《こじき》である。

まだ徳島を歩いていたとき、小学校の廃校跡を再利用した宿を出て、私は山越えにはいった。「遍路ころがし」と不気味な呼び名がついた登山道を詰めて参拝し、下りてくると宿があった。

私はある先生の話を思い出していた。

その先生は遍路を研究テーマに据えていたことから何度もこの辺りを歩いており、ここにかつて遍路宿があり、そこであった事件について話してくれたのだ。先生は「二人のケンちゃん事件」と呼んでいたが、その事件のあらましは次のようなものであった。

——遍路道には「遍路ころがし」と呼ばれる厳しい山越えが数ヵ所ある。徳島のある遍路ころがしの麓《ふもと》に複数の土産物店ができ、地元の人が梅干など農産物を売る「遍路駅」が開業した。

ケンちゃん事件が起きた遍路駅

その空き小屋に老夫婦が住み、土産物店を開業した。夫は、林業の仲買をしてきた。妻は別の霊場札所の麓の遍路宿の娘であった。夫婦の年金も頼りつつの土産物店であった。霊場を下りた遍路駅あたりには、トイレはあるが常設の宿はない。

ある日、野宿しようとする若い女性が居り、見かねた夫婦が家に泊めて食事を提供した。そうしたことが何度かあったので、夫婦は元宿舎を借り受け、善根宿を始めた。最初は無償だったが、一泊二食で三〇〇〇円（家庭食）とした。夫婦には子供がなかったので、ケンちゃんという犬を飼っていた。

そんなとき、お遍路を二回巡っていた「ケンちゃん」が居ついた。

埼玉県で暴走族をしていたが、親が交通事故でなくなり、思い余ってお遍路に来たという。善根宿の手伝いをさせているうちに、夫婦は、ケンちゃんを実の子にしようと思うようになった。東日本大震災が起きた年のことである。

あかの他人が、遍路を介して家族になっていく話を聞きつけた大手新聞社の女性記者が、ケンちゃんと夫婦の物語を「絆《きずな》」という記事にし、全国で一席をとった。記事は正月版に掲載された。ケンちゃんと女性記者とは息が合い、二〇一二年二月に私が訪問したときは、二人が結ばれ、妻は記者、夫は善根宿というような夢を語りあい、夫婦は「あの子はお大師様からいただいた子だ」と感謝していた。

その後、ケンちゃんも善根宿でよく働いた。田舎ではクルマの免許が必要なので、住民票を取り寄せて、夫婦が自動車運転免許をとるようにすすめ、取得費用を出すからといっても、なかなかケンちゃんはウンといわない。

そのうち、品川ナンバーの大きなクルマが近所で夜明かししだした。ケンちゃんがそわそわしだし、「もう一度お遍路に出たい」と言い出した。夫婦は、実の子にしたいとまで思うケンちゃんのことである。旅支度、支度金を用意して送り出した。

その年の五月、ケンちゃんは愛媛県内子《うちこ》で捕まった。

実は、親も、妻も子もいる男で、飲食店で長く使い込みをし、指名手配中であった。調べてみると夫婦の店の金も使い込まれ、被害届を出すように警察から言われた。

大手の新聞社からは、虚偽の報道に巻き込んだとして幹部がお詫びに来た。女性記者は、責任をとって辞職したという。

地元民でない夫婦が経営し、ケンちゃんが手伝っていた善根宿は、地元の民宿や遍路宿から客をとるので、理解を得にくい。民宿のほうでも、客が少なくなり、年末は休むようになり、ますます善根宿に客が集中し、善根宿の宿泊客は年間一五〇〇人にもなってきた。

客のほうでも、多数になるといつのまにか善根が消えて、単なる安宿として人が集まる。風呂をわかしていたら、勝手に「温泉に行く」と言い出したり、人数は増え、要求も増え、夫婦は対応に追われた。

そうこうするうち、犬のケンちゃんが死んだ。夫婦は、ケンちゃんの遺骨を抱え、これまで撮っていたお遍路さんとの楽しい記念写真をもう撮ることもなくなり、来年、ひっそりと善根宿、土産物店を閉めようと考えている。

誰も悪気があるわけではないが、善意で支えられているお遍路のもう一つの現実である（ウェブ「善根宿の二人のケンチャン：ボランティアと犯罪」）——

この若い草遍路が起こした事件は、形を変えたもう一つの幸月事件であり、同じく遍路の本質の一つを体現しているのではないかと私は思った。

取材したいと思い、方々に連絡したのだが、宿主だった夫婦は病院か老人ホームに入ってしまったそうで、すでに携帯電話もつながらない状態になっていた。

その後、事件現場の近くにある善根宿で話をしているとき、宿の主人はこの夫婦をよく知っているとして、事情をこう話した。

「あの夫婦はな、もともと別々の家庭を持っていたんだ。孫までいたけど、ひょんなことから知り合って、いい歳で駆け落ちすることにした。それで山の中で隠れるようにして、空いていた建物を借りて善根宿を始めたんだ。奥さんは山の麓にある遍路宿の娘だったから、宿の運営はよく知っていた。善根宿として泊めることもあったけど、生活のために銭とって民宿もやっとった。だからケンが来て三年くらいやったかなあ、警察沙汰《ざた》おこしたけど、ようはあの夫婦もケンも、家庭を捨てて逃げて来たもん同士やった。それが惹《ひ》き合うて、あのような事件になったんや」

事の真偽はさておき、これ以上のことはわからなかった。

しかし清濁をわかつことのない遍路道では、稀《まれ》に出くわす悲しい物語だと思った。遍路には、綺麗《きれい》ごとだけでは決して語れない深淵《しんえん》がある。

かつて宿のあった場所に私がたどり着いたときには、雨が降りだしていた。新しい宿主が経営しているとは聞いていたが、コロナ禍もあって開店休業の状態だった。

我聞

先ほどの話を聞いた善根宿にも、よく訪れていた一人の草遍路がいたという。

「うちに泊まっていたプロ遍路でいえば『我聞《がもん》』ちゅうのがいた。島根か鳥取の出身で、もともとは寺の下に捨てられていた捨て子だった。成長してから自分が捨て子と知って、死のうと思い詰めて福井の自殺の名所でもある東尋坊《とうじんぼう》へいって飛び込んだが、見ていた漁師に助けられた。それから放浪を始め、四国遍路に行きついてプロ遍路になった。初めて会ったときから白装束の遍路の格好ではなく、修行僧の格好しとった。やっぱり寺で生まれ育ったから、その方がしっくりきたんだろう。我聞は経も読めるし、金も携帯電話も持っとった」

我聞自身が経を唱えている録音を聴かせてもらったが、これは奇妙なものだった。通常の経ではなく、何かの呪文《じゅもん》のようだ。

独特な抑揚で三〇分ほど唱えるのだが、ファルセットなみの高音と低音を組み合わせ、聞き取れる中には「かんかんぼろう」という呪文や、果ては神道の「天照大神《あまてらすおおみかみ》」が出てきたりする。

おそらく放浪生活の中で編み出した、自己流の祈禱《きとう》なのだろう。昔の草遍路の中には、自己流の呪文を唱えて金を集める者がいたと聞いていたので、我聞は伝統的な草遍路の系譜を継いでいた人といえるかもしれない。

「葬式のときに門付すると額が大きいと言ってたな。これは門付したときに、葬式をしている家があったら多くもらえるので、その場所をメモしておいて、一周忌に合わせて訪ねるとまたもらえるんだ。これを繰り返しながら四国一周すれば、かなりの儲《もう》けになったみたいだ。ところが高知の野根《のね》の辺りに住む知り合いのばあさんから、自分はもう身体が弱っていけないから代わりに参りに行ってくれと頼まれて、七〇万預かって高野山《こうやさん》へお札納めに行ったところ、ばあさんの息子から詐欺罪で訴えられて指名手配されてしまった。それで四国におれなくなり、知り合った女と九州へ逃げて、二年後くらいにガンで死んでもうたんだ」

歩き遍路一〇〇回のカラクリ

ある遍路宿で、四国遍路を一〇〇回以上も歩いたというおじいさんに会った。バスなどで一〇〇回以上まわったという人は稀にいるが、歩きでそれだけ回るのは最低でも二、三〇年かかるのではないか。

おじいさんと同宿になったのでいろいろと話したのだが、私が真似をしないと思ったからか、一〇〇回以上も歩いて回るカラクリを教えてくれた。それは次のようなものであった。

まず一〇キロ先くらいの目的地まで歩いたら、そのまま来た道をまた歩いて戻る。そうすれば、順打ちと逆打ちを一日で歩くことになる。そして車で目的地まで移動し、また同じことを繰り返すのである。

ただそれだけであった。

四国遍路はどこから始めてもいいし、どこで区切っても良い。歩き通せばそれでいいので、これを利用した回り方だった。泊まりは車中泊だが、時々、遍路宿や善根宿に泊まる。おじいさんは一〇〇回以上遍路した者しか持てないという金の札を持っていて、世話になった人に配っていた。

この人は大阪に帰る家があるのと、托鉢《たくはつ》などもしていないから草遍路とはいえないが、私にはそうまでして遍路の回数を稼ぐ意味がよくわからなかった。いろいろな人がいるものだと、半ば呆《あき》れながら聞いていたのだった。

草遍路のナベさん

私が実際に話を聞いた草遍路は二人いて、いずれも幸月の支援者だった鵜川の紹介なのだが、そのうちの一人が草遍路のナベさんだった。

幸いにもナベさんは携帯電話を持っていたので、鵜川から紹介された後、すぐに連絡をとった。草遍路は野宿の連続ということもあり、携帯電話などの通信機器を持たない人もいるからこれには助かった。

ただ、鵜川とナベさんが初めて会ったのはつい数日前のことだ。ナベさんは一〇年以上も草遍路をしており、鵜川の住む新居浜を少なくとも十数回は歩いて通過しているのだが、それでも市街地ではなかなか出会えないようだ。

確かに高知県東洋町から室戸岬あたりの、海岸線の一本道にでも住んでいないかぎり、地元住民でも草遍路と出会う人は多くない。ここに草遍路取材の難しさがある。幸月と会うことは叶《かな》わなかったが、幸月のおかげで鵜川に巡り会えたことは本当に幸運だった。

香川県丸亀市を流れる土器川《どきがわ》の橋の下で、野宿の準備をしていたナベさんに会うことができた。

ちょうど着いたばかりのようで、橋の下の河川敷に荷物を満載した台車を置いて休憩していたので、すぐに彼だとわかった。挨拶《あいさつ》すると「ああ、鵜川さんから聞いてます」と答えた。よく日焼けした褐色の肌に、白い遍路衣装ではなく、黒い作務衣のような服を着ている。腕は焼けすぎて赤黒くなっている。

やせ型だがよく締まった身体で、眼鏡をかけている。ただ前歯が一本しかないところに、苦労が滲《にじ》み出ていた。

やせ細ってはいるが、目だけはギラギラとしている。失礼だとは思ったが、初対面の印象は「強い意志をもって放浪している野良犬」のようだと思った。

それというのも、話を聞こうとすると、かなり強い警戒心で「あなたには信仰があるのかッ」と逆に詰問されたからだ。自分も四国遍路を回っていることなどを話すと、ナベさんは「仕方ない」という風に話し始めたが、信仰の話が中心であった。

「私は不動明王を信仰しているから、お不動さんが私を守ってくれているんです。四国遍路一周目のとき、暗い山の中を歩いていたら迷って修験道に出てしまった。垂直の壁に太い鎖が垂れ下がっていたので、そこでお祈りして下りてきたら奇跡的にお不動さんの本堂に出ることができたんですよ。二周目のときには、ある不動霊場の寺で休んでいたら、ペットボトルを階段に落としてしまった。そしたら、それが蓋《ふた》を下にして立ったんですよ。だいたいペットボトルが逆さに立ちますか？　私は、これらはお不動さんが起こした奇跡だと思いました。だから八八ヵ所も回りますが、不動霊場も回るようになったんです」

草遍路のように十数回もまわるようになると、八八ヵ所だけでなく不動霊場など他の巡礼もまわる人が多い。ナベさんは二〇回まわったという不動霊場の御朱印を見せながら説明をつづけた。

遍路している人の中には、こうした奇跡を体験して信仰を深める人も少なくないが、信仰の浅い私には、ただの偶然にしか思えなかった。

伝統的な白い遍路装束でなく、なぜ黒装束なのかと訊《たず》ねると「信仰してるお不動さんは青黒

草遍路のナベさん（写真左側）に取材する

いから、それで黒色の服にした」と言う。

私がプライベートな話に踏み込むと「信仰のないあなたに語る必要はないッ」と怒り出すので困ってしまった。

本来このように警戒心の強い人には、もう少し時間をかけて親しくなってから話を聞くべきなのだが、一度別れたら次はいつ会えるのかわからないのが草遍路だ。私はナベさんに申し訳ないと思いながらも、なだめすかしながら話を聞きつづけた。

「生まれ育ちは香川だけど、遍路にそんな興味がある方ではなかった。学校を出てから大阪に出て四〇年、六〇歳の定年まで働いた。仕事はエンジニアとかの技術職で、最後の方はパソコンを四台くらい並べて仕事していた。結婚して子供もいたけど、子供はもう独立していたので、妻に無理を言って離婚してもらい、七〇リットルのザックを背負って家出のようにして遍路に出た。今は七三だから、もう一二年くらい回ってる。この間、宿に泊まったことは一回もない。善根宿もない、すべて野宿してきた。なぜ遍路だったのかというと、自分がなぜ生きてるか、わからないからしているんだ。食事もいまは一日一回。できればこれからはさらに不食を目指したい。宇宙のエネルギーを吸収して、脳波をシータ波にするんだ」

詳しい事情はわからなかったが、大阪では相当に我慢を重ねて生活していたようだ。定年を待って、離婚してまで草遍路になったのだから、そうとう鬱屈《うっくつ》した思いがあったのだろう。話がどうしても信仰やスピリチュアルな方向に飛んでしまうのだが、ナベさんの関心事はそこにあるのだから仕方ない。

ナベさんの押している台車はリヤカーのように長くなっており、一見すると巨大な甲虫のように見える。屋外で使える折り畳み式の簡易ベッドまで載せており、できるだけ快適に野宿できるように工夫している。

「移動は一日一〇キロくらいやな。競争やラリーではないし、過程が大事だと思うから、これくらいがちょうどいい。他の遍路とは話もしない。彼らは、あそこは貰《もら》いが少ないとか、そんなことしか言わない。一緒に東屋《あずまや》で野宿したときも『屋根も便所もあるから御殿やぞ』と言ったけど、嫌がって泊まらんのや。彼らは不満を言うばっかりや。

托鉢して一〇〇円しか貰えないと少ないとか言うけど、それでは行にならんのや。私は托鉢して回っているけど、スーパーの入口で立つとか門付もしない。何もない駐車場とか、歩道で托鉢している。それも一時間くらいしか立たないけど、最高で二万円もらったことがある。私はチャラ銭（小銭）がほとんどない。信仰さえあれば、ちゃんと喜捨してもらえる。他の人らはそれがわかっていない」

駐車場や道路上で托鉢して、喜捨があるとは驚きだった。しかも札がほとんどだと言う。ナベさんはそれを信仰のせいだと言っているが、何か特別なコツがあるのだろう。

「野宿してもな、この前の台風のときにオマワリがきて『住民から怖いと通報があった』と言っとったけど、私の何が怖いねん、お前らの方が怖いわッ。オマワリは『お大師さんの時代と違うんだから』と言っとったけど、住民の方が怖い。私は何もしないでただ寝ているだけや。みんなルンペンが寝てると通報するけど、よくそんな他人のことを悪く言えるなあと思う。みんなゾンビのようなものだ。死んでるのに身体だけ生きている、ゾンビ人間ばっかりやッ」

話しているうちに次第に激高してきたが、どうも野宿遍路に対する世間の冷たさに憤慨しているようだ。

これからどうするのか、遍路生活が終わることがあるのかと訊ねると、ナベさんは笑顔になった。

「私は全てを捨ててきたつもりだったけど、二六年間、年金をかけていたことがわかってなあ。香川で世話になってる人が『大阪で真面目に仕事していたんなら、年金はどうしたんだ』と訊《き》いてきて、その人が役所で調べてくれたんだ。私は年金のことなどすっかり忘れていたんだけど、そしたら数年分の年金、数百万が支払われてびっくりした。それを元手にして、もう足が悪くなって歩くのがつらかったから原付で回ろうと思って、高松で原付の免許とって、単車を買ったらそれで回ろうと思ってる。仏は七、八年修行したと言われてるけど、私はもう一二年歩きつづけてきたから、自分でもよくやったと思ってる」

もう七三歳だからそれもいいと思うが、一〇〇キロもある大きなこの荷物を原付バイクに載せられるのだろうかと訊ねると「うーん、それはこれから考えないかんな」と言う。

「旅の終わりもお不動さん次第。やっぱり我があると駄目だな。年金が支払われたとき、お不動さんがお疲れさまと言ってくれてるんだなと思った。これからが私の第三の人生なんだ」

毎日巡礼ヒロユキの場合

私にとって托鉢の師匠であるヒロユキがなぜ、草遍路になったのか。

托鉢と門付修行を終えた後、その半生について話を聞くことができた。

「生まれは東京の世田谷、弦巻《つるまき》の社宅だよ」

いまでは都心の一等地だが、私はあまり驚かなかった。以前から仕草や話し方にどことなく都会的な感じがあったからだ。

「父親は大手の建設会社に勤めてたんで、その社宅に住んでた。母親は専業主婦だね。四人兄弟の三番目。中学までは普通の子だったと思うよ。父母にもやさしく育てられたって覚えてるから。両親からは『内弁慶の外ネズミ』って言われた記憶がある。覚えてるのは本当に、それくらいだな」

「内弁慶の外ネズミ」とは「家では偉そうだが外では内気」という意味になるので「家では偉そうだったのですか」と訊ねると「うーん、確かに外では大人しくて、自己主張する子ではなかった。家の中で偉そうというのは多分、家族の団欒《だんらん》とかには加わらなかったからじゃないかな。一人で何かするのが好きだったから」と話す。

「おかしくなったのは、進学校の駒場高校へ入ってからだった。それまでは勉強も好きで成績良かったから進学したんだけど、高校に入ってからは勉強についていけなくて、登校拒否になった」

都立駒場高校は、有名な進学校だ。トヨタ第四代社長の張富士夫《ちょうふじお》、セブン&アイ・ホールディングス社長の井阪隆一《いさかりゅういち》、歌手の加藤登紀子《かとうときこ》などが出ている名門校だ。

「まあ、ちょっと無理したら、合格しちゃったのが良くなかったんだろうな。勉強に付いていけずに登校拒否になったら、ある朝、いきなり拉致《らち》されて注射うたれて、精神病院に入院させられた。半年か一年くらい入っていたのかな。精神病院から出てきたときはよく喋《しゃべ》る子になってた。これが転落というか、放浪のきっかけになったんだな」

現代では単に多感な思春期の少年だったという印象しか受けないが、当時は不登校がまだ珍しい時代だったのと、社宅に住んでいたので、両親としても不登校は外聞が悪かったのかもしれない。エリート企業の社員家族にありがちな、体面重視な家族だったのかもしれない。

すんなり話しているようだが、ヒロユキの話はやや訥弁《とつべん》で聞き取りにくい。吃音《きつおん》も時折まじり、記憶の欠損も少なくない。「去年、どこでなにをしてたか全く覚えてないから、メモして記録するようにしてる」と話す。ただ読書はよくしているからか、言葉は知的で教養も豊かだ。都会育ちで、進学校にいたことがあると聞くと「やっぱりそうか」と納得できる。

結局、両親の要請で強制入院させられたのだが、現代でいえば軽度の発達障害にあたるのかもしれない。とにかく、両親の理解を得られなかったのが最大の悲劇だった。

「精神病院では、登校拒否だったからか、ノイローゼとか神経症って言われたな。カウンセリングも何もなし。ただ薬をいっぱい飲まされるだけ。あの時、少しでも話を聞いてくれたらなあと思う。精神病院に入れられたから、こんな性格になったのかなと、今でも時々思い出すことがあるな……」

「こんな性格」とは、本人によれば「対人関係が極度に苦手で、他人にとってはごく当たり前の普通の仕事ができない」ことだという。

当時（一九六〇年代）の精神科病院は、閉鎖病棟が当たり前だ。大量投薬の影響で性格が変わってしまうことも少なくない。六〇年ちかく前の出来事なので確たることはいえないが、どちらにせよ多感な高校生時代に、精神科病院に強制入院させられたのは不幸な出来事だった。

「だけど、ぼくは精神病院に入れられたのが始まりだったとは思っていないんだな。人は遺伝が五〇%、成育環境が五〇%だと思うから、それは関係ないと思ってる。やっぱり自分で選んでこうなったんじゃないかな」

確かに正論だが、それでも思春期に精神科病院に強制入院させられたら、誰であれ人生が変わってしまうだろう。

「精神病院を退院してからは、牛乳配達とかのアルバイトをしながら小石川《こいしかわ》工業高校の定時制に転校した。そのとき学生運動をやっていたから、自分もその影響をうけて活動に参加したりしていた。卒業してからは就職もしたんだけど、仕事がどうしても続かない。人間関係がうまくできなくて、就職してもすぐに辞めることが続いた。それで家を出て、横浜の寿町《ことぶきちょう》で暮らし始めたんだ」

「精神病院に強制入院させた両親を、恨んだりしませんでしたか」と訊ねても「うーん、どうなんだろう」と要領を得ない。この頃のことはあまり覚えていないのだと言う。思い出したくない気持ちの方が強いのかもしれない。

当初は町工場に勤めながら、佛教大学の社会福祉学科を通信制で勉強していた。寿町のドヤから図書館に通って勉強していると、日雇い仕事に誘われるようになり、やがて勉強もやめて日雇い仕事をするようになる。

「最初の日雇い仕事だけはよく覚えていて、船に貨物を積み込んでから、貨物が揺れないよう木材とかワイヤーで固定する仕事だった。これは面白かったな。それからは、時間軸をよく覚えていないんだけど、とにかく寿町にいたり、山谷にいたりした。日雇いだったから、仕事が続かなくても何とか生きていけたからね。会社に勤めようにも、人間関係をつくることができないから、もう自分には日雇いしかないと思ったんだな」

寿町で一人住まいを始めたときは二〇代。この一九七〇年頃は労働争議や左翼運動の全盛期だったこともあり、ヒロユキも寿町のドヤ街に住みながら労働運動、反戦運動などに参加していた。当時でいえば、政治運動に関わる「先進的な労働者」だった。駒場高からは社会活動家も生まれているから、退学したとはいえ、ヒロユキもそうした流れを汲《く》んだ生活をしていたことになる。

「だけど社会運動を引っ張っていく連中っていうのは、自分の意見を絶対に正しいことだと主張するんだな。なのにアパートに住んで、ホームレスを論じるようなところがある。それは仕方ないとは思うんだけど、どうしても違和感が拭《ぬぐ》えなかったんだ。それで離れていった」

三九歳のときに大阪の釜ヶ崎に移った。

しかし仕事が続かないのでやがて困窮するようになり、四八歳のとき、とうとう木賃宿を出てホームレスになった。日本経済が下降線を辿《たど》っていた一九九八年五月のことで、ヒロユキも若者ではなくなり、気が付けば仕事を選べなくなっていた。

「顔付けしていた会社の仕事がなくなって、ドヤ代（宿代）を払うために飯もろくに食えない状態になった。他の会社で日雇いするにしても、そもそも他の会社も仕事がない。新顔だと中々とってくれなくなったんだ。だから食事はとらないで、一泊一〇〇〇円のドヤ代だけ払う毎日だったな。炊き出しもあったけど、あれは初めてだと恥ずかしくて、なかなか並べないんだ。だからなるべく寝て、一日に三〇〇円の弁当一個食べてしのぐ生活が一ヵ月くらい続いて、ついにお金が無くなって野宿した。最初は恥ずかしいし、どこで寝たらいいのかわからなくて、南港《なんこう》の方まで彷徨《さまよ》って暗がりで寝た。だけど野宿したら、炊き出しにも並べるようになった」

野宿することで仕事にあくせくしなくても良くなったヒロユキは、詩作やパフォーマンスなどの表現活動を行うようになる。若くしてドヤ街で暮らしていたこともあり、この点は他の多くの日雇い労働者とは一線を画していた。

自作の詩を大声で朗読し、段ボール箱から手足だけを出して踊り狂う「箱男」などのパフォーマンスを繰り広げ、ホームレスの援助活動をしている関係者の間では評判になっていく。

「箱男というのは、段ボールハウスから出たいけど、出られないという意味ですか」

そう私が何気なく訊ねると「いや、箱から出たくない男なんだ」と言う。安部公房《あべこうぼう》の代表作『箱男』から着想したのだという。箱を被《かぶ》った元カメラマンのホームレスが、様々な出来事に巻き込まれるシュールレアリスム的な小説だ。安部公房はホームレスを排除する現場に立ち会ったとき、箱を被ったまま抗議する男を見たのをきっかけに着想したと言われているが、それが今度は本物のホームレスによって演じられていたことになる。

写真しか残っていないが、胴体を段ボール箱に包んで踊り狂うヒロユキの箱男は、何ともいえないコミカルさと凄《すご》みがある。

「その頃一番つらかったのは、自分を理解してくれる人がいないということだったな。本心を話せる人がいないのが、お金や食べ物がないのと同じくらい、つらかったな……」

「本心を話せる人」とは、恐らく家族、友人、恋人とも言い換えることができるだろう。「箱から出たくない箱男」には、ヒロユキ本人の切なる思いが込められていた。

「もうこの頃になると、金がないからってパッと仕事行くってこともできなくなったし、ドヤ代を稼がなくてよくなったから、べつに仕事に行くことに悩まなくてもよくなった。それでアルミ缶を集める仕事したり、自分ができることだけをするようになった」

ホームレス詩人

自転車修理などの細かな仕事をしながら、詩や句集を手作りして一冊五〇〇円ほどで手売りして暮らしていた。やがて「ホームレス詩人」として知られるようになり、地方の大学に呼ばれて講演したこともある。

詩や自由律俳句をつくるのは、山頭火や幸月の影響なのかと思っていたが、ヒロユキ自身は井月《せいげつ》が好きなのだと言う。

井上井月《いのうえせいげつ》は江戸末期から明治にかけて活躍した俳人で、俳句を詠みながら信州伊那谷《いなだに》あたりを放浪。酒をこよなく愛し「乞食井月」と呼ばれながら、伊那谷の人々に親しまれた。

その句は芥川龍之介《あくたがわりゅうのすけ》から「入神と称するをも妨げない」と高く評価され、山頭火も「私は芭蕉や一茶のことはあまり考えない、いつも考えるのは路通や井月のことである、彼等の酒好や最後のことである」と書くほどの影響を与えた。

最後は伊那谷の村で行き倒れているところを発見され、老いた井月を保護するため養子となっていた素封家の自宅で亡くなっている。

その作品は親しみやすい庶民的なもので、次のようなものが知られている。

落栗の座を定めるや窪溜《くぼだま》り
ほととぎす旅なれ衣ぬぐ日かな
新米や塩打って焼く魚の味

目出度《めでた》さも人任せなり旅の春

こうした先人たちの足跡は、ホームレスをしながら詩作やパフォーマンスで生きるヒロユキの心の支えになったようだ。

ヒロユキのいくつかの詩は、やや稚拙《ちせつ》ではあるが、路上生活の苦労と実感がよく染み出ている。少し長いが、いくつか紹介してみたい。

・どっこい生きてる

仕事いかずがだいぶたち
すっかり仕事あきらめた
野宿してもなんのその
どっこい生きてる私です

残飯あさり炊き出しならび
いつもいつでも腹すかす
野宿しててもなんのその
どっこい生きてる私です

どこでもいいさ寝るところ
ダンボールひきマイハウス
野宿しててもなんのその
どっこい生きてる私です

身体風体きにしない
生きてるだけでまるもうけ
野宿しててもなんのその
どっこい生きてる私です

・カラッケツ

いつもサイフはカラッケツ
貯金なんてありはしない
三日続けて働いて
四日休んでカラッケツ
いつもアップアップ
部屋代はらって
メシを食べて

金がなくなりゃ仕事に行って
金ができれば　くすぶって
いつもサイフはカラッケツ

・頭を下げなかった

はらをすかし
つめにひをともし
からだにひをともし
なんとか生きながらえている
金をかしてくれる人はいない
セールスのできない私
仕事がとびこむのを待っていた私
やがて出てくるだろうと
いつも　しんぼうしてきた
頭をさげなかった
血を売った
たくわえを売った
それでなんとかなってきた

ひとりでしんぼうしてきた
さてこの不景気しんぼうするだけで
なんとかなるのだろうか

・私の体は片焼きせんべい

私の背中
私の体の中で
一番
陽に焼けている
裸になると
下半身は
むらむらとくるぐらい
白くて
恥ずかしいくらいだ
仕事するとき
いつも太陽を背にしている
長袖《ながそで》の上からでも
私の背中は陽に焼けている

私の手は陽に焼けていない
仕事をするとき
いつも軍手をしているから
私の手は陽に焼けていない
私の体は片焼きせんべい
カレイやヒラメの裏表
私の背中
私の体の中で
一番
陽に焼けている

・冬の朝

冬の朝
雪が残っている寒い朝
これ以上酒を飲んではいけない
飲んだら死にますと医者に言われながら
いくら飲むなと言っても

毎朝朝から酔っぱらっていた
酒の臭いをプンプンさせながら
政治の話や仲間の批判をくどくど繰り返す
誰かれかまわず暇そうな人を見つけては
論争をしかけてきた
それが痛い所をしつこく突いて
煙たくなってくる

道端に酔いつぶれ
失禁しているのを助けては下着を取り替える
それでもそんなに迷惑かけられても
なぜか憎めない人でした

雪が残っている寒い朝
道端で酔っ払って寝込んでいた
おいだいじょうぶかと声をかけても
うんでもすんでもない
体温が下がっている

部屋に運んでストーブをつける
救急車を呼ぶ
救急隊員は何の手当てもせず
やってきた医者は凍死だと言った

冬の朝
友は死んだ
いくら飲むなと言っても
酒を飲み続けた
友は死んだ

どこか滑稽《こっけい》でいて、最後には壮絶な感慨をももたらす佳作が多い。ホームレスとして、表現者として足掻《あが》いていた爪痕《つめあと》のようでもある。
また自由律俳句もよくしていた。幸月のそれとは違い、表現にややユーモアがあって柔らかい筆致だ。

風よけのダンボールけって説教たれる酔っ払い
ふゆしぐれふゆふかくなるふるえてる

うまく立ち回れず無宿に生きる青い空
一つずつはずかしさ消して路上に寝る
真夜中の公園ちんぽこまるだし水浴びする
見知った顔だんだん疲れくすぶって
あの人はこの冬を越せるのだろうか
街はなやいで私は仕事にいけなくて師走《しわす》
お前は乞食かと襲ってくる心貧しき人
毛布かぶってじっとしている蹴飛《けと》ばされるまま深夜静寂
雨かからぬ場所みつけたが「店頭に寝ないで」
死んだとき困るからと戸籍調べする警官
さわぎ大きくしたくないと耐えるだけでは殺されて
炊き出しのながーい列　炎天だまってる
鳩にエサやってる　私は鳩になりたい
つばを飲みこんでいた
夕焼けに捨てたつもりが涙する

「野宿はつらいけど、自由だし仲間もいた」

ひどく奥手だということもあり、女性と付き合ったこともない。

ゲイというわけでもなく、対人関係の構築ができないことから男女とも交際が苦手で、ホームレスの援助活動をしていた女性に告白したこともあったのだが、断られて終わってしまった。
「手をつないだことくらいはあったかもしれないけど、キスもしたことないな。ぼくは男づきあいも苦手だけど、女づきあいも苦手だからな。できれば誰とも会わないで生活したいと思ってたから」

風俗も行ったことがないし、海外旅行の経験もない。後年、こうした宗教活動を行う一種、純粋なところは以前からもっていたようだ。
「まるで『男はつらいよ』の寅《とら》さんですね」

そう言うと、ヒロユキは「へえー」と言って他人事《ひとごと》のように感心している。
「三九歳（一九八〇年頃）からずっと釜ヶ崎でいろんな仕事したけど食えなくなって、四八歳のとき路上に出て段ボールハウスで暮らすようになったんだけど、この方が宿代もかからないから生きやすいと思ったな。それくらいドヤ代に悩まされてたんだ。ただ一ヵ所に留《とど》まっていると、他の人と付き合いができてしがらみになるから、それが嫌だったな」

天王寺美術館と動物園を結ぶ、歩行者通路に段ボール小屋をおいて暮らしていた。小屋の辺りからは動物園のフラミンゴがよく見えたという。

私は高校生のとき、釜ヶ崎でホームレス支援のボランティアをしていたので、全くの偶然だが、ヒロユキの段ボール小屋を知っていた。ヒロユキの段ボール小屋には「戦争反対」など、いろいろな政治的メッセージが書かれていて、よく目立っていたので覚えていた。幼い頃からここをよく行き来していたので、ヒロユキとは何度かすれ違っていたことになる。これも何かの奇縁としか言いようがなく、「遍路の縁」ということになるのだろう。

信仰のない私でもこの数々の奇縁には気味悪く感じるほどだから、信仰がある人にはより切実な思いがすることだろう。

釜ヶ崎で二〇年ほど暮らした後、四国に行くきっかけがあった。

「父だったか母だったか、亡くなったからって兄弟から突然、連絡がきたんだ。『遺産があるから、直接会ったら払う』って、司法書士だったか弁護士だったか、ぼくを探し出して連絡してきたんだ。でも会いたくないからすぐに逃げることにして、自転車で広島まで行って、そこからしまなみ海道を渡って四国にはいった。そしたら白い服きて歩いてる人といっぱい会って、そこで初めて四国遍路のことを知ったんだ。もちろん、それまでに四国遍路って言葉は知ってたけど、実際に見たのは初めてだった。それで自転車で四国遍路してから、大阪に戻った。それが最初の遍路だった。メモには、出発したのは二〇〇〇年の六月一三日になってるな」

この年の七月二二日には釜ヶ崎のホームレス仲間が、二〇歳から一五歳までの若者たち四人に暴行をうけ内臓破裂で死亡している。

一〇月三一日には東住吉《ひがしすみよし》の公園で野宿していたホームレスが、何度も罵《ののし》ってきた中学生と揉《も》みあいになり、反対に少年を包丁で突いてしまうといった事件が起こった。

釜ヶ崎での生活も、そろそろ限界になっていた。

「ぼくも酔っ払いに段ボールハウスの骨組みを引っ張られて、頭にきて追いかけたら『しゃれだよ、しゃれ』って言われたりしたな。あと病気で入院した野宿者の中には、野宿仲間に会いたくて週末になると外泊して、動物園の入口でアオカン（野宿）する人もいた。その人はある日、公衆便所の前で脳溢血《のういっけつ》で死んでた。病院に入っても、自分には見舞いにくる人もいないから、寂しかったんだろう。

こんな話は山ほどあるよ。別の人は、雨のなか公園で倒れて『このまま死ねるな』と思ってたら、通りがかりの女性に声をかけられたんで、思わず『助けてください』と訴えて病院に入れられた。ところが病気は治ったんだけど、入れる施設がなくて三ヵ月に一回、病院をたらい回しにされて、最後は病室じゃなくて布団部屋というか、倉庫みたいなところで死んでるのを発見された。助けた女性は、お見舞いには来ていたみたいなんだけど、雨の日にそのまま死んだ方が良かったんじゃないかとも思うし、どっちが幸せだったんだろうなと、考えるようになったんだ」

やがてヒロユキは釜ヶ崎に段ボールハウスを置きながら、まとまった金が貯まると四国へ遍路に出る生活を始めたが、この頃に幸月と四国で出会っている。

「幸月さんとは何度か四国で会ってると思うんだけど、実はあんまり覚えてないんだよね。自分の行動はメモしてるからわかるんだけどね」

二〇〇三年には、幸月の裁判が大阪地裁で始まった。

ヒロユキは釜ヶ崎の支援者からの連絡でそれを知り、住んでいた段ボール小屋から裁判の傍聴に通い始める。そして愛媛の新居浜から傍聴に通っていた鵜川と、裁判所で初めて出会うことになる。

鵜川は、一見して労務者風のヒロユキが傍聴に来ていることに興味をおぼえて声を掛けてみると、ホームレスをしながら通いで四国遍路をしているというので、新居浜に来たら自宅に寄るようにと伝えた。

二〇〇六年、ヒロユキが住処《すみか》としていた段ボール村の強制撤去が始まる。ヒロユキは初め抵抗したが、結局は最後の一人になったこともあって自主的に撤収している。

それから四年ほど、他の仲間の段ボール小屋を間借りするなどして釜ヶ崎でしばらく暮らしていたが、ついに四国で草遍路として生きようと決意する。

二〇〇二年八月には、国によって「ホームレスの自立の支援等に関する特別措置法」が制定され、以前は住所がないと受けられなかった経済的支援などがホームレスでも受けられるようになった。なぜそれを拒否して、厳しい草遍路の生活を選んだのか。

「支援者の助けをかりて、福祉とか生活保護のお金をもらってアパートに住めばいいって人もいるけど、福祉のお金もらって野宿をやめていった仲間が、次々に死んでいくのを見て知っていたんだ。もともと身寄りのない人ばかりだし、アパートに入るにしても貧困ビジネスっていうのかな、そういう悪い人にたかられて、高い家賃で住まわされたりして結局、孤独になってしまう。野宿はつらいけど、自由だし仲間もいた。だから人間って、暮らしていくためには食べ物と住まいも必要なんだけど、人とのつながりとか、生きがいも同じくらい必要なんだなと、死んでいく仲間を見ていてわかったんだ。福祉のお金を貰った人が早死にしていくのを見て、正直いって怖くなったんだよ。だから自分は、できるだけ福祉の世話にならずに生きていこうと思ったんだ」

二〇一〇年四月、全ての荷物を持って大阪から尾道《おのみち》まで歩き、そこから四国に渡って本格的な遍路生活をすることになる。

野宿には慣れていたこともあり、都会でのホームレス生活よりも、草遍路の生活はかえって安全で楽しいものになったという。

四国では地元の人が時には手を合わせ、自分に尊敬の念をもって接してくれる。釜ヶ崎でホームレスをしているとき、酔っ払いにからまれ蔑《さげす》まれたのとは雲泥の差であった。

それでも幸月の跡を継ぎ、草遍路になろうと決意するまでには一〇年かかっている。

遍路の本質

まずはホームレス時代の二〇〇三年から六年かけて、四国遍路と並行して西国巡礼を回っていた。草遍路となってからも、遍路と並行して様々な巡礼の旅に出ている。

- 二〇一三年　半年かけて九州八八ヵ所
- 二〇一四年　東北不動尊霊場
- 二〇一五年　北海道八八ヵ所
- 二〇一六年　関東八八ヵ所、坂東三三観音

さらには、日本全国の一宮《いちのみや》神社巡礼なども現在進行形で歩いている。日本全国の一宮巡礼とは、現在は廃れてしまったが、かつて「六六部」と呼ばれた日本全国を巡礼した者たちに倣った伝統的な巡礼旅でもある。

その合間に四国遍路を挟んでいるのだが、普通に回るのではなく曼荼羅《まんだら》霊場、三三観音霊場、三六不動霊場なども交えるようになったので、純粋な四国八八ヵ所の歩き遍路としては六回ほどしか回っていないが、日本各地に残る巡礼地を休みなく歩いているので、もはや本格的な修行僧だといっても過言ではないだろう。

「以前から仏教に興味があったんですか」

「それまでは左翼活動していたから、まるで関心なかったな。無信仰だった。だけど自転車で四国に来たときに遍路の存在を知って、そこで初めて信仰に興味をもつようになって、仏教のことを勉強し始めたんだ。今は般若心経を広めたいと思ってて、般若心経と意味が書かれたコピーを配ってるんだけど、くださいと言って持って帰る人は年に一人くらいだな。弘法大師もいいんだけど、本当は仏陀《ぶつだ》に憧《あこが》れてるんだ」

「もはや修行僧ですね」

「うーん、自分としては修行ではなく生活のためにしてるんだけど、やっぱり何か目的がないと遊びになってしまうからな。遍路で生活してる人の中には寺にお参りしない人もいるけど、ぼくの場合は巡礼という目的がないと歩けなくなる。信仰がないと、ただの乞食になってしまうしね」

「それにしても、北海道にも巡礼地があるんですね」と感心していると「北海道も遍路装束で托鉢して回ったよ。あそこは旅人にやさしいから、本州でやるよりもらいが多かった。あれはぼくも意外だったなあ」と屈託がない。

「幸月さんが出所してからは、新居浜に来るたびにアパートに泊めてもらったりしてたな。漂白剤をすごく多くつかって遍路の白衣を真っ白にすることを教えてくれて、タヌキをとってきてタヌキ汁にしてみんなで食べたりしたな。ぼくが近くのスーパーで托鉢していると、幸月さんが偶然きたことあったんだけど、ハットをかぶったりしてオシャレだったから、びっくりしたこともあったなあ」

幸月は托鉢をせず、地元の人からの接待とアルバイトで四国を回っていたが、ヒロユキは托鉢をしながら遍路をしている。

「幸月さんは社交的で明るかったから、親切な人がいたらよく泊めてもらってたけど、ぼくは人の世話になるのが嫌だから泊まりたくない。すごく気を遣うから疲れるんだ。できるだけ人と付き合いたくないから、鵜川さんが呼んでくれるのも助かるんだけど、時々負担になってしまう。こういう性格でなければ、普通の生活してたのかもしれないんだけどな」

同じく草遍路のナベさんと会った話をすると、ナベさんを知っているという。

「ナベさんとは遍路し始めた頃、屋島（香川県）の東屋で会って、托鉢のアドバイスを受けたことあったな。我聞という人も、会ったことないけど名前は知ってる。遍路で食べてる人はだいたい、どこかですれ違うし噂は聞くからな。あと高知の宿毛の人で、自宅も船も持ってるのに托鉢していた人がいたな。船に乗るにも油代とかいるから、足りないときだけ電車に乗って托鉢するんだ。この人は門付専門で、各宗派の経文まで持っていた。昔はダイソーで各宗派の経文を売ってたんだよ。酒飲んでいつも酔っ払ってたなあ。この人はもう死んだけどな」

幸月は自殺など一ミリも考えない性格だったようだが、ヒロユキはどうなのだろう。

「自殺は、何度か考えたことある。最初は二〇代で横浜の寿町に住んだとき。もう死んでしまおうかなって思っただけで、実行はしなかった。遍路はじめたときも、ふと夜に車に飛び込んだら死ねるなと思ったことはあるけど、今はもう思わない。遍路を始めたときは『救急車を呼ばないでください。延命処置もしないで』と書いた札を首からかけてたけど、今はもう面倒になって外してしまったな」

「もう七〇歳を越えて、最期はどうなるのだろうかと考えたことはありますか」

「行き倒れでバッタリ死ねるのが理想だけど、なかなかうまくいかないだろうから、どうなるんだろうな。最後は荷をうんと軽くして、食事も喜捨してもらって、善根宿か通夜堂に泊まることになるのかな」

ヒロユキを世話している鵜川は「その人に何か強い思いがないと、野宿の旅なんてことを続けることはできないものだ」と話していた。私も同感で、このような旅を数十年にわたって続けるには、何らかの業というか、背負っているものがないとできないのではないか。

「いや、そんな大そうなものでなくて、単に慣れの問題だと思う。ぼくは釜ヶ崎で十数年ホームレスして慣れてたからね。家からいきなり遍路に出て野宿の連続だったら苦しいかもしれないけど、ぼくは最初から慣れてた。遍路より、都会でホームレスする方がもっとつらいよ。遍路だったら毎日違うところで野宿するから新鮮だし、飽きない。人とのしがらみも生まれないし、少年たちに襲われることもない」

四八歳でホームレスになってから、野宿歴は二〇年以上になるから確かに大ベテランだ。ホームレスになるときは抵抗があったかもしれないが、宿代から解放されて、そのぶん悩みが減ったとあくまでも前向きだ。

また都会のホームレスは道行く人に蔑まれ、時に酔っ払いや少年たちに襲撃されることもあるが、遍路をしていれば地元の人たちが逆に尊敬の眼差《まなざ》しで接してくれる。

「釜ヶ崎でまだドヤに泊まっていたときは、仕事も続けられなかったから、本当にしんどかったなあ。それが野宿になって自由になった。今は読経して、托鉢するだけで生活できるから本当に楽になったな。釜ヶ崎にいたときの方がしんどかった」

ヒロユキは、高校生のときに不登校になって精神科病院に入れられて以来、生きづらさを抱えながら五〇年以上、社会の底辺で生きてきた。それが草遍路をするようになって、生活が劇的に変わったという。

ふと思い出したように、ヒロユキは真顔で私にこう語った。

「メモしてあるんだけどな、二〇一七年に初めて、ぼくは自己肯定感をもてるようになった。それまでは社会が正しくて、自分は駄目な奴、落ちこぼれだと思っていたんだけど、あるとき遍路をしていて、ふと『いや、これでいいんだ』と思えるようになった。それからは生きているのが楽しくなったな。今は精神的に一番、満足してる。今が一番、幸せだ」

浄化

ヒロユキの話を聞き終えた私は、善根宿の主人が幸月について語った、あの言葉を思い出していた。

「幸月は多分、四国遍路を回っているうちに浄化されていったんだと思う。そうでないと本名でテレビになんか出れんよ」

ヒロユキは高校で精神科病院に強制入院させられたときから、社会の底辺に生きてきた。誰にも認められず理解されないまま、半世紀以上を社会の底辺で這《は》いつくばって生きてきた。それが四国遍路することによって、最低でも地元の人はヒロユキを認め、尊敬の念をもって接してくれるようになった。それは彼の人生で初めての経験だった。鵜川のように庇護《ひご》する人も出てきたことにより、肉親の無理解など様々なことに傷ついてきたヒロユキもまた、遍路や巡礼の旅に出ることによって、次第に浄化されたのではないか。

高知の善根宿の酒乱主人はかつて、私にこのような呪詛《じゅそ》を吐いた。

「遍路なんか回っても、何も変わらんぞ。遍路して変わろうと思っても、そんなことでは人間の性根は変わらんのじゃッ」

たとえ歩き遍路であっても、ただ余暇で回っているだけでは確かにその通りだろう。私も含め、ほとんどの人が達成感なり虚栄心を満たすことになるだけで、本質的には何も変わらない。

——しかし、私は思った。

草遍路だけは違う。

帰るところもなくなった生活を賭《か》けて、托鉢と接待、野宿だけで何年も何周も巡礼することによって、その人は確実に浄化され昇華されていく。本質的な何かを取り戻すか、もしくは欠けていた何かを得ることができるようになる。

四国遍路で人は変わることも、再生することもできるのだ。私はこの目で、確かにその一例を目撃した。

ただし、それは帰る家を捨て去り、人生を賭けて草遍路になって巡礼することによって、初めて成すことができるやや極論的な世界だ。宗教における悟りや改心とはまた違う何かが、四国遍路の根底にはある。

草遍路になり七年あまりをさすらうことで、ヒロユキは初めて自己肯定感を得ることができた。それを言葉にする場面に立ち会うことで、四国遍路の本質の一端に、ようやく私は触れることができた気がしたのだった。

門付の際に接待された蜜柑を食べるヒロユキ

多くの遍路が歩んだ石手寺参道

おわりに

遍路の旅を終えてから三ヵ月後、ふと草遍路のナベさんに連絡をとると、もう歩いていないと言うので驚いた。

最近になって草遍路をやめて、いまは家を借りて住んでいるという。どこに住んでいるのか訊《たず》ねると、高知と徳島の県境近くにある古民家だという。

さっそく訪ねてみると、町から内陸に四キロほど入った山の麓《ふもと》にあるきれいな庭付きの古民家だった。てっきりボロボロの納屋のような所を想像していたのだが、きれいにリフォームされた立派な一軒家で、私の住む団地よりもよほど〝豪邸〟であった。

「やあやあ、遠いところをよく来てくれましたね」

細身の体形は変わっていないのだが、あの野犬のようだったナベさんだとは気づかないほど、柔和な顔になっている。三ヵ月前には想像もできなかったほどの満面の笑みで迎えてくれた。

「すごくきれいなお家《うち》ですねえ」

「そうでしょう、私もびっくりしました」

土器川の橋の下で話を聞いたときは、もう歳で歩きはきついから、バイクで回ろうと言っていた。

「そうでしたねえ。四国でお世話になった人が調べてくれて、しぶしぶ役所にいったら、年金がもらえることがわかったのが大きかった。大阪で会社員していたとき、二六年間年金を払っていたんだけど、そんなことすっかり忘れていてねえ。一二年間、遍路を回っていて、生きるのに必死だったから。

ただ、自分のことを証明するのが大変でした。役所からすれば一二年間〝失踪《しっそう》〟していたようなものだから、大阪の戸籍も抹消されていたから手続きしないといけない。住所は塩江《しおのえ》(香川)で世話になった人が『うちを住所登録しろ』と言ってくれてね。身分証もないから、仕方なく折れたクレジットカードを見せて本人確認できた。カードなんかもう使ってなかったけど、念のために持っていたんです。ぼくはバブルの頃、勧められてアメックスのプラチナ・カードを作ったことがあって、それをまだ持ってたんです。それで何とか身元確認できた」

私にはその価値がよくわからなかったので後日調べてみると、アメックスのプラチナ・カードは審査も厳しい上に年会費が一四万ほどする。現在はその上のブラック・カードもあるようだが、当時はプラチナ・カードが最上級カードだった。

「それで年金受給の手続きをしたら、七三歳になっていたので四割増しになっていて、五年分をまとめてくれた。介護保険、健康保険、所得税とか引かれても四六〇万ほどあったんです。免許も放《ほ》ったらかしで失効していたから、高松で免許とってね。後ろに荷台のあるベンリィってバイクも高松で買いました。免許取りに行ったら、返納する歳の自分が来たものだから、係の人がびっくりしてましたよ。

思っていたよりまとまった大金が入ったので、遍路はやめて定住するかという気になってね。台車も一〇〇〇〇円で処分できたし、スピリチュアルつながりで知り合いだった近くの羽根《はね》に住む霊能者に相談したら、ここを紹介してくれましてね。三軒ほど見に行ったけど、ここは一目で気に入って決めたんです。リフォームしてから家族連れが住んだけど三ヵ月くらいで引っ越してしまって、そのあとパン屋が入ったけどこれも六ヵ月で出ていったと聞いてます。やはり不便なんでしょうね。それから一年ほど無人だったから、見に来たときは雑草が生え放題で、刈り取りとか大変でした。だけど保証人もいらないし、敷金もタダ。水も裏山から湧いてるのを使うのでタダだし、家賃も最初の二ヵ月分はいらないと言ってくれました。普通の人には辺《へん》鄙《ぴ》で不便なところみたいですけど、遍路を一二年もしていたら、ここは天国みたいなもんですわ。今で住んで二ヵ月になります」

「数ヵ月前には想像もできませんでしたね。今だから言えますけど、初めてお会いしたときは凄《すご》い形相でしたよ」

「本当にねえ、あのときはすみませんでしたね。気を張っていないと生きていけなかったものだから。ほんの数ヵ月前まで遍路の末には、久万《くま》高原《こうげん》の雪山で睡眠薬のんで自決しようと覚悟してたのにね。五つも六つも奇跡がおこって、ここに住めるようになったんです。毎日、お不動さんとお大師さんを拝んでます」

土蔵などもあるが、まだ整理できていないのでこれから取り組み、空いた部屋はスピリチュアルの道場にしようと考えていると言う。

「これから庭には芝桜を植えて、お花畑にしようと思ってるんです」

暇《いとま》を告げると「何もないけど」と言って、無農薬の柚子《ゆず》の木から実をいくつかもいで持たせてくれた。

帰り途《みち》、ナベさんがようやく終《つい》の棲家《すみか》を見つけられたのは本当に良かったと思った。

その一方で、私はヒロユキのことを思った。

ナベさんは大阪で会社員時代があったから年金を掛けられたが、ヒロユキにはそれもない。人とのしがらみ、人間関係で悩んでしまうので定住する意思もない。ましてやナベさんのような例は、草遍路の中では稀《まれ》なことだ。

とはいえ、一人の草遍路の行く末をある程度まで見届けることができたのは、私にとっても僥倖《ぎょうこう》であった。できればヒロユキの行く末も見届けたいが、果たしてそのようなことが可能なのだろうか。何度考えても、予想できないでいた。


旅の最後に、鵜川宅へ挨拶《あいさつ》に立ち寄った。

この旅は、鵜川の協力がなければ成立しなかった。そのため私は旅の最後に鵜川の元を訪ねたのだった。

その夜、鵜川と話していると、翌早朝の座禅に誘われた。

実はそれまでにも一度誘われていたのだが、興味がなかったので積極的ではなかった。しかしこのときはしてみたいと思い、参加することにした。どこか頭の片隅に、父親から「寺にいって座禅でもしてきたらどうや」と言われたことを覚えていたのだ。そのときは興味がなかったのだが、鵜川の勧めに素直に応じることができるようになっていた。

朝七時、新居浜の裏山に建つ瑞応寺《ずいおうじ》に行くと、すでに数人の人が集まっていた。一人の老婆は、こう静かに語り始めた。

「八六歳でお父さん（夫）が亡くなってから、胸が苦しくて心療内科に通うようになったけど、ここでは治らないからと座禅を勧められて来ました。一回目は足が痛かっただけだけど、二回目からは心が楽になりました。鏡を見ると、頭に光の環《わ》がのっていてびっくりしました」

通常の座禅と、ゆっくりと屋内をあるく歩き座禅をして、一時間ほどで座禅は終わった。

瞑想するナベさん。険はすっかり取れていた

私にはとくに何も起こらず「何も考えるなと言われても、何か考えてしまうんよね」という鵜川の言葉も、頭を素通りしていた。何も考えることなく座禅ができたからで、ただ何も考えない時間も必要なのかもしれないと思っただけだ。しかし、逆にいえば「考えてしまう」という域にすら、自分は達していないともいえた。

鵜川と連れ立って帰りながら、先ほどの老婆の話をしていると、鵜川がぼそりと言った。

「何かあるから座禅に来るんよね。何もなかったら座禅には来ない。遍路も同じで、何もない人はやらない。何か心にあるから回る。そして遍路しても、座禅しても何も変わらないのは同じ。結局、自分が変わるしかないんよね。遍路や座禅は、あくまでもきっかけに過ぎない」

鵜川の言うとおり、遍路はただのきっかけに過ぎない。

そして、そのきっかけすら見つけられない人も少なくない。

私は、あの女遍路の言葉を思い出していた。

「ほとんどの人は、遍路というものがあることすら知らない。もし知っても、お金がないから遍路に出られない。私は苦しみ足掻《あが》くことで遍路という存在を知り、借金までしてお金を工面して遍路に出て、いろいろな人と知り合うことができた。でもほとんどの苦しんでいる人たち、本当に貧しい人たちは四国遍路という言葉を知っているだけで、実際に遍路がどんなものか知らないし、知っても出ることができない。私は遍路を知り、遍路に出られただけでも幸運でした」

では私にとって、遍路とはいったい何だったのか。

まだその答えは出ないが、遍路そのものが本書を編むきっかけになり、鵜川や幸月、ヒロユキ師、ナベさんたちと知り合いになれたことだけは確かだ。そして四国遍路という一種、日本古来の厳しくも温かいセーフティ・ネットの存在を知ったことは、これから後半生を生きていくうえで、どことなく安心感を得るきっかけにもなったと実感している。

ナベさんの家の庭で柚子は力強く実っていた

参考・引用文献一覧

※五十音順に掲載。

【四国遍路関連】

・アルフレート・ボーナー『同行二人の遍路　四国八十八ヶ所霊場』佐藤久光、米田俊秀訳、大法輪閣、二〇一二年
・眞念『四國徧禮道指南　全訳注』稲田道彦訳注、講談社学術文庫、二〇一五年
・高群逸枝『娘巡礼記』岩波文庫、二〇〇四年
・橘安純『野宿生活で見たこと思ったこと』（私家版）、二〇〇五年
・橘安純『四国遍路みちぞい物語』（私家版）、二〇一九年
・西海賢二『旅と祈りを読む　道中日記の世界』臨川選書、二〇一四年
・星野英紀、浅川泰宏『四国遍路　さまざまな祈りの世界』吉川弘文館、二〇一一年
・三宅一志『差別者のボクに捧げる！　ライ患者たちの苦闘の記録』晩聲社、一九七八年
・三宅一志、福原孝浩『ハンセン病　差別者のボクたちと病み棄てられた人々の記録』寿郎社、二〇一三年
・宮崎建樹『四国遍路ひとり歩き同行二人　第5版』へんろみち保存協力会編、へんろみち保存協力会

・宮崎建樹『四国遍路ひとり歩き同行二人　別冊』へんろみち保存協力会編、へんろみち保存協力会
・森正人『四国遍路　八八ヶ所巡礼の歴史と文化』中公新書、二〇一四年

【路地】
・植田茂雄「室戸半島における被差別部落の成立について　現段階での一考察」『しこく部落史』第四号　四国部落史研究協議会、二〇〇二年
・解放新聞社編『被差別部落　そこに生きる人びと2　都市』三一書房、一九七八年
・解放新聞社編『被差別部落　そこに生きる人びと　西日本編』三一書房、一九八〇年
・解放新聞社編『ルポルタージュ部落　四国・九州編』解放出版社、一九九四年
・五藤孝人「もうひとつの四国遍路Ⅰ、Ⅱ」『部落史研究報告集』八幡浜部落史研究会、一九九〇年
・四国部落史研究協議会編『史料で語る四国の部落史　前近代篇』明石書店、一九九二年
・四国部落史研究協議会編『史料で語る四国の部落史　近代篇』明石書店、一九九四年
・四国部落史研究協議会編『しこく部落史』四国部落史研究協議会、一九九九年
・宿毛の部落史編纂委員会編『宿毛の部落史』宿毛市教育委員会、一九八六年
・千葉福田村事件真相調査会編『福田村事件の真相　第一～第三集』香川人権研究所、二〇〇一年
・辻野弥生『福田村事件　関東大震災・知られざる悲劇』崙書房、二〇一三年
・寺木伸明『被差別部落の起源　近世政治起源説の再生』明石書店、一九九六年
・日本カトリック部落問題委員会編『「遍路の地」土佐の赤岡にキリシタンと部落の幸いな出会いをみる』カトリック中央協議会、二〇〇四年
・橋田光明、村越末男『漁村型同和地区の実態と行政の課題』高知県幡多郡大方町、一九六八年

・福田村事件真相調査会編『第三回福田村事件報告会資料』香川人権研究所
・松山市編『時代を切り拓いた先人たち』松山市、二〇一三年
・村越末男「被差別部落の実態：高知県幡多郡大方町万行地区の場合」『同和問題研究』第一号、大阪市立大学同和問題研究室紀要、一九七七年三月
・安竹貴彦「高知県の被差別部落」『同和問題研究』第二〇号、大阪市立大学同和問題研究室紀要、一九九八年三月
・山名伸作『被差別部落を歩く』部落解放研究所、一九九〇年
・八幡浜闘争10周年記念誌編集委員会編『愛媛、燃える解放の炎　八幡浜闘争の記録』部落解放同盟愛媛県連合会、一九八九年
・吉田文茂『透徹した人道主義者岡崎精郎』和田書房、二〇〇八年

【その他】

・安部公房『箱男』新潮文庫、一九八二年
・石田修大『波郷の肖像』白水社、二〇〇一年
・石田修大『わが父波郷』白水社、二〇〇〇年
・石田修大『我生きてこの句を成せり　石田波郷とその時代』本阿弥書店、二〇一一年
・井出幸男『宮本常一と土佐源氏の真実』梟社、二〇一六年
・遠藤泰夫『女大関　若緑』朝日新聞社、二〇〇四年
・遠藤泰夫『相撲取り母ちゃんとガキ大将　その後の女大関・若緑』愛媛新聞メディアセンター、二〇〇七年

- 亀井好恵『女相撲民俗誌　越境する芸能』慶友社、二〇一二年
- 黒澤明『蝦蟇の油』岩波文庫、二〇〇一年
- 幸月『風懐に歩三昧』シンメディア、二〇〇三年
- 杉山治夫『実録　裏金融界の黒い罠』青年書館、一九八五年
- ソウルイン釜ヶ崎編『貧魂社会ニッポンへ　釜ヶ崎からの発信』アットワークス、二〇〇八年
- 夏目漱石『坊っちゃん』新潮文庫、二〇〇三年
- 土方鐵『小説石田波郷』解放出版社、二〇〇一年
- 松本清張『黒地の絵』光文社、一九五八年
- 南博・朝倉喬司編『近代庶民生活誌16 犯罪Ⅱ　社会犯罪編』三一書房、一九九一年
- 宮本常一「父祖三代の歴史」『父母の記／自伝抄　宮本常一著作集42』未來社、二〇一五年

【雑誌新聞等】

- 「朝日新聞」二〇〇三年七月一〇日、二〇〇四年二月二五日
- 『季刊　巡礼マガジン』シンメディア
- 『季論21』本の泉社
- 『四国へんろ』ふぃっつ
- 「週刊朝日」朝日新聞社、二〇〇三年
- 「週刊新潮」新潮社、二〇〇三年
- 「女性セブン」小学館、二〇〇三年
- 「東京日日新聞」一九二三年一一月二九日

・「ＦＬＡＳＨ」光文社、二〇〇二年三月二六日
・「読売新聞」二〇〇三年四月一七日

【映像】

・「草遍路　終わりなき旅」『ＮＨＫ四国スペシャル』ＮＨＫ、二〇〇三年
・「草遍路幸月　生きてゆくから歩くんだ」『にんげんドキュメント』ＮＨＫ、二〇〇三年

【ウェブ】

・「瀬戸内の島々の生活文化」『データベース　えひめの記憶』愛媛県生涯学習センター、二〇二一年七月一八日アクセス確認
・「善根宿の二人のケンチャン：ボランティアと犯罪」『森栗茂一のコミュニティ・コミュニケーション』、二〇二一年七月一八日アクセス確認
・「第５回熊本県ハンセン病問題啓発推進委員会」（平成二九年三月八日開催）議事録、二〇二一年九月一三日アクセス確認

カバー・表紙・章扉写真について

カバー　高知県土佐市第三六番青龍寺近く浦ノ内湾の森
表紙　愛媛県松山市上空から沖合の島々をのぞむ
第一章扉　旧遍路道の一部は、今も鬱蒼とした森の中にある
第二章扉　室戸岬に沈む夕日をおがむ幸月
第三章扉　愛媛のある遍路宿にて
第四章扉　スーパー横にある花屋の片隅、喜捨を乞うヒロユキの手
第五章扉　「へんど」と彫られた古い石標。この時代はまだ「へんど」に差別的な意味はなかった
第六章扉　ヒロユキは台車にこう掲げて般若心経を配っているが、受け取る人はまれだ

装丁　國枝達也
写真撮影　松山陽子
写真提供　鵜川文男（六九、七七、一二五頁）

本書は書き下ろしです。
本文中に登場する方々の肩書きや年齢は、いずれも取材・執筆時のものです。

上原善広（うえはら　よしひろ）
1973年、大阪府生まれ。大阪体育大学卒業後、ノンフィクション作家。2010年、『日本の路地を旅する』（文藝春秋、のち文春文庫）で第41回大宅壮一ノンフィクション賞受賞。12年、「孤独なポピュリストの原点」（特集「最も危険な政治家」橋下徹研究、「新潮45」2011年11月号）で、第18回編集者が選ぶ雑誌ジャーナリズム賞大賞受賞。17年、『一投に賭ける 溝口和洋、最後の無頼派アスリート』（KADOKAWA、のち角川文庫）で2016年度第27回ミズノスポーツライター賞優秀賞受賞。著書に『被差別の食卓』（新潮新書）、『発掘狂騒史 「岩宿」から「神の手」まで』『路地の子』（新潮文庫）、『幻の韓国被差別民「白丁《ペクチョン》」を探して』『今日もあの子が机にいない　同和教育と解放教育』（河出文庫）などがある。

四国辺土《しこくへんど》　幻《まぼろし》の草遍路《くさへんろ》と路地《ろじ》巡礼《じゅんれい》

2021年11月26日　初版発行

著者／上原善広《うえはらよしひろ》

発行者／青柳昌行

発行／株式会社KADOKAWA
〒102-8177　東京都千代田区富士見2-13-3
電話　0570-002-301（ナビダイヤル）

印刷／大日本印刷株式会社

製本／本間製本株式会社

ISBN 978-4-04-109074-9　C0095